—NEIL G

O OCE

no FI

CAMI

Ilustrado por
ELISE HURST

AIMAN~

ANO
M do
NHO

Tradução de
RENATA PETTENGILL

intrínseca

Copyright © 2013 by Neil Gaiman
Copyright das ilustrações © 2019 by Elise Hurst
Não é permitida a exportação desta edição para Portugal, Angola e Moçambique.

TÍTULO ORIGINAL: THE OCEAN AT THE END OF THE LANE
PREPARAÇÃO: ILANA GOLDFELD
REVISÃO: GIU ALONSO | SHIRLEY LIMA
PROJETO GRÁFICO, ADAPTAÇÃO DE CAPA E GUARDAS: ANTONIO RHODEN
DIAGRAMAÇÃO: INÊS COIMBRA
ARTE DE CAPA: ELISE HURST

CIP-BRASIL. CATALOGAÇÃO NA PUBLICAÇÃO
SINDICATO NACIONAL DOS EDITORES DE LIVROS, RJ

G134o
2. ed.

    Gaiman, Neil, 1960-
       O oceano no fim do caminho / Neil Gaiman ; ilustração Elise Hurst ; tradução Renata Pettengill. - 2. ed. - Rio de Janeiro : Intrínseca, 2024.
       336 p. : il. ; 21 cm.

    Tradução de: The ocean at the end of the lane
    ISBN 978-85-510-0914-7

     1. Ficção inglesa. I. Hurst, Elise. II. Pettengill, Renata. III. Título.

	CDD: 823
23-87123	CDU: 82-3(410.1)

Meri Gleice Rodrigues de Souza - Bibliotecária - CRB-7/6439

[2024]
Todos os direitos desta edição reservados à
EDITORA INTRÍNSECA LTDA.
Av. das Américas, 500, bloco 12, sala 303
22640-904 – Barra da Tijuca
Rio de Janeiro – RJ
Tel./Fax: (21) 3206-7400
www.intrinseca.com.br

1ª edição   FEVEREIRO DE 2024
Impressão   PACROM
Papel de miolo   PÓLEN BOLD 70G
Papel de capa   COUCHÉ BRILHO 150G
Tipografia   GARAMOND PREMIER

Para Amanda,
que queria saber.
N.G.

Para Archer e
Samson, amigos dos gatos,
Aventureiros
Extraordinários.
E para Peter,
por tudo.
E.H.

Eu me lembro perfeitamente
da minha infância...
Eu sabia de coisas terríveis.
Mas tinha consciência de que
não deveria deixar que os
adultos descobrissem que eu sabia.
Eles ficariam horrorizados.

*Maurice Sendak, em conversa com Art Spiegelman,
na edição de 27 de setembro de 1993
da revista* New Yorker.

Era apenas um lago de patos, nos fundos da fazenda. Nada muito grande.

Lettie Hempstock dizia que era um oceano, mas eu sabia que isso não fazia o menor sentido. Lettie falou que elas haviam atravessado o oceano até ali, vindas da velha pátria.

Sua mãe dizia que Lettie não lembrava direito, e que tinha sido muito tempo atrás, e, de qualquer maneira, a velha pátria havia afundado.

A velha sra. Hempstock, avó de Lettie, argumentava que ambas estavam erradas, e que o lugar que afundara não era a velha pátria de verdade. Ela declarava recordar-se bem da velha pátria de verdade.

Afirmava que a velha pátria de verdade havia explodido.

Prólogo

Eu estava de terno preto, camisa branca, gravata preta e um par de sapatos pretos, bem engraxados e lustrosos: um traje que normalmente me deixaria desconfortável, como se estivesse usando um uniforme roubado ou fingindo ser adulto. Hoje me confortou, de certa forma. Era a roupa certa para um dia difícil.

Tinha cumprido meu dever pela manhã, dissera as palavras que me cabiam dizer com sinceridade e, em seguida, após a cerimônia religiosa, entrei no carro e dirigi sem rumo, sem planejamento, com mais ou menos uma hora para matar antes de ver mais gente que havia anos não encontrava, distribuir mais apertos de mãos e beber várias xícaras de chá na mais fina porcelana. Dirigi pelas sinuosas estradas rurais de Sussex, das quais me lembrava apenas parcialmente, até que me vi a caminho do centro da cidade, então sem pensar peguei outra via, dobrei à esquerda e depois à direita. Foi só

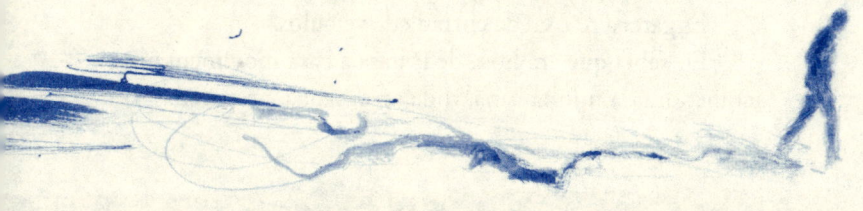

então que percebi para onde estava indo, para onde ia desde o começo, e fiz uma careta, consciente de minha ausência de bom senso.

Eu estava dirigindo a caminho de uma casa que havia décadas não existia mais.

Pensei em dar meia-volta nesse momento, quando já seguia por uma pista larga que um dia fora uma estradinha de pedras ao lado de um campo de cevada, em retornar e deixar o passado em paz. Mas fiquei curioso.

A casa velha na qual morei por sete anos, dos cinco aos doze, essa foi derrubada e sumiu do mapa. A nova, que meus pais construíram nos fundos do jardim, entre os arbustos de azaleias e o círculo verde na grama — que chamávamos de anel de fadas —, essa foi vendida trinta anos atrás.

Reduzi a velocidade do carro ao ver a casa nova. Para mim, seria sempre a casa nova. Parei na entrada de veículos, reparando no modo como seguia o estilo arquitetônico de meados da década de 1970. Eu tinha esquecido que os tijolos eram marrom-escuros. A pequena varanda da minha mãe fora transformada pelos novos moradores num jardim de inverno de dois andares. Observei a casa com o olhar fixo, encontrando menos lembranças da minha adolescência do que esperava: nem dos tempos bons, nem dos ruins. Eu tinha morado naquele lugar, por um tempo. Não parecia fazer parte de nada do que eu era agora.

Engatei a ré e saí da entrada de veículos.

Eu sabia que era hora de ir para a casa movimentada e acolhedora da minha irmã, toda arrumada e preparada para

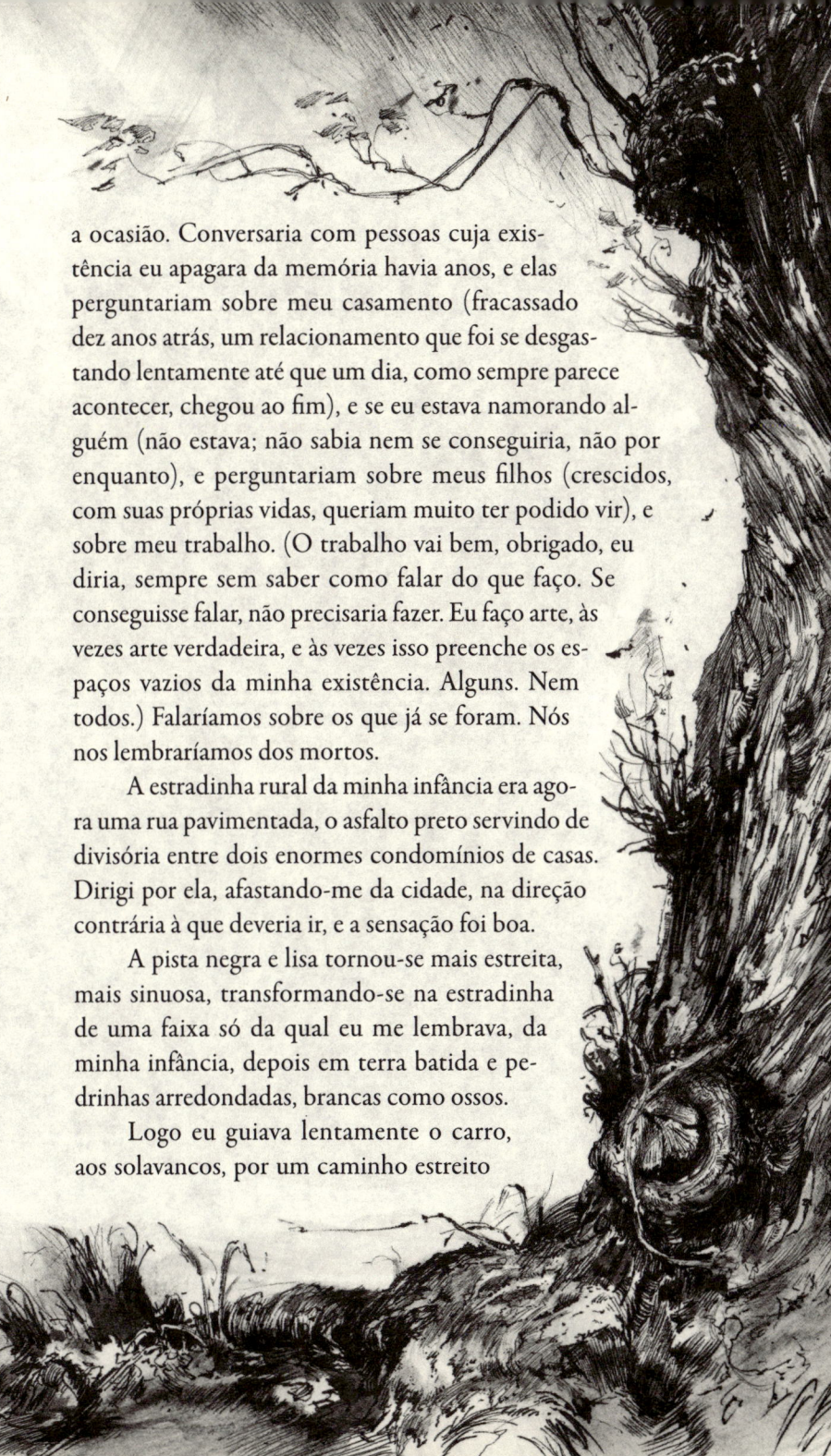

a ocasião. Conversaria com pessoas cuja existência eu apagara da memória havia anos, e elas perguntariam sobre meu casamento (fracassado dez anos atrás, um relacionamento que foi se desgastando lentamente até que um dia, como sempre parece acontecer, chegou ao fim), e se eu estava namorando alguém (não estava; não sabia nem se conseguiria, não por enquanto), e perguntariam sobre meus filhos (crescidos, com suas próprias vidas, queriam muito ter podido vir), e sobre meu trabalho. (O trabalho vai bem, obrigado, eu diria, sempre sem saber como falar do que faço. Se conseguisse falar, não precisaria fazer. Eu faço arte, às vezes arte verdadeira, e às vezes isso preenche os espaços vazios da minha existência. Alguns. Nem todos.) Falaríamos sobre os que já se foram. Nós nos lembraríamos dos mortos.

A estradinha rural da minha infância era agora uma rua pavimentada, o asfalto preto servindo de divisória entre dois enormes condomínios de casas. Dirigi por ela, afastando-me da cidade, na direção contrária à que deveria ir, e a sensação foi boa.

A pista negra e lisa tornou-se mais estreita, mais sinuosa, transformando-se na estradinha de uma faixa só da qual eu me lembrava, da minha infância, depois em terra batida e pedrinhas arredondadas, brancas como ossos.

Logo eu guiava lentamente o carro, aos solavancos, por um caminho estreito ladeado por arbustos de amoras-bravas e rosas mosquetas entremeados de fileiras de aveleiras ou matagais de cerca viva. Parecia que eu havia dirigido de volta ao passado. Aquela estradinha estava exatamente do jeito que eu lembrava, ela e nada mais.

 Passei em frente à Fazenda Caraway. Lembrei-me de quando tinha só dezesseis anos e beijei Callie Anders, que morava ali, com suas bochechas coradas e cabelo louro, e cuja família estava de mudança para as ilhas Shetland. Callie Anders, que eu nunca mais beijaria nem veria de novo. E então, por mais de um quilômetro, nada além de campos de pastagem dos dois lados da pista: um emaranhado de prados. Aos poucos, a estradinha virou uma trilha. Estava chegando ao fim.

 Lembrei-me dela antes de fazer a curva e então a vi, em toda a glória de seus tijolos vermelhos castigados pelo tempo: a casa de fazenda das Hempstock.

 A visão me pegou de surpresa, embora desde sempre fosse ali que a estradinha terminava. Não havia como ir adiante. Estacionei o carro ao lado do curral. Não sabia o que fazer em seguida. Fiquei me perguntando se após todos esses anos ainda haveria alguém morando ali, ou, mais especificamente, se as Hempstock ainda moravam ali. Parecia improvável, mas, pelo pouco que eu lembrava, elas eram pessoas improváveis.

O fedor do esterco de vaca me atingiu assim que saltei do carro, e atravessei o pequeno pátio com cuidado até a porta da casa. Tentei em vão encontrar a campainha, então bati. A porta não estava fechada direito e se abriu lentamente com o toque dos nós dos meus dedos.

Eu já estivera ali, não estivera, muito tempo atrás? Tinha certeza que sim. As memórias de infância às vezes são encobertas e obscurecidas pelo que vem depois, como brinquedos antigos esquecidos no fundo do armário abarrotado de um adulto, mas nunca se perdem por completo. Parei na saleta na entrada da casa e falei:

— Olá? Tem alguém aí?

Nenhuma resposta. Senti cheiro de pão no forno, de lustra-móveis e madeira antiga. Meus olhos demoraram a se adaptar à escuridão; esquadrinhei o ambiente e já me preparava para dar meia-volta e ir embora quando uma senhora surgiu na saleta mal iluminada segurando um pano branco. Seus cabelos eram grisalhos e compridos.

— Sra. Hempstock? — falei.

Ela inclinou a cabeça para o lado, olhou para mim.

— Sim. Eu *conheço* você, meu jovem — disse ela.

Não sou jovem. Não mais.

— Conheço, sim, mas as coisas ficam confusas quando se chega à minha idade — prosseguiu a mulher. — Quem é você, mesmo?

— Acho que eu devia ter uns sete, oito anos, talvez, na última vez em que estive aqui.

Ela, então, sorriu.

— Você era amigo da Lettie? Lá do início da estrada?

— A senhora me serviu um copo de leite. Estava quente, tirado das vacas. — Então me dei conta de quantos anos haviam se passado, e falei: — Não, não foi a senhora quem fez isso. Deve ter sido sua mãe quem me serviu o copo de leite. Perdão.

Quando envelhecemos, ficamos iguais aos nossos pais; viva o suficiente e verá os rostos se repetirem com o tempo.

Eu me lembrava da sra. Hempstock, mãe de Lettie, como uma mulher corpulenta. A senhora na minha frente era magra, franzina e tinha uma aparência frágil. Era igual à mãe dela, que eu conhecera como a velha sra. Hempstock.

Às vezes, quando me olho no espelho, vejo o rosto do meu pai, não o meu, e me lembro do jeito como ele sorria sozinho, diante do espelho, antes de sair de casa. "Que bela figura", dizia ao próprio reflexo. "Que bela figura."

— Você veio ver a Lettie? — perguntou a sra. Hempstock.

— Ela está aqui?

A sugestão me causou surpresa. Lettie havia *se mudado* para algum lugar, não? Para os Estados Unidos?

A senhora fez que não com a cabeça.

— Eu já ia pôr a chaleira no fogo. Você aceita um chazinho?

Hesitei. Então respondi que, se ela não se importasse, eu gostaria de ir até o laguinho primeiro.

— Laguinho?

Sabia que Lettie se referia ao lago de um jeito engraçado. Eu me lembrava disso.

— Ela o chamava de mar. Algo assim.

A velha senhora colocou o pano em cima da cômoda.

— Não dá para beber água do mar, não é mesmo? Salgada demais. É como sorver o sangue da vida. Lembra o caminho? Dá para chegar lá contornando a casa. É só seguir a trilha.

Se você tivesse me perguntado uma hora antes, eu teria respondido que não, eu não lembrava o caminho. Não acho

nem que teria me lembrado do nome de Lettie Hempstock. Mas ali, de pé naquela saleta, tudo estava voltando. As lembranças estavam à espreita nos arredores das coisas, acenando para mim. Se você me dissesse que eu tinha novamente sete anos, por um breve instante eu quase poderia acreditar.
— Obrigado.
Fui até o curral. Passei pelo galinheiro e pelo antigo estábulo, margeando o limite do terreno, lembrando-me de onde estava e do que vinha em seguida, e feliz por saber. As aveleiras demarcavam o prado. Colhi um punhado de avelãs verdes e as guardei no bolso.
O lago está logo ali, pensei. *Só preciso dar a volta nesse galpão e o verei.*
Avistei-o e me senti curiosamente orgulhoso de mim mesmo, como se aquele pequeno ato da memória tivesse soprado algumas teias de aranha daquele dia.
O lago era menor do que eu lembrava. Havia um pequeno galpão de madeira na outra margem e, perto da trilha, um banco antigo e pesado de madeira e ferro. As ripas descascadas haviam sido pintadas de verde fazia poucos anos. Sentei-me e fiquei olhando o reflexo do céu no lago, a camada de lentilhas-d'água nas margens e uma meia dúzia de ninfeias. De vez em quando, jogava uma avelã no meio do lago, o lago que Lettie Hempstock chamava de...
Não era de mar, era?
Ela devia estar mais velha do que eu agora, Lettie Hempstock. Tinha apenas uns poucos anos a mais naquela época, apesar do jeito peculiar de falar. Tinha onze anos.

NEIL GAIMAN

E eu... quantos anos eu tinha? Foi depois do fiasco da festa de aniversário. Disso eu me lembrava. Então devia ter sete.

Fiquei tentando lembrar se havíamos chegado a cair na água. Será que eu tinha empurrado Lettie no lago de patos, aquela menina esquisita que morava na fazenda bem no fim do caminho? Eu me lembrava dela na água. Talvez ela tivesse me empurrado também.

Para onde ela foi? Estados Unidos? Não, *Austrália*. Era isso. Algum lugar bem longe.

E não era mar. Era oceano.

O oceano de Lettie Hempstock.

Lembrei-me disso, e, ao lembrar, lembrei-me de tudo.

I

Ninguém foi à minha festa de aniversário de sete anos. Havia uma mesa arrumada com gelatinas e pavês, um chapéu de festa ao lado de cada prato e, no meio, um bolo com sete velas. Em cima dele, um livro desenhado com glacê. Minha mãe, que organizara a festa, contou que a moça da confeitaria confessara que eles nunca haviam colocado um livro num bolo de aniversário, e que faziam, para a maioria dos meninos, bolas de futebol ou naves espaciais. Eu fui o primeiro livro dela.

Quando ficou claro que ninguém apareceria, minha mãe acendeu as sete velas e eu as soprei. Comi uma fatia do bolo, como também o fizeram minha irmã caçula e uma de suas amigas (ambas participando da festa como observadoras, e não como convidadas), antes de baterem em retirada, rindo, para o jardim.

Minha mãe tinha preparado brincadeiras para a festa, mas, como não havia ninguém lá, nem mesmo minha irmã, nenhuma delas foi realizada, e eu mesmo desembrulhei o presente da brincadeira "passa o pacote", enrolado em várias folhas de jornal, revelando um boneco de plástico azul do Batman.

Estava triste por ninguém ter ido à minha festa, mas feliz por ganhar um boneco do Batman, e ainda havia um presente de aniversário esperando para ser lido: a coleção completa de *As crônicas de Nárnia*, que levei para o meu quarto. Deitei na cama e me perdi nas histórias.

Gostei disso. Livros eram mais confiáveis que pessoas, de qualquer forma.

Meus pais também tinham me dado o LP *O melhor de Gilbert e Sullivan*, que se somou aos dois que eu já possuía. Eu adorava Gilbert e Sullivan desde os três anos, quando a irmã mais nova do meu pai, minha tia, me levou para ver *Iolanthe*, uma ópera cheia de lordes e fadas. Achei a existência e a natureza das fadas mais fáceis de entender que as dos lordes. Ela morreu pouco tempo depois, de pneumonia, no hospital.

Naquela noite, meu pai chegou do trabalho trazendo uma caixa de papelão. Dentro havia um gatinho, um filhotinho de gênero indefinido com pelo preto e macio, a quem chamei logo de Fofinho, e que amei total e incondicionalmente.

À noite, Fofinho dormia na minha cama. Eu falava com o gatinho, às vezes, quando minha irmãzinha não estava por perto, com alguma esperança de que ele respondesse numa língua humana. Isso nunca aconteceu. Eu não me importava. O gatinho era carinhoso, atencioso e um bom companheiro para alguém cuja festa de aniversário de sete anos se resumira a uma mesa com biscoitos confeitados, um manjar, um bolo e quinze cadeiras dobráveis vazias.

Não me lembro de jamais haver perguntado a nenhuma das crianças da minha turma no colégio o motivo de não terem ido à minha festa. Eu não precisava perguntar. Eles não eram meus amigos, na verdade. Eram apenas as pessoas com quem eu estudava.

Eu fazia amigos devagar, quando os fazia.

Eu tinha os livros e, agora, meu gatinho. Seríamos como Dick Whittington e seu gato, eu sabia, ou, se Fofinho se mostrasse particularmente inteligente, seríamos o filho do moleiro e o Gato de Botas. O gatinho dormia no meu travesseiro e até me esperava voltar da escola, sentado na entrada de veículos na frente da casa, perto da cerca, até que um mês depois foi atropelado pelo táxi que trazia o minerador de opala que ficaria hospedado em nossa casa.

Eu não estava lá quando aconteceu.

Cheguei da escola naquele dia e meu gatinho não estava me esperando. Na cozinha, havia um homem alto e magro, a pele marrom-clara, a camisa xadrez. Ele tomava um café à mesa. Dava para sentir o cheiro. Naquela época todo café era instantâneo, um pó marrom-escuro e amargo que vinha num pote de vidro.

— Infelizmente, me envolvi num pequeno acidente ao chegar — disse ele, em um tom animado. — Nada com que se preocupar.

Falava de um jeito diferente, com um sotaque engraçado: o primeiro sul-africano que conheci na vida.

Na mesa à sua frente, também tinha uma caixa de papelão.

— O gatinho preto, ele era seu? — perguntou.

— O nome dele é Fofinho — respondi.

— É. Como disse. Um acidente ao chegar. Nada com que se preocupar. Me livrei do corpo. Não precisa se incomodar. Resolvi o problema. Pode abrir a caixa.

— O quê?

Ele apontou para a caixa.

— Pode abrir — repetiu.

O minerador de opala era um homem bem alto. Estava de calça jeans e camisa xadrez todas as vezes que o vi, exceto a última. Usava uma grossa corrente de ouro amarelo-claro no pescoço. Ela também havia desaparecido da última vez que o vi.

Eu não queria abrir aquela caixa. Queria sumir dali, desaparecer. Queria chorar a morte do meu gatinho, mas não podia fazer isso com gente por perto me observando. Queria viver meu luto. Queria enterrar meu amigo nos fundos do jardim, logo depois do anel de fadas de grama verdinha, dentro da caverna formada pelo arbusto de rododendros, atrás da pilha de aparas de grama, aonde ninguém além de mim jamais ia.

A caixa se mexeu.

— Comprei para você — disse o homem. — Sempre pago minhas dívidas.

Estendi o braço, levantei a tampa da caixa e me perguntei se aquilo era alguma brincadeira, se meu gatinho estaria lá dentro. Em vez disso, uma cara ruiva me olhou, com uma expressão feroz.

O minerador de opala tirou o gato da caixa.

Era um macho enorme, o pelo rajado de laranja e branco, e faltava-lhe meia orelha. O gato me olhou com raiva. Não gostou de ter sido colocado numa caixa. Não estava acostumado a caixas. Estendi a mão para acariciar sua cabeça, sentindo como se traísse a memória do meu gatinho, mas o bicho se retraiu para eu não encostar nele, grunhiu para mim e então seguiu para um canto distante do cômodo, onde sentou-se, olhou e odiou.

— Aí está. Gato por gato — disse o minerador de opala, e bagunçou meu cabelo com a mão que lembrava couro.

Então saiu para o corredor, me deixando na cozinha com o gato que não era o meu gatinho.

O homem espiou por detrás da porta.

— O bicho se chama Monstro — falou.

Aquilo me pareceu uma piada de mau gosto.

Deixei a porta da cozinha aberta, para que o gato pudesse sair. Então subi até meu quarto, me deitei na cama e chorei pelo falecido Fofinho. Quando meus pais chegaram em casa à noite, não creio que meu gatinho tenha sido sequer mencionado.

Monstro morou conosco por uma semana ou pouco mais. Eu colocava comida de gato na tigela para ele de manhã e de novo à noite, como fazia para o meu gatinho. Ele ficava sentado perto da porta dos fundos até que eu ou outra pessoa o deixasse sair. Nós o víamos no jardim, passando entre um arbusto e outro, ou nas árvores, ou na grama. Dava para rastrear seus movimentos pelos chapins-azuis e sabiás mortos que encontrávamos no jardim, mas não o víamos com muita frequência.

Eu sentia saudade do Fofinho. Sabia que seres vivos não podiam ser simplesmente substituídos, mas não ousei me queixar a meus pais. Eles teriam ficado perplexos com minha comoção: afinal, apesar de meu gatinho ter sido atropelado e morto, também havia sido substituído. O dano fora remediado.

Tudo me voltava à memória, mas, mesmo enquanto lembrava, eu sabia que não seria por muito tempo: eu me lembrava de todas as coisas ali, sentado no banco verde ao lado do laguinho que Lettie Hempstock um dia me convenceu ser um oceano.

Eu não era uma criança feliz, ainda que, de vez em quando, ficasse contente. Vivia nos livros mais que em qualquer outro lugar.

Nossa casa era grande e tinha vários cômodos, o que era bom quando a compramos e meu pai tinha dinheiro, e nada bom depois.

Meus pais me chamaram no quarto deles certa tarde, muito formalmente. Achei que tivesse feito algo errado e que estava lá para levar uma bronca, mas não: eles apenas me contaram que não eram mais financeiramente prósperos, que todos precisaríamos fazer sacrifícios e que eu teria que abrir mão do meu quarto, o pequeno cômodo no alto da escada. Fiquei triste: nele havia uma pequena pia amarela, bem do meu tamanho, instalada especialmente para mim; o quarto ficava em cima da cozinha, bem no fim da escada que saía da sala de tevê, e assim, à noite, eu conseguia ouvir lá do alto o burburinho tranquilizador da conversa dos adultos, pela porta entreaberta, e não me sentia sozinho. Além disso, no meu quarto, ninguém se incomodava se a porta ficasse entreaberta, deixando entrar a quantidade certa de luz para espantar o

medo do escuro e, o que era igualmente importante, permitindo que eu lesse escondido depois da hora de dormir, à luz fraca do corredor, se precisasse. Eu sempre precisava.

    Exilado no quarto enorme da minha irmã caçula, eu não fiquei triste. Já havia três camas lá, e eu escolhi a que ficava encostada na janela. Adorava poder sair pela janela do quarto para a varanda comprida de tijolos, poder dormir com a janela aberta e sentir o vento e a chuva em meu rosto. Mas nós brigávamos, minha irmã e eu, por qualquer coisa. Ela gostava de dormir com a porta fechada, e as discussões instantâneas sobre se a porta do quarto deveria ficar aberta

ou não foram sumariamente encerradas por minha mãe ao criar uma tabela que ficava pendurada atrás da porta, mostrando quais noites eram alternadamente minhas ou da minha irmã. A cada noite eu ficava tranquilo ou apavorado, dependendo de a porta estar aberta ou fechada.

Meu antigo quarto no topo da escada passou a ser alugado, e as mais variadas pessoas passaram por ali. Eu via todas elas com desconfiança: estavam dormindo no meu quarto, usando minha pequena pia amarela que tinha o tamanho certo para mim. Houve uma austríaca gorda que nos contou que conseguia sair da própria cabeça e andar pelo teto; um estudante de arquitetura da Nova Zelândia; um casal de americanos que minha mãe, escandalizada, expulsou de casa ao descobrir que não eram casados de fato, e agora havia o minerador de opala.

Ele era sul-africano, embora tenha enriquecido com mineração de opala na Austrália. Presenteou a mim e à minha irmã com uma opala cada um, uma pedra bruta preta com nuances verdes, azuis e vermelhas. Minha irmã gostava dele por causa disso, e venerava a opala. Eu não conseguia perdoá-lo pela morte do meu gatinho.

Era o primeiro dia das férias de primavera: três semanas sem aula. Acordei cedo, empolgado com a perspectiva de dias a fio a serem preenchidos do jeito que eu quisesse. Eu ia ler. E explorar.

Vesti o short, a camiseta e calcei as sandálias. Desci até a cozinha. Meu pai estava ao fogão, enquanto minha mãe dormia até mais tarde. Estava de roupão por cima do pijama. Meu pai sempre preparava o café da manhã de sábado.

— Pai! Cadê minha revistinha? — perguntei.

Ele normalmente comprava um exemplar da *SMASH!* para mim antes de voltar de carro do trabalho às sextas-feiras, e eu a lia nas manhãs de sábado.

— No banco de trás do carro. Quer torrada?

— Quero — respondi. — Mas não queimada.

Meu pai não gostava de torradeiras. Ele torrava o pão usando o grill do nosso forno, e geralmente ficava queimado.

Saí e fui até a entrada de veículos. Olhei ao redor. Voltei para casa, empurrei a porta da cozinha, entrei. Eu adorava a porta da cozinha. Era de vaivém, abria para dentro e para fora, de forma que, sessenta anos antes, os empregados pudessem entrar e sair com os braços carregados de pratos cheios ou vazios.

— Pai? Cadê o carro?

— Na entrada de veículos.

— Não, não está.

— *O quê?*

O telefone tocou, e meu pai foi até o corredor, onde ficava o aparelho, para atendê-lo. Eu o ouvi conversando com alguém.

A torrada começou a fumegar no grill.

Subi numa cadeira e desliguei o forno.

— Era a polícia — disse meu pai. — Alguém avisou que viu nosso carro abandonado no fim da rua. Falei que ainda não tinha nem comunicado o roubo. Pois bem. Podemos ir até lá agora, encontrá-los no local. *Torrada!*

Ele tirou o tabuleiro do forno. A torrada soltava fumaça e estava preta de um dos lados.

— Minha revistinha está lá? Ou foi roubada?

— Não sei. A polícia não falou nada sobre a revista.

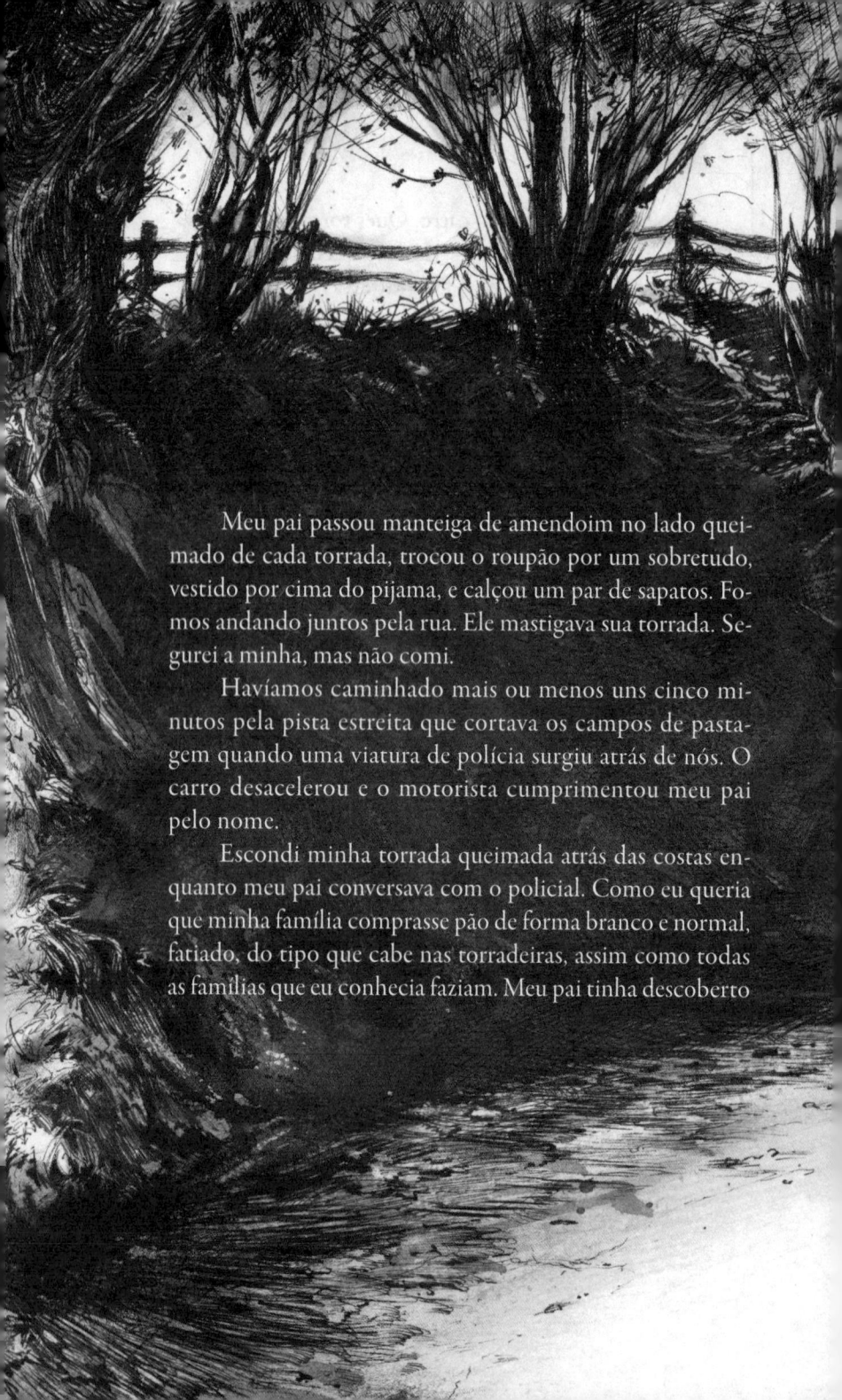

Meu pai passou manteiga de amendoim no lado queimado de cada torrada, trocou o roupão por um sobretudo, vestido por cima do pijama, e calçou um par de sapatos. Fomos andando juntos pela rua. Ele mastigava sua torrada. Segurei a minha, mas não comi.

Havíamos caminhado mais ou menos uns cinco minutos pela pista estreita que cortava os campos de pastagem quando uma viatura de polícia surgiu atrás de nós. O carro desacelerou e o motorista cumprimentou meu pai pelo nome.

Escondi minha torrada queimada atrás das costas enquanto meu pai conversava com o policial. Como eu queria que minha família comprasse pão de forma branco e normal, fatiado, do tipo que cabe nas torradeiras, assim como todas as famílias que eu conhecia faziam. Meu pai tinha descoberto

uma padaria perto de casa que fazia pães integrais inteiros, grossos e pesados, e insistia em comprá-los. Dizia que o gosto era melhor, o que, na minha opinião, não fazia o menor sentido. Pão de forma que se preze é branco, vem fatiado, e tem gosto de quase nada: e era assim que tinha que ser.

O motorista do carro de polícia saltou, abriu a porta do banco traseiro e disse para eu entrar. Meu pai foi no banco da frente, ao lado dele.

A viatura seguiu devagar pela pista. Naquela época não havia asfalto em nenhum ponto da estrada, que só era larga o bastante para que um carro passasse por vez, um caminho cheio de poças d'água, subidas e descidas íngremes, esburacado, com pedras pontudas e repleto de valas abertas por tratores, pela chuva e pelo tempo.

— Essa garotada — disse o policial. — Acham isso engraçado. Roubam um carro, dão umas voltas e depois o abandonam. Devem ser da região.

— Só estou feliz por ter sido encontrado tão depressa — comentou meu pai.

Veio a Fazenda Caraway, onde uma menininha de cabelos quase brancos de tão louros e bochechas bem vermelhas ficou nos observando passar. Segurei minha torrada queimada no colo.

— O estranho é terem largado o carro aqui — disse o policial. — Porque esse lugar fica bem longe de tudo.

Fizemos uma curva e vimos o Mini branco fora da pista, em frente à porteira de um campo de pastagem, os pneus atolados na lama marrom. Passamos por ele com a viatura e estacionamos na grama à beira da estrada. O policial abriu a porta para mim, e nós três caminhamos até o Mini, enquanto ele contava a meu pai sobre a criminalidade na região e por que era óbvio que aquilo tinha sido feito pela garotada dali mesmo, e então meu pai abriu a porta do carona do carro dele com a chave reserva.

— Alguém deixou alguma coisa no banco de trás — disse ele.

Meu pai esticou o braço para dentro do carro e puxou a manta azul que cobria a tal coisa no banco de trás, mesmo o policial lhe dizendo que não devia fazer aquilo, e eu olhava fixamente para o banco porque era ali que estava a minha revista em quadrinhos, então vi tudo.

Era mesmo uma *coisa*, aquilo para o qual eu olhava, não uma *pessoa*.

Embora eu tivesse uma imaginação bastante fértil na infância e fosse propenso a pesadelos, convenci meus pais a me levarem ao museu de cera Madame Tussauds, em Londres, quando tinha seis anos, porque queria visitar a Câmara dos Horrores, esperando encontrar as Câmaras dos Horrores dos filmes de monstro sobre as quais eu lia nos quadrinhos. Minha expectativa era poder vibrar com os bonecos de cera do Drácula, do Frankenstein e do Lobisomem. Em vez disso, fui guiado por uma sequência aparentemente interminável de dioramas mostrando homens e mulheres comuns, de olhar desalentado, que haviam assassinado outras pessoas — geralmente inquilinos e os próprios familiares — e, por sua vez, também haviam sido mortos: por enforcamento, na cadeira elétrica, em câmaras de gás. A maioria era retratada ao lado das vítimas em situações estranhas de convívio social, como por exemplo sentados a uma mesa de jantar, possivelmente enquanto os familiares envenenados davam seu último suspiro. As plaquinhas que explicavam quem eles eram também me informaram que a maioria havia assassinado a família e vendido os corpos para a *anatomia*. Foi aí que, para mim, a palavra *anatomia* ganhou um quê de pavor. Eu não sabia o que era *anatomia*. Só sabia que a *anatomia* fazia as pessoas matarem os filhos.

A única coisa que me impediu de sair correndo e gritando da Câmara dos Horrores durante a visita foi que nenhum dos bonecos de cera parecia muito convincente. Não dava para parecerem mortos de verdade, já que nunca tinham parecido vivos.

A coisa no banco de trás, que estivera coberta pela manta azul (eu *conhecia* aquela manta... era a que ficava no meu antigo quarto, na prateleira, para quando esfriava), também não era convincente. Parecia um pouco com o minerador de opala, mas estava de terno preto, camisa branca de babados e gravata-borboleta preta. O cabelo, penteado para trás, tinha um brilho artificial. Os olhos estavam vidrados, e os lábios, arroxeados, mas a pele estava bem corada. Como uma paródia de saúde. Não havia nenhuma corrente de ouro no pescoço.

Dava para ver, debaixo da coisa, dobrado e amassado, o meu exemplar da *SMASH!* com o Batman na capa, tal como ele aparecia na televisão.

Não lembro quem disse o que naquele momento, só que me mandaram ficar longe do Mini. Atravessei a pista e esperei lá, sozinho, enquanto o policial falava com meu pai e escrevia num bloquinho de anotações.

Olhei para o Mini. Uma mangueira de jardim verde ia do cano de descarga até a janela do motorista. Havia uma camada grossa de lama marrom espalhada pela descarga, prendendo a mangueira no lugar.

Ninguém estava olhando para mim. Dei uma mordida na torrada. Queimada e fria.

Em casa, meu pai comia todas as torradas mais queimadas. "Humm!", dizia, "Carvão! Bom para a saúde!", "Torrada queimada! Minha preferida!", e devorava tudo. Quando eu já era bem mais velho, ele me confessou que jamais gostou de torrada queimada, só comia para não desperdiçar, e, por uma fração de segundo, minha infância inteira pareceu uma grande mentira: foi como se um dos pilares de fé sobre os quais meu mundo fora erigido tivesse se desfeito em pó.

O policial falou pelo rádio no painel da viatura.

Então atravessou a pista e se aproximou de mim.

— Sinto muito por isso, filho — disse ele. — Daqui a pouco, virão mais alguns carros por essa estrada. Precisamos achar um lugar para você, onde possa esperar sem atrapalhar. Quer se sentar no banco de trás da minha viatura de novo?

Fiz que não com a cabeça. Não queria mais me sentar lá.

Alguém, uma menina, falou:

— Ele pode vir comigo para a fazenda. Sem problema nenhum.

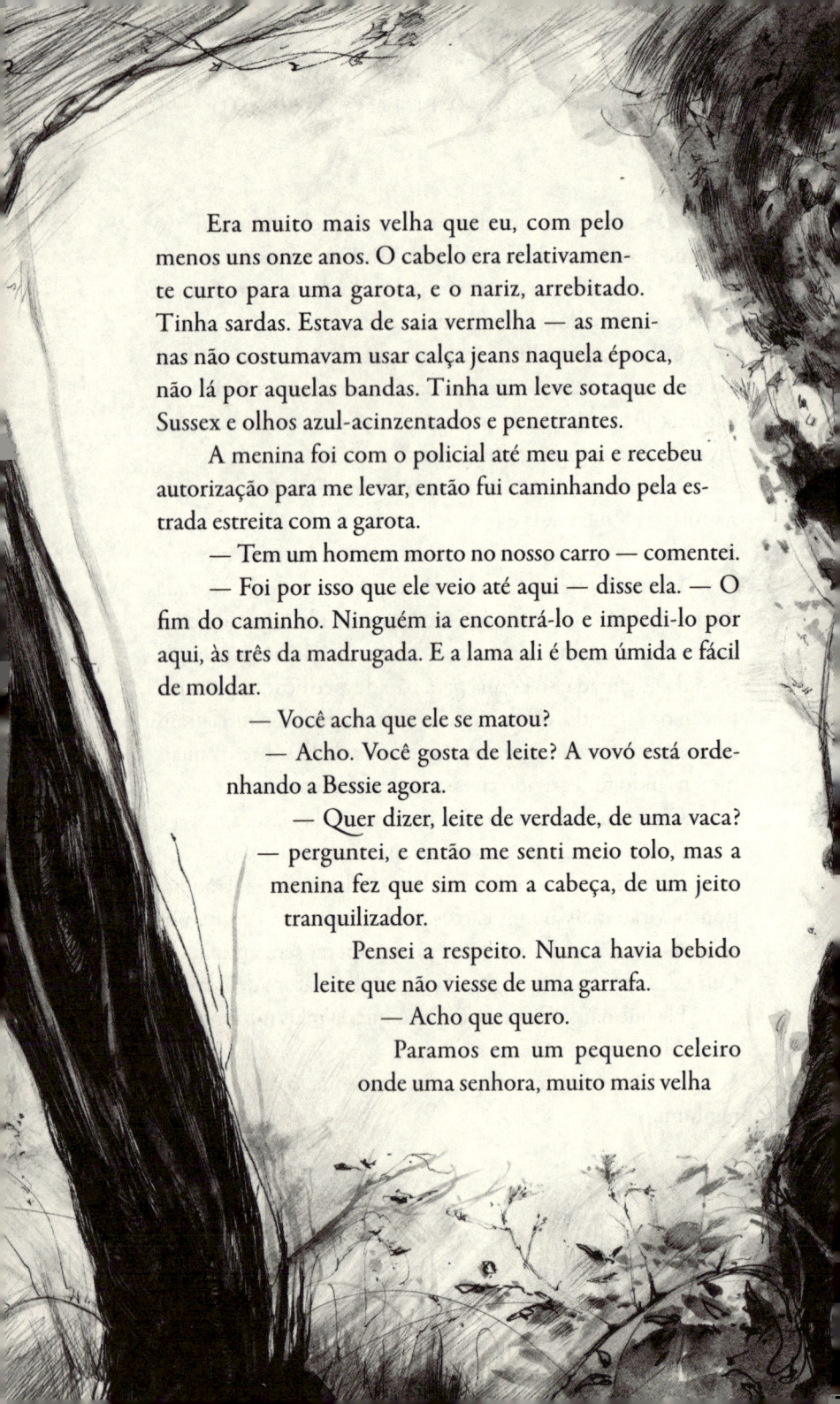

Era muito mais velha que eu, com pelo menos uns onze anos. O cabelo era relativamente curto para uma garota, e o nariz, arrebitado. Tinha sardas. Estava de saia vermelha — as meninas não costumavam usar calça jeans naquela época, não lá por aquelas bandas. Tinha um leve sotaque de Sussex e olhos azul-acinzentados e penetrantes.

A menina foi com o policial até meu pai e recebeu autorização para me levar, então fui caminhando pela estrada estreita com a garota.

— Tem um homem morto no nosso carro — comentei.

— Foi por isso que ele veio até aqui — disse ela. — O fim do caminho. Ninguém ia encontrá-lo e impedi-lo por aqui, às três da madrugada. E a lama ali é bem úmida e fácil de moldar.

— Você acha que ele se matou?

— Acho. Você gosta de leite? A vovó está ordenhando a Bessie agora.

— Quer dizer, leite de verdade, de uma vaca? — perguntei, e então me senti meio tolo, mas a menina fez que sim com a cabeça, de um jeito tranquilizador.

Pensei a respeito. Nunca havia bebido leite que não viesse de uma garrafa.

— Acho que quero.

Paramos em um pequeno celeiro onde uma senhora, muito mais velha

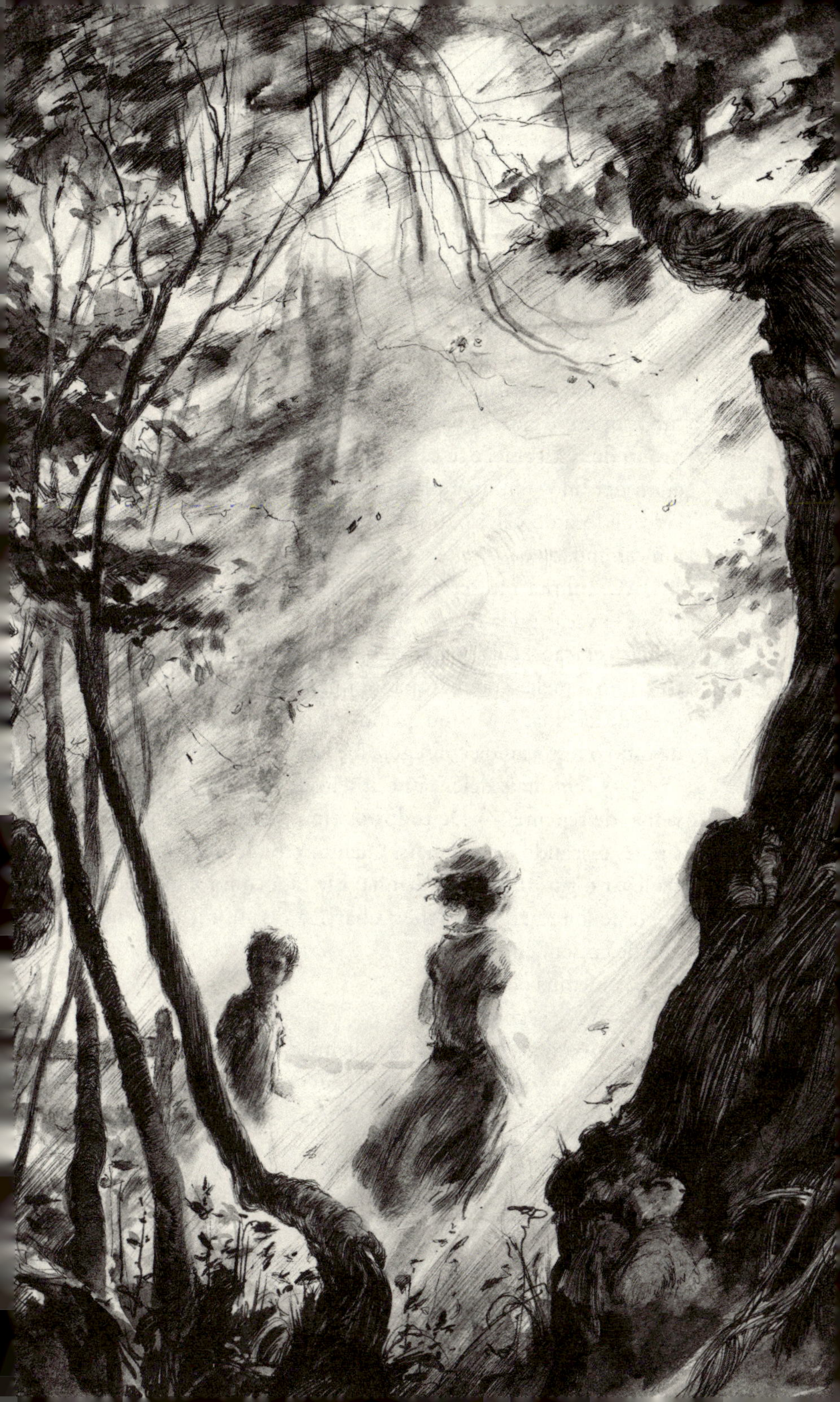

que meus pais, o cabelo comprido e grisalho como teias de aranha e o rosto magro, estava de pé ao lado de uma vaca. Longos tubos pretos estavam acoplados às tetas do animal.

— A gente ordenhava as vacas manualmente — disse a garota. — Mas assim é mais fácil.

Ela me mostrou como o leite saía da vaca, seguia pelos tubos pretos e entrava na máquina, passando por um mecanismo de refrigeração, e caía em latões enormes. Os latões eram deixados em uma plataforma de madeira maciça do lado de fora do celeiro, onde eram coletados todo dia por um caminhão.

A senhora me serviu um copo do leite cremoso da Bessie, a vaca, ainda fresco, antes de passar pelo mecanismo de refrigeração. Nada do que eu bebera na vida tinha um gosto como aquele: era encorpado, quente, enchendo minha boca de felicidade. Mesmo quando eu já tinha me esquecido de todo o resto, ainda conseguia me lembrar daquele leite.

— Tem mais deles lá no início da estrada — disse a velha, de repente. — De todos os tipos, chegando com as sirenes piscando e tudo mais. Quanto rebuliço. Você deveria levar o garoto para a cozinha. Ele está com fome, e um copo de leite não vai encher a barriga de um menino em fase de crescimento.

A menina perguntou:

— Você já comeu?

— Só uma torrada. Estava queimada.

— Meu nome é Lettie. Lettie Hempstock — disse ela. — Esta é a Fazenda Hempstock. Venha.

Ela me levou para dentro de casa pela porta da frente e me guiou até a cozinha gigantesca, onde me colocou sentado a uma enorme mesa de madeira, cheia de marcas e nós que pareciam rostos me encarando.

— Tomamos o café da manhã cedo por aqui — disse ela. — A ordenha começa assim que o dia nasce. Mas tem mingau na panela, e geleia para colocarmos nele.

Ela me deu uma tigela de porcelana cheia de mingau de aveia quente servido diretamente da panela que estava no fogão, com uma colherada de geleia de amora caseira, minha preferida, bem no meio, e então derramou creme de leite por cima. Misturei tudo com a colher antes de comer, criando um redemoinho roxo, e aquilo me deixou mais feliz que qualquer outra coisa na vida. O gosto era divino.

Uma mulher atarracada entrou na cozinha. O cabelo castanho-avermelhado era curto e salpicado de fios brancos. Tinha as maçãs do rosto salientes, vestia uma saia verde-escura até os joelhos e galochas.

— Esse deve ser o menino lá do início da estrada. Quanta confusão por causa daquele carro. Daqui a pouco cinco deles vão precisar de chá — disse ela.

Lettie encheu uma enorme chaleira de cobre com água da torneira. Acendeu uma das bocas do fogão a gás com um fósforo e pousou a chaleira na chama. Em seguida, pegou cinco canecas lascadas de um armário, e hesitou, olhando para a mulher, que disse:

— Tem razão. Seis. O médico virá também.

Então a mulher franziu os lábios e soltou um muxoxo.

— Não viram o bilhete — disse ela. — Ele o escreveu com tanto cuidado, dobrou e guardou no bolso do paletó, e ninguém olhou lá ainda.

— O que o bilhete diz? — perguntou Lettie.

— Leia você mesma — retrucou a mulher.

Presumi que fosse a mãe da Lettie. Parecia ser mãe de alguém.

Então ela continuou:

— O bilhete diz que ele pegou todo o dinheiro que os amigos tinham lhe pedido que tirasse clandestinamente da África do Sul e depositasse num banco na Inglaterra para eles, e também tudo o que ganhou ao longo dos anos com a mineração de opalas, e foi até o cassino em Brighton, mas só pretendia apostar o que era dele. Depois ia mexer na quantia dos amigos só até recuperar o que havia perdido. — E completou: — E então ficou sem nada, e tudo era escuridão.

— Só que não foi isso que ele escreveu — disse Lettie, estreitando os olhos. — O que deixou escrito foi:

A todos os meus amigos,

Sinto muito que nada tenha saído como planejei e espero que possam me perdoar em seus corações, porque eu mesmo não consigo.

— Dá no mesmo — disse a mulher. Depois virou-se para mim: — Sou a mãe da Lettie — anunciou. — Você já deve ter conhecido a minha mãe, no galpão de ordenha. Sou a sra. Hempstock, mas ela era a sra. Hempstock antes de mim, então agora é a velha sra. Hempstock. Esta é a Fazenda Hempstock. É a mais antiga das redondezas. Está no *Domesday Book*.

Fiquei me perguntando por que todas tinham o sobrenome Hempstock, aquelas mulheres, mas não perguntei, da mesma forma que nem ousei perguntar como sabiam sobre o bilhete de suicídio ou o que o minerador de opala estava pensando ao morrer. Elas tratavam tudo aquilo com muita naturalidade.

— Dei uma forcinha para o policial olhar no bolso do paletó. Vai parecer que a ideia foi dele — disse Lettie.

— Boa menina — elogiou a sra. Hempstock. — Eles chegarão aqui assim que a água da chaleira ferver para perguntar se eu vi algo fora do comum e para tomar o chá. Por que você não leva o menino até o lago?

— Não é um lago — corrigiu Lettie. — É o meu oceano. — E virou-se para mim dizendo: — Venha.

Ela me levou para fora da casa pelo mesmo caminho de antes.

O dia ainda estava cinzento.

Contornamos a casa, caminhando pela trilha das vacas.

— É um oceano de verdade? — perguntei.

— Ah, é, sim — respondeu ela.

Deparamos com ele de repente: um galpão de madeira, um velho banco e, entre os dois, um lago de patos, a água escura salpicada de lentilhas-d'água e ninfeias. Havia um peixe morto, prateado como uma moeda, boiando de lado na superfície.

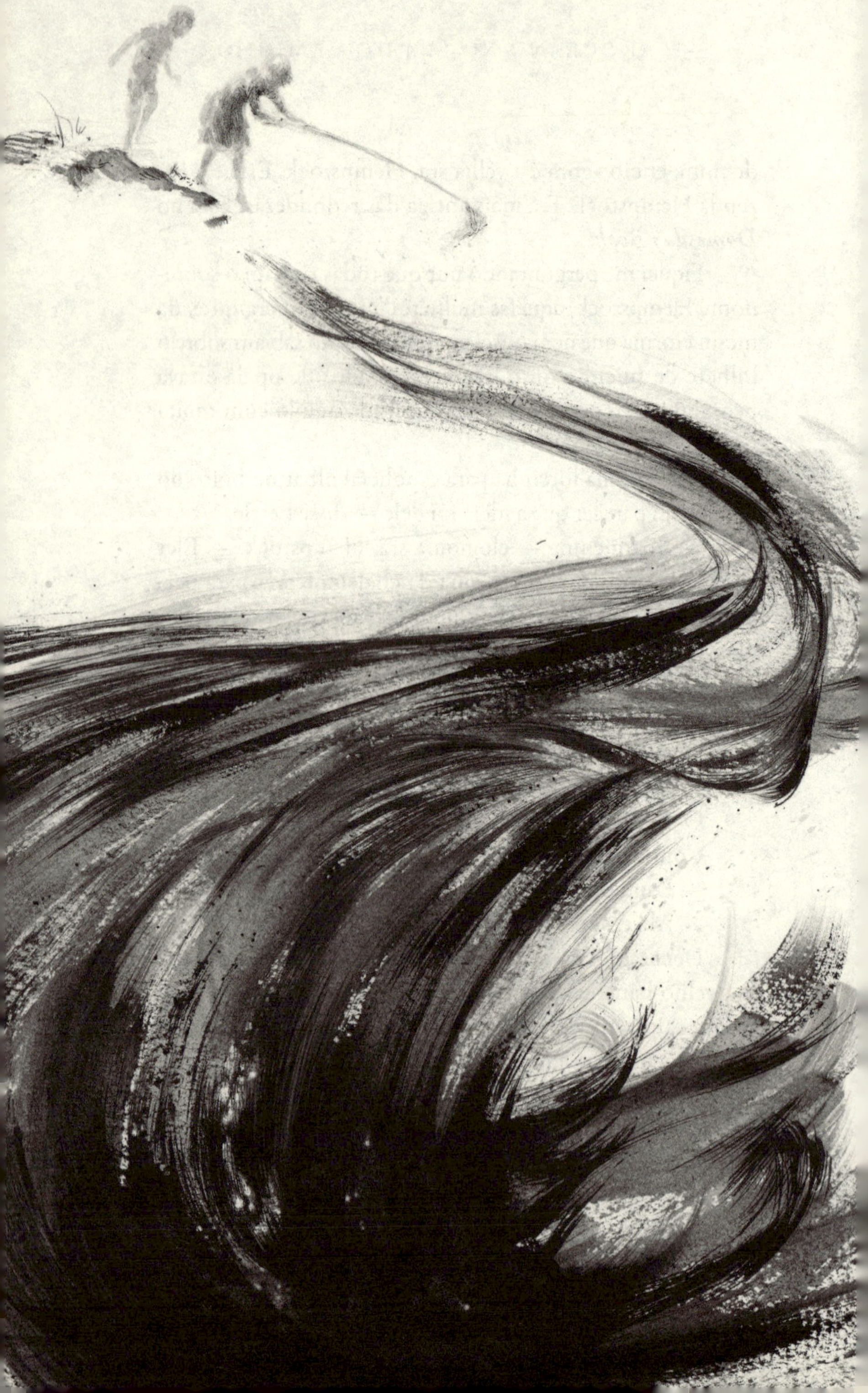

— Isso não é bom — disse Lettie.

— Achei que você tinha dito que era um oceano — falei. — É só um lago, na verdade.

— *É* um oceano — insistiu ela. — Nós o atravessamos quando eu ainda era bebê, quando viemos da velha pátria.

Lettie entrou no galpão e saiu de lá carregando uma vara de bambu comprida, com o que parecia ser um puçá na ponta. Ela inclinou o corpo para a frente, afundou a rede com cuidado por baixo do peixe morto e o puxou para fora.

— Mas a Fazenda Hempstock está no *Domesday Book* — falei. — Foi o que sua mãe disse. E esse livro foi escrito na época de Guilherme, o Conquistador.

— Sim — concordou Lettie Hempstock.

Ela tirou o peixe do puçá e o examinou. Ainda estava mole, não enrijecera, e se debatia na mão dela. Eu nunca tinha visto tantas cores: ele era prateado, sim, mas por baixo do prateado havia azul, verde e roxo, e a ponta das escamas era preta.

— Que peixe é esse? — perguntei.

— Isso é muito estranho — disse Lettie. — Quer dizer, os peixes desse oceano não costumam morrer.

Ela sacou um canivete com cabo de chifre — de onde, eu não saberia dizer — e o enfiou na barriga do peixe, cortando-o da cabeça até a cauda.

— Foi isso que o matou — declarou a menina.

Ela tirou um objeto de dentro do peixe. Então depositou-o, ainda gosmento das vísceras, na palma da minha mão. Eu me abaixei, mergulhei-o na água e o esfreguei com os dedos, para limpá-lo. Olhei. Dei de cara com o rosto da rainha Vitória.

— Seis centavos? — indaguei. — O peixe comeu uma moeda de seis centavos?

— Isso não é bom, não é? — perguntou Lettie.

O sol começava a aparecer: a luz evidenciou as sardas aglomeradas nas bochechas e no nariz dela, e, nos pontos em que incidia em seu cabelo, os fios ganharam um tom vermelho-acobreado.

— Seu pai quer saber onde você está — disse ela. — Hora de voltar.

Tentei devolver a pequena moeda de prata a Lettie, mas ela fez que não com a cabeça.

— Pode ficar — falou. — Você pode comprar um chocolate ou balas de limão.

— Acho que não — retruquei. — É muito pouco. Não sei se as lojas ainda aceitam essas moedas.

— Então coloque no seu cofrinho — sugeriu ela. — Talvez dê sorte.

Lettie disse isso com ar de dúvida, como se não soubesse que tipo de sorte a moeda me daria.

Os policiais, meu pai e dois homens de terno e gravata marrom estavam na cozinha da casa de fazenda. Um deles me contou que era policial, mas não usava uniforme, o que achei um tanto sem graça: se eu fosse policial, tinha certeza, usaria meu uniforme sempre que pudesse. Reconheci o outro homem de terno e gravata como o dr. Smithson, nosso médico de família. Eles estavam terminando o chá.

Meu pai agradeceu à sra. Hempstock e a Lettie por cuidarem de mim, e elas disseram que eu não dera trabalho algum, e que poderia voltar outro dia. O policial que nos levara até o Mini nos deu uma carona de volta e nos deixou na frente de casa.

— Talvez seja melhor você não contar nada disso à sua irmã — ponderou meu pai.

Não queria mesmo contar nada daquilo para ninguém. Eu havia encontrado um lugar especial, feito uma amiga, perdido minha revista em quadrinhos e ainda segurava apertada uma antiga moeda de prata.

— Qual é a diferença entre o oceano e o mar? — perguntei a ele.

— O tamanho — respondeu meu pai. — Os oceanos são muito maiores que os mares. Por quê?

— Só estava pensando — respondi. — É possível um oceano ser tão pequeno quanto um lago?

— Não — respondeu meu pai. — Lagos são do tamanho de lagos, lagoas são do tamanho de lagoas. Mares são mares e oceanos são oceanos. Atlântico, Pacífico, Índico, Ártico. Acho que esses são todos os oceanos que existem.

Meu pai subiu para o quarto, para conversar com minha mãe e falar ao telefone. Coloquei a moeda de prata no meu cofrinho. Era o tipo de cofrinho de porcelana do qual nada podia ser retirado. Um dia, quando não coubesse mais nenhuma moeda, eu teria permissão para quebrá-lo, mas ainda faltava muito para enchê-lo.

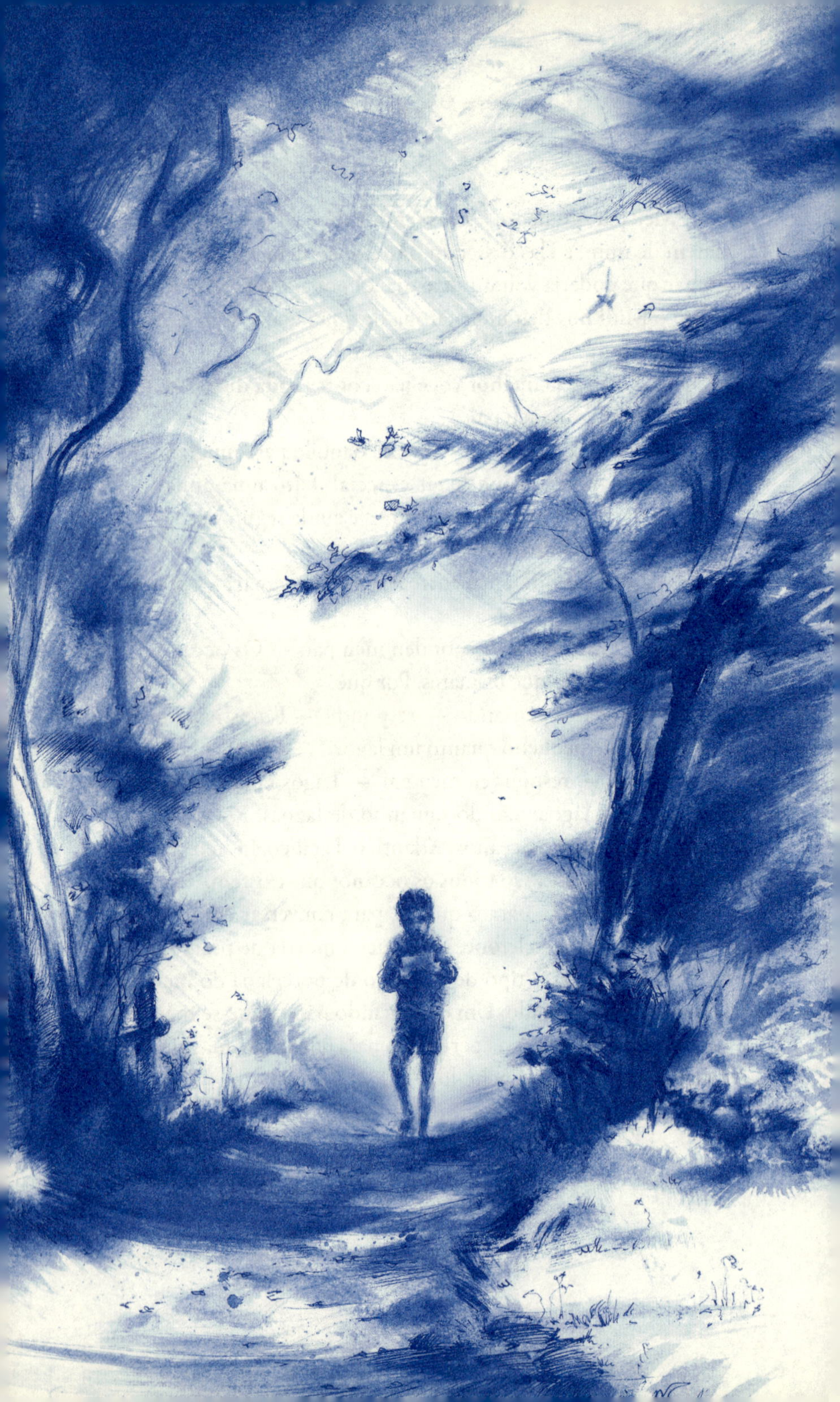

Nunca mais vi o Mini branco. Dois dias depois, numa segunda-feira, meu pai recebeu em casa a entrega de um Rover preto, com bancos de couro vermelho rachado. Era maior que o Mini, mas não tão confortável. O cheiro de charutos velhos estava entranhado no estofamento, e em viagens mais demoradas sempre ficávamos enjoados no banco de trás.

O Rover preto não foi a única coisa a ser entregue na segunda-feira de manhã. Também recebi uma carta.

Eu tinha sete anos e nunca recebia cartas. Ganhava cartões, no meu aniversário, dos meus avós, e de Ellen Henderson, uma amiga da minha mãe que eu não conhecia. Quando eu fazia aniversário, Ellen Henderson, que morava em um trailer, me mandava um lenço. Eu não recebia cartas. Mesmo assim, verificava a caixa de correio todos os dias para ver se havia algo para mim.

E, naquela manhã, havia.

Abri o envelope, não entendi o que era aquilo, e levei a carta para minha mãe.

— O seu Título de Capitalização foi sorteado — comentou ela.

— O que isso quer dizer?

— Quando você nasceu, ou melhor, quando cada neto nasceu, sua avó comprou Títulos de Capitalização para vocês. Se seu número for sorteado, você pode ganhar milhares de libras.

— Eu ganhei milhares de libras?

— Não. — Ela olhou para o pedaço de papel. — Ganhou vinte e cinco libras.

Eu estava triste por não ter ganhado milhares de libras (já sabia como gastaria o dinheiro: compraria um lugar onde pudesse ficar sozinho, como uma Batcaverna, com a entrada camuflada), mas fiquei satisfeito por ser dono de uma fortuna maior do que jamais pensei. Vinte e cinco libras. Eu conseguia comprar quatro balas com um centavo: elas custavam um quarto de centavo cada, embora não existissem mais moedas desse valor. Vinte e cinco libras, 240 centavos em cada libra e quatro balas por centavo, eram... de longe, mais balas do que eu poderia imaginar.

— Vou depositar isso na sua conta-poupança dos correios — disse minha mãe, acabando com meus sonhos.

Eu não tinha mais balas do que antes daquela manhã. Mesmo assim, estava rico. Vinte e cinco libras mais rico do que momentos antes. Eu jamais havia ganhado nada, nunca mesmo.

Pedi a ela que me mostrasse o pedaço de papel com meu nome mais uma vez, antes de guardá-lo na bolsa.

Era segunda-feira de manhã. À tarde, o velho sr. Wollery, que vinha às segundas e quintas para cuidar do jardim (a sra. Wollery, esposa dele e igualmente velha, que usava galochas enormes meio transparentes, vinha às quartas fazer a faxina na casa), escavava buracos na horta quando desenterrou uma garrafa cheia de moedas de centavos, de diversos valores. Nenhuma tinha data posterior a 1937, e eu passei a tarde polindo todas elas com molho inglês e vinagre, para ficarem brilhando.

Minha mãe colocou a garrafa de moedas antigas no console da lareira na sala de jantar e disse que um colecionador de moedas certamente pagaria várias libras por elas.

Fui dormir feliz e empolgado naquela noite. Eu estava rico. Um tesouro enterrado fora descoberto. O mundo era um bom lugar para se viver.

Não lembro como os sonhos começaram. Mas é assim que os sonhos são, não é mesmo?

— NEIL GAIMAN —

Sei que estava na escola e que estava tendo um dia ruim, fugindo de garotos que me batiam e me xingavam, mas eles acabaram me achando nos fundos, no meio da moita de rododendros, e eu sabia que só podia estar sonhando (mas não sabia disso no sonho; tudo era real e verdadeiro), porque, junto dos valentões, estavam meu avô e os amigos dele, idosos de pele cinza e tosse seca. Eles seguravam lápis de ponta afiada, do tipo que tirariam sangue se fossem espetados em você. Corri, mas eles eram mais rápidos que eu, os velhinhos e os grandalhões, e no banheiro dos meninos, onde eu tinha me escondido num dos reservados, eles me alcançaram. Eles me seguraram no chão e abriram minha boca à força.

    Meu avô (mas não era meu avô: na verdade, era um boneco de cera do meu avô, determinado a me vender para a *anatomia*) segurava alguma coisa afiada e brilhante, e começou a empurrá-la por minha goela com seus dedos curtos e grossos. Era rígida, cortante e familiar, e me fez entalar e engasgar. O gosto metálico invadiu minha boca.

    Eles me encaravam com olhares malvados e triunfantes, todos os que estavam no banheiro dos meninos, e eu tentava não engasgar com a coisa que estava na minha garganta, determinado a não lhes dar essa satisfação.

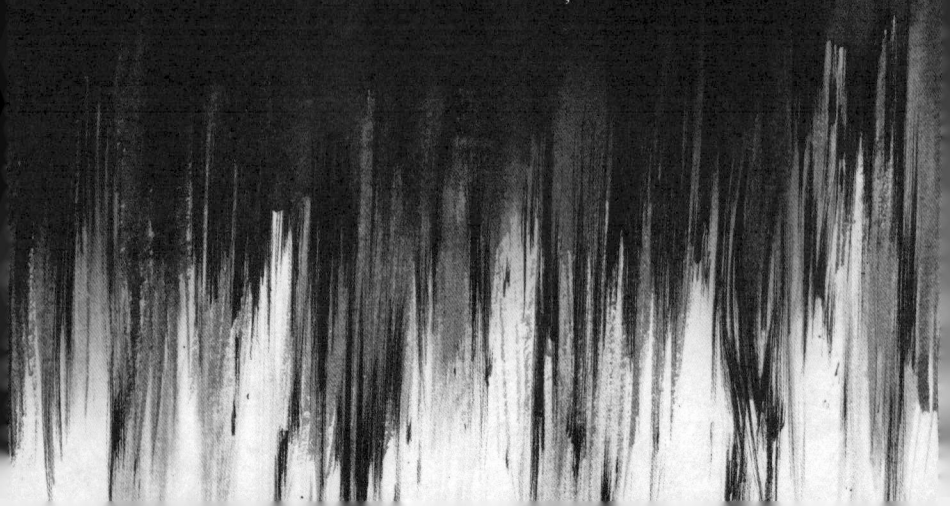

Acordei e estava engasgando.

Não conseguia respirar. Havia algo na minha garganta, rígido e cortante, que não me deixava respirar nem gritar. Comecei a tossir enquanto acordava, as lágrimas rolando pelo rosto, o nariz escorrendo.

Enfiei os dedos na garganta o mais fundo que consegui, desesperado, em pânico e obstinado. Senti a borda de algo duro com a ponta do indicador, prendi o objeto com o dedo médio, o que me fez engasgar ainda mais, peguei o que quer que fosse aquilo na minha garganta e o arranquei.

Puxei o ar com toda a força, e então meio que vomitei no lençol, cuspindo uma gosma transparente salpicada de sangue — o objeto havia cortado minha garganta quando eu o arrancara de lá.

Não olhei o que era. Eu segurei firme a coisa com a mão fechada, gosmenta por causa da saliva e do catarro. Não queria olhar. Não queria que aquilo existisse, a ponte entre meu sonho e o mundo desperto.

Corri até o banheiro que ficava do outro lado da casa. Lavei a boca, bebi água direto da torneira fria, sujei de vermelho a pia branca com meu cuspe. Só depois disso foi que me sentei na pontinha da banheira branca e abri a mão. Estava assustado.

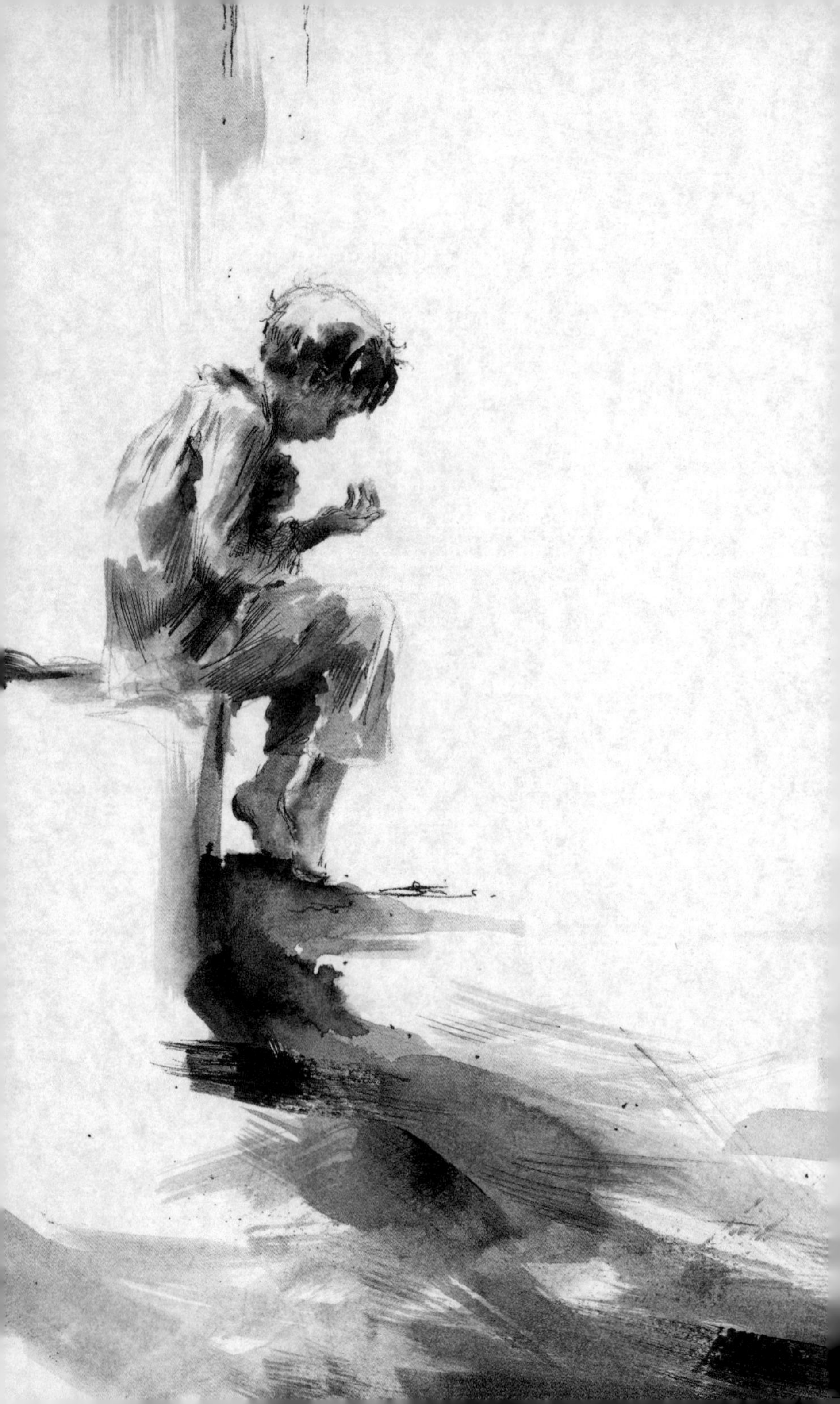

Mas o que vi em minha mão — o que antes estava em minha garganta — não era nada assustador. Era só uma moeda: um xelim de prata.

Voltei para o quarto. Vesti uma roupa, fiz o melhor que pude para limpar o vômito do lençol com uma toalha de rosto umedecida. Torci para que o lençol secasse até a hora de dormir. Então desci a escada.

Queria contar a alguém sobre o xelim, mas não sabia a quem. Conhecia o suficiente dos adultos para saber que, se lhes dissesse o que tinha acontecido, ninguém acreditaria em mim. Os adultos raramente pareciam acreditar em mim quando eu falava a verdade. Por que acreditariam em algo tão improvável?

Minha irmã estava brincando com algumas amigas no jardim nos fundos da casa. Ela correu enfurecida até mim quando me viu.

— Odeio você. Vou contar tudo para a mamãe e para o papai quando eles chegarem.

— O quê?

— Você sabe — disse ela. — Sei que foi você.

— Que fui eu o quê?

— Que atirou moedas em mim. Em todas nós. Dos arbustos. Foi muita maldade sua.

— Mas eu não fiz isso.

— Doeu.

Ela voltou até onde as amigas estavam, e todas me fulminaram com os olhos. Eu sentia minha garganta dolorida e arranhada.

Atravessei a entrada de carros. Não sei aonde planejava ir — só não queria mais ficar ali.

Lettie Hempstock estava de pé na beira da rua, embaixo das castanheiras. Parecia que esperava havia cem anos, e que ainda poderia esperar mais cem. Ela usava um vestido branco, mas a claridade que atravessava as folhas das castanheiras na primavera o deixava esverdeado.

— Oi — falei.

— Você teve um pesadelo, não teve?

Tirei o xelim do bolso e mostrei a ela.

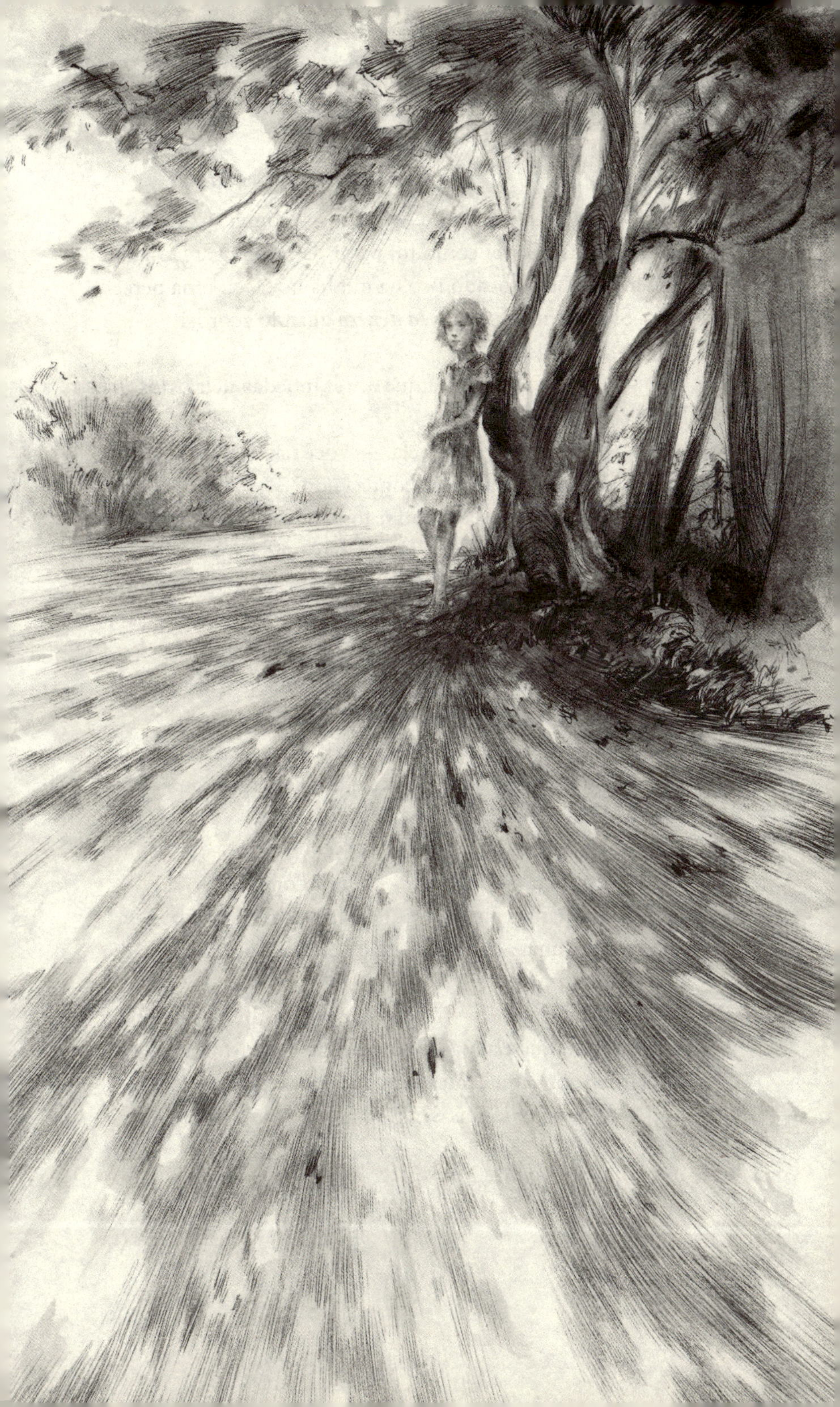

— Estava engasgando com isso — contei. — Quando acordei. Mas não sei como foi parar na minha garganta. Se alguém tivesse colocado isso na minha boca, eu teria percebido. Simplesmente estava *lá dentro* quando acordei.

— É — disse ela.

— Minha irmã falou que atirei moedas nelas, dos arbustos, mas eu não fiz isso.

— Não — concordou ela. — Você não fez.

— Lettie? O que está acontecendo?

— Ah — falou ela, como se fosse óbvio. — Alguém está só tentando dar dinheiro às pessoas, nada mais. Só que está fazendo isso de um jeito muito ruim, e está remexendo em coisas por aqui que deveriam ficar adormecidas. E isso não é bom.

— Tem alguma coisa a ver com o homem que morreu?

— Alguma coisa a ver com ele. Sim.

— É ele quem está fazendo isso?

Ela fez que não com a cabeça. Então perguntou:

— Você já tomou café?

Fiz que não com a cabeça.

— Então tá — disse ela. — Venha comigo.

Caminhamos juntos. Naquela época havia poucas casas pela estrada, uma aqui, outra ali, e Lettie ia apontando cada uma ao passarmos.

— Naquela casa — disse Lettie Hempstock —, um homem sonhou que estava sendo vendido e transformado em dinheiro. Agora começou a ver coisas nos espelhos.

— Que tipo de coisas?

— Ele mesmo. Mas com dedos saindo dos olhos. E coisas saindo pela boca, tipo pinças de caranguejo.

Imaginei pessoas em espelhos com pinças de caranguejo saindo da boca.

— Por que eu achei um xelim na minha garganta?

— Ele queria que as pessoas tivessem dinheiro.

— O minerador de opala? Que morreu no carro?

— É. Mais ou menos. Não exatamente. Foi ele quem começou isso tudo, como alguém que risca um fósforo no pavio dos fogos de artifício. A morte dele acendeu o rastilho. O que está explodindo neste exato momento não é ele. É outra pessoa. Outra coisa.

Ela coçou o nariz sardento com a mão suja.

— Uma moça ficou louca naquela casa — falou Lettie, e nem me ocorreu questioná-la. — Ela tem dinheiro escondido no colchão. Agora não quer mais sair da cama, para que ninguém o pegue.

— Como você sabe disso?

Ela deu de ombros.

— Depois de passar algum tempo aqui, você fica sabendo das coisas.

Chutei uma pedra.

— Com "algum tempo" você quer dizer "uma quantidade muito grande de tempo"?

Ela assentiu.

— Quantos anos você tem, de verdade? — perguntei.

— Onze.

Pensei por um instante. Então perguntei:

— Há quanto tempo você tem onze anos?

Ela sorriu para mim.

Passamos pela Fazenda Caraway. Os fazendeiros, que um dia eu viria a conhecer como os pais de Callie Anders, estavam no pátio discutindo, aos gritos. Pararam quando nos viram.

Depois que fizemos uma curva na estrada e saímos do campo de visão deles, Lettie disse:

— Pobres coitados.

— Por que eles são pobres coitados?

— Porque estão com problemas financeiros. E esta manhã ele sonhou que ela... estava fazendo coisas erradas. Para ganhar dinheiro. Então vasculhou a bolsa dela e encontrou várias notas de dez xelins dobradas. Ela diz que não sabe de onde vieram, e ele não acredita. Não sabe em que acreditar.

— Todas as brigas e todos os sonhos. É tudo por causa de dinheiro, não é?

— Não sei ao certo — respondeu Lettie.

Naquele momento, Lettie pareceu tão adulta que quase tive medo dela.

— O que quer que esteja acontecendo — continuou, por fim — pode ser resolvido. — Foi então que ela viu a expressão preocupada em meu rosto. Assustada, até. E completou: — Depois de algumas panquecas.

Lettie preparou panquecas para nós numa grande chapa de metal, no fogão da cozinha. Eram finas como papel, e assim que ficavam prontas Lettie espremia limão-siciliano em cima delas, acrescentava no meio uma colherada de geleia de ameixa e as enrolava bem enroladinhas, iguais a um charuto. Quando já havia uma quantidade suficiente de panquecas, nós nos sentamos à mesa da cozinha e as devoramos.

A cozinha tinha uma lareira, ainda com cinzas em brasa da noite anterior. Aquela cozinha era um lugar bem agradável, pensei.

— Estou com medo — falei a Lettie.

Ela sorriu para mim.

— Vou garantir que você esteja em segurança. Prometo. *Eu* não estou com medo.

Continuei com medo, mas não tanto.

— É que isso é assustador.

— Já disse que prometo — insistiu Lettie Hempstock. — Não vou deixar que machuquem você.

— Machuquem? — perguntou bem alto uma voz rouca. — Quem está machucado? O que se machucou? Por que alguém estaria machucado?

Era a velha sra. Hempstock, o avental suspenso nas mãos, e no bolso da peça havia tantos narcisos que a claridade refletida neles transformava o rosto dela em ouro, e a cozinha inteira parecia banhada em uma luminosidade amarela.

— Algo está criando problemas. Está dando dinheiro às pessoas. Nos sonhos e na vida real — respondeu Lettie, e mostrou minha moeda à senhora. — Meu amigo acordou engasgado com este xelim hoje de manhã.

A velha sra. Hempstock apoiou o avental na mesa da cozinha, transferindo os narcisos com agilidade do tecido para a madeira. Então pegou o xelim da mão de Lettie. Estreitou os olhos para observá-lo melhor, cheirou-o, esfregou-o, escutou-o (ou, pelo menos, levou-o à orelha), e então encostou nele a ponta da língua arroxeada.

— É novo — disse, por fim. — Está escrito 1912, mas ontem ele não existia.

— Eu sabia que tinha alguma coisa esquisita com essa moeda — falou Lettie.

Ergui os olhos para encarar a velha sra. Hempstock.

— Como a senhora sabe disso?

— Boa pergunta, amorzinho. Basicamente pelo decaimento dos elétrons. É preciso olhar as coisas bem de pertinho para ver os elétrons. Eles são os pequenininhos, que parecem minúsculos sorrisos. Os nêutrons são os cinzentos, que parecem testas franzidas. Os elétrons estavam todos um pouco sorridentes demais para 1912, então verifiquei as bordas das letras e a cara do velho rei, e tudo estava um tiquinho nítido e definido demais. Até nos pontos em que as bordas estavam desgastadas, era como se tivessem sido feitas para parecer desgastadas.

— A senhora deve ter uma visão muito boa — observei.

Eu estava impressionado. Ela me devolveu a moeda.

— Não tanto quanto antigamente, mas, quando você chegar à minha idade, sua visão também não será tão boa quanto já foi um dia — disse, e deu uma gargalhada sonora como se tivesse dito algo muito engraçado.

— E qual é a sua idade?

Lettie olhou para mim, e eu fiquei com medo de ter sido grosseiro. Às vezes os adultos não gostavam que perguntassem a idade deles, outras vezes gostavam. Pela minha experiência, os idosos gostavam. Tinham orgulho de sua idade.

A sra. Woellery tinha setenta e sete anos e o sr. Woellery, oitenta e nove, e ambos gostavam de nos dizer isso.

A velha sra. Hempstock andou até um armário e tirou dele vários vasos coloridos.

— Idade suficiente — respondeu. — Eu me lembro de quando a lua foi feita.

— A lua não existe desde sempre?

— Benza Deus! De jeito nenhum. Eu lembro o dia em que a lua chegou. Nós olhamos para o céu. Era tudo amarronzado e cinzento por aqui naquela época, e não verde e azul...

Ela abasteceu cada um dos vasos até a metade com água da torneira. Então pegou uma tesoura de cozinha escurecida e cortou um centímetro da base do caule de cada narciso.

— Você tem certeza de que não é o fantasma daquele homem que está fazendo essas coisas? Tem certeza de que não estamos sendo assombrados? — perguntei.

As duas riram, a menina e a senhora, e eu me senti um idiota.

— Desculpem — falei.

— Fantasmas não podem fazer coisas — disse Lettie. — Eles não são bons nem em mudar as coisas de lugar.

— Vá chamar sua mãe. Ela está lavando roupa — falou a velha Sra. Hempstock, e então se dirigiu a mim: — Você vai me ajudar com esses narcisinhos.

Ajudei-a a colocar as flores nos vasos, e ela pediu a minha opinião sobre onde colocá-los na cozinha. Nós os pusemos nos lugares sugeridos por mim, e eu me senti extremamente importante.

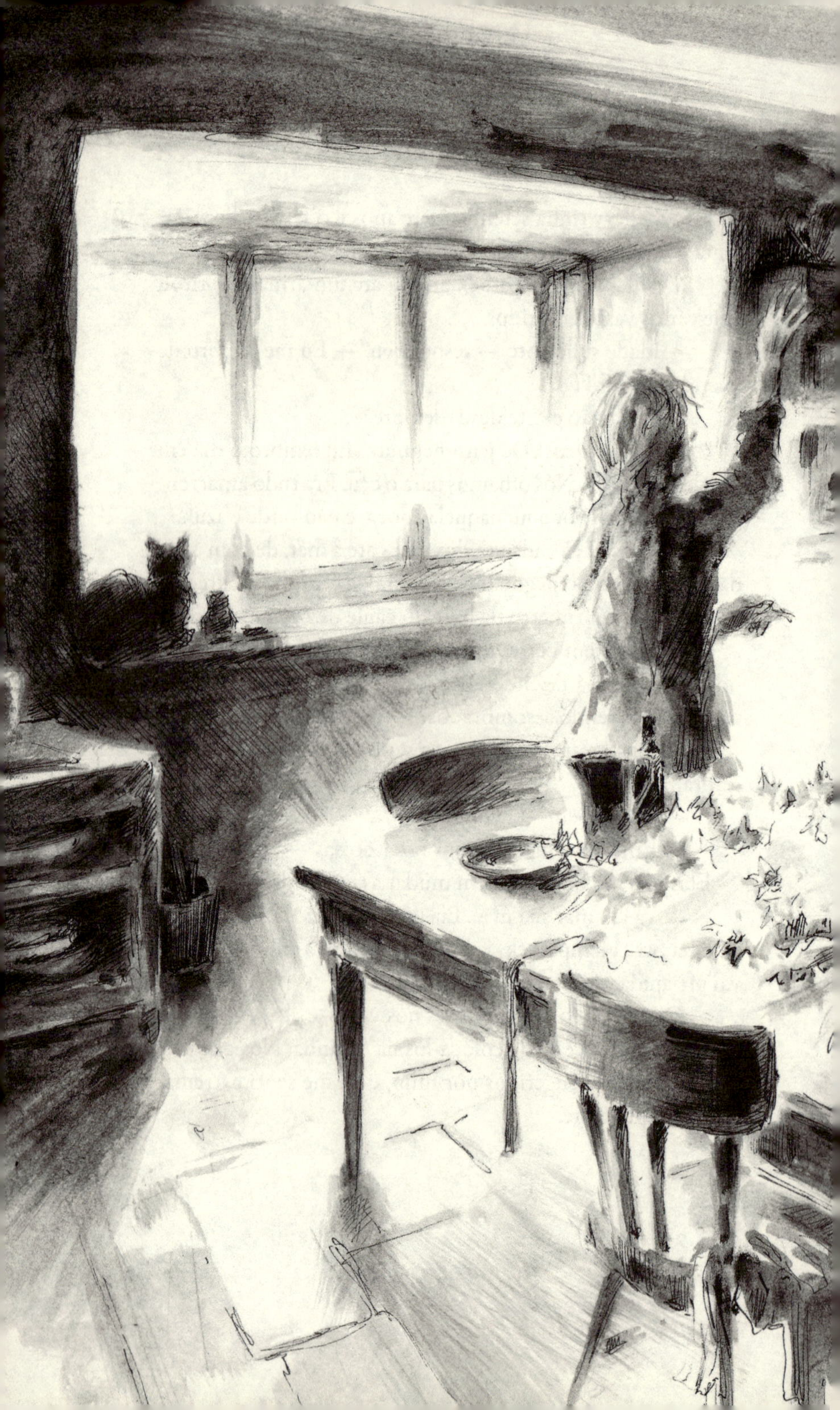

Os narcisos ali pareciam fragmentos de luz do sol, tornando ainda mais agradável aquela cozinha de madeira escura. O piso era de lajotas de pedra vermelhas. As paredes eram caiadas.

A senhora me serviu um naco de favo de mel, da colmeia das Hempstock, em um pires lascado, e despejou por cima um pouco de creme de leite de uma jarra. Comi com uma colher, mastigando a cera como chiclete, deixando o mel escorrer pela garganta, doce e viscoso, com sabor de flores silvestres no final.

Eu estava raspando do pires o restinho do creme de leite e do mel quando Lettie e a mãe adentraram a cozinha. A sra. Hempstock ainda trazia nos pés as enormes galochas e entrou a passos largos, como se tivesse muita pressa.

— Mãe! — exclamou. — Dando mel ao menino! A senhora vai estragar os dentes dele.

A velha sra. Hempstock deu de ombros.

— Vou ter uma conversinha com os bichinhos na boca dele — retrucou. — Fazer com que deixem os dentes do menino em paz.

— A senhora não pode simplesmente ficar mandando nas bactérias assim — disse a sra. Hempstock mais jovem. — Elas não gostam.

— Que bobagem sem tamanho! — exclamou a mais velha. — Deixe esses bichinhos a seu bel-prazer e farão estragos sem precedentes. Mostre-lhes quem manda e serão seus humildes servos. Você já provou do meu queijo. — E virou-se para mim. — Meu queijo já ganhou medalhas. Medalhas. Na época do velho rei, havia quem cavalgasse uma semana inteira para comprar um dos meus queijos. Comentava-se que o próprio rei o comia com seus pães, com os filhos, o príncipe Ricardo, o príncipe Godofredo e até mesmo o pequeno príncipe João, e que eles juravam ser o melhor queijo que já haviam provado na vida...

— Vó — disse Lettie, e a senhora parou no meio da frase.

— Você vai precisar de uma varinha de aveleira. E — acrescentou a mãe de Lettie, sem parecer muito convicta — acho que poderia levar o rapaz. É a moeda dele, e será mais fácil carregá-la se ele estiver com você. Algo feito por ela.

— Ela? — perguntou Lettie.

Lettie segurava seu canivete com cabo de chifre, a lâmina recolhida.

— Pelo gosto, é ela — respondeu a mãe de Lettie. — Mas posso estar enganada.

— Não leve o garoto — disse a velha sra. Hempstock. — É o mesmo que arrumar sarna para se coçar, isso sim.

Fiquei desapontado.

— Ficaremos bem — disse Lettie. — Vou tomar conta dele. Só nós dois. Será uma aventura. E ele me fará companhia. Por favor, vó?

Ergui os olhos para a velha sra. Hempstock, a esperança estampada no rosto, e aguardei.

— Se der tudo errado, não diga que não avisei — falou a velha.

— Obrigada, vó. Não vou dizer. E vou tomar cuidado.

A velha sra. Hempstock fungou.

— Olhe lá, não faça nenhuma bobagem. Aproxime-se dela com cautela. Imobilize-a, bloqueie seu caminho, faça-a adormecer de novo.

— Eu sei — disse Lettie. — Sei disso tudo. De verdade. Vamos ficar bem.

Foi o que ela disse. Mas não foi o que aconteceu.

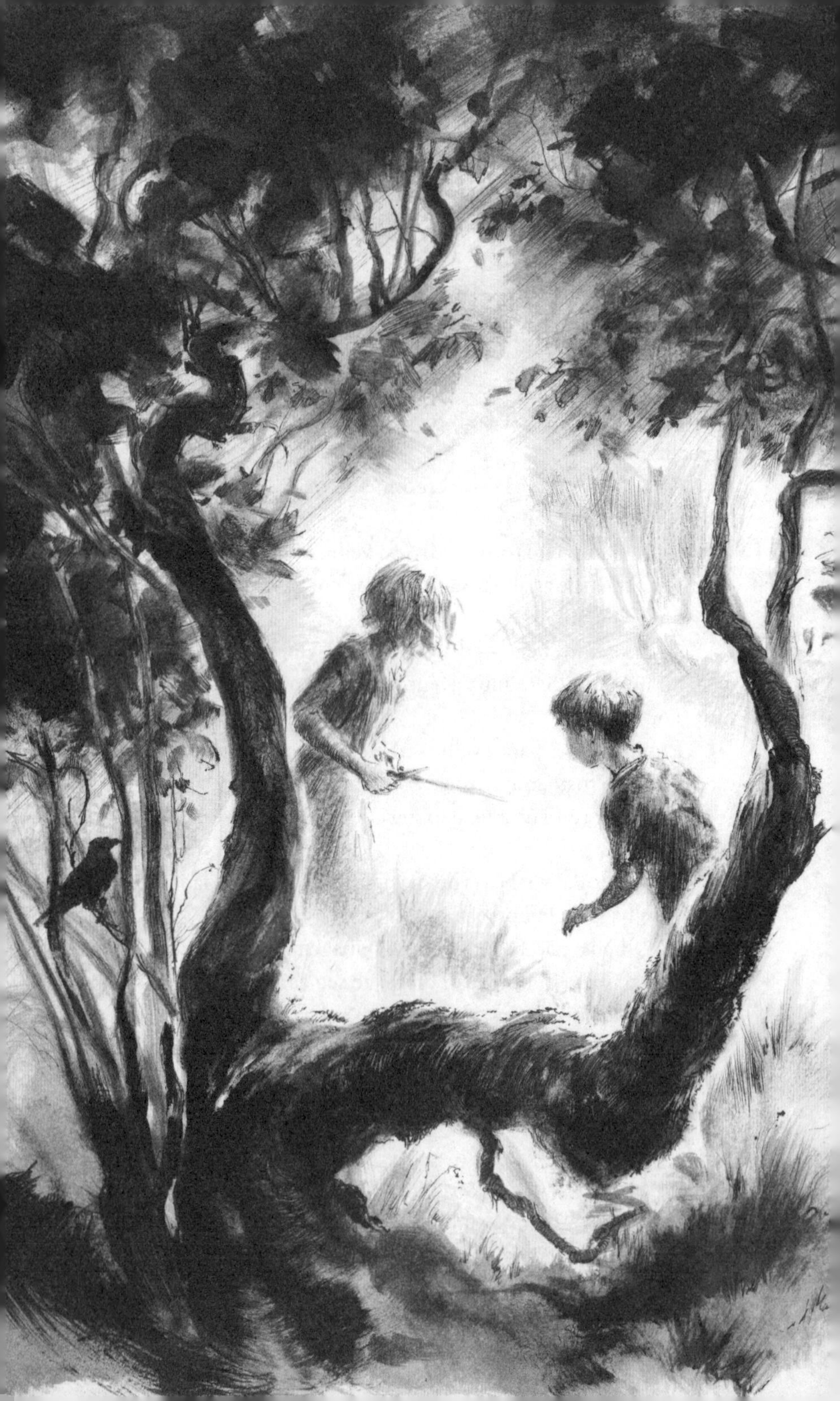

IV

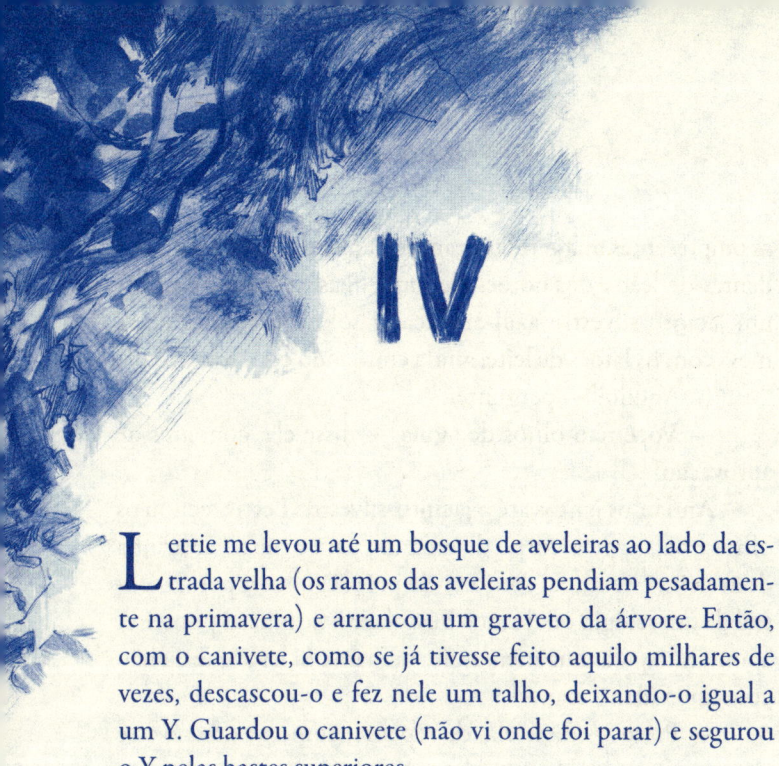

Lettie me levou até um bosque de aveleiras ao lado da estrada velha (os ramos das aveleiras pendiam pesadamente na primavera) e arrancou um graveto da árvore. Então, com o canivete, como se já tivesse feito aquilo milhares de vezes, descascou-o e fez nele um talho, deixando-o igual a um Y. Guardou o canivete (não vi onde foi parar) e segurou o Y pelas hastes superiores.

— Isso não é radioestesia — disse ela. — Só estou usando a varinha como guia. O que procuramos é azul... uma garrafa azul, acho, para começar. Ou algo azul-arroxeado, e cintilante.

Observei os arredores com Lettie.

— Não estou vendo nada assim.

— Está por aqui — garantiu ela.

Olhei em volta, esquadrinhando a grama, vendo uma galinha marrom-avermelhada ciscando ao lado da entrada de veículos, alguns equipamentos agrícolas enferrujados, uma mesa de madeira com cavaletes servindo de pé ao lado da estrada, e seis latões de leite vazios em cima dela. Avistei a casa de fazenda de tijolos vermelhos das Hempstock, confortável como um animal descansando. Vi as flores de primavera;

as onipresentes margaridas brancas e amarelas, o dourado dos dentes-de-leão e dos botões-de-ouro, quase já fora de estação, um jacinto-silvestre azul-arroxeado solitário à sombra da mesa com os latões de leite, ainda cintilando com o orvalho...

— Aquilo? — perguntei.

— Você tem olhos de águia — disse ela, com ares de aprovação.

Andamos juntos até o jacinto-silvestre. Lettie fechou os olhos e balançou o corpo de um lado para o outro, a varinha de aveleira estendida, como se ela própria fosse o ponto central de um relógio ou de uma bússola, e a varinha, o ponteiro, apontando para uma meia-noite ou para um leste que eu não conseguia identificar.

— Preto — disse ela, de repente, como se descrevesse algo proveniente de um sonho. — E macio.

Nós nos afastamos do jacinto-silvestre, caminhando ao longo da estradinha que eu às vezes achava já ter sido uma estrada romana. Estávamos uns cem metros adiante, perto do lugar em que o Mini fora encontrado, quando ela o avistou: um retalho de tecido preto preso no arame farpado da cerca.

Lettie aproximou-se dele. De novo o graveto de aveleira estendido à sua frente, de novo o corpo girando lentamente.

— Vermelho — disse, com segurança. — Muito vermelho. Por ali.

Caminhamos juntos na direção indicada por ela. Atravessamos o pasto e nos embrenhamos por um aglomerado de árvores.

— Lá! — exclamei, fascinado.

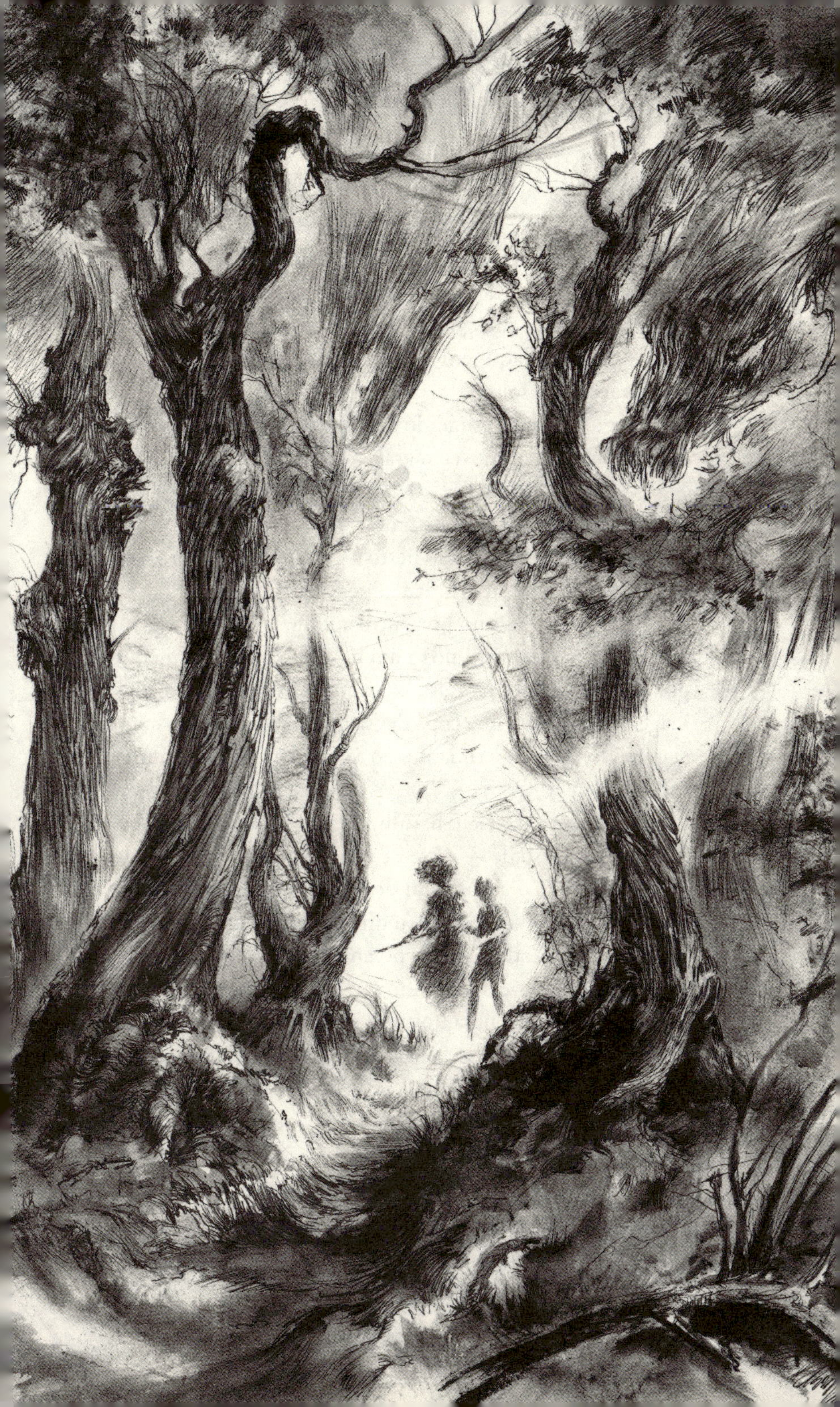

O cadáver de um animal muito pequeno — um tipo de roedor, era o que parecia — estava estendido em um montinho de musgos verdes. Não tinha cabeça, e o sangue manchava seu pelo e o musgo. Era um vermelho muito vermelho.

— Ouça, daqui em diante — disse Lettie —, segure meu braço. Não solte.

Peguei o braço esquerdo dela, perto do cotovelo, com a mão direita. Lettie moveu o graveto de aveleira.

— Por aqui — falou.

— O que procuramos agora?

— Estamos chegando perto — disse ela. — A próxima coisa que procuramos é uma tempestade.

Abrimos caminho por outro aglomerado de árvores e, ao passar por ele, chegamos a um bosque, e nos espremos por entre os troncos, muito próximos uns dos outros, a folhagem formando uma copa densa lá no alto. Achamos uma clareira no bosque, e andamos ao longo dela, em um mundo todo verde.

Da esquerda, veio o barulho de um trovão distante.

— Tempestade — disse Lettie.

Ela deixou o corpo girar de novo, e eu me mexia junto, segurando seu braço. Senti, ou imaginei ter sentido, uma vibração atravessando meu corpo enquanto segurava o braço dela, como se estivesse tocando um motor potente.

Ela partiu em uma nova direção. Atravessamos juntos um córrego. Então Lettie parou de repente e cambaleou, mas não caiu.

— Chegamos? — perguntei.

— Ainda não. Não. A criatura sabe que estamos vindo. Sente nossa presença. E não quer que cheguemos perto.

O graveto de aveleira começou a se mover descontroladamente em todas as direções, como um ímã sendo repelido por um polo magnético. Lettie sorriu.

Uma rajada de vento lançou folhas e terra em nosso rosto. A distância, ouvi algo deslocando-se ruidosamente, como um trem. Ficava cada vez mais difícil enxergar, e o céu que eu avistava acima do dossel de folhas estava escuro, como se enormes nuvens de tempestade estivessem bem em cima de nossas cabeças, ou como se tivéssemos passado diretamente da manhã para o crepúsculo.

— Abaixe-se! — gritou Lettie, e se agachou no musgo, me puxando para baixo.

Ela se deitou de bruços e eu me deitei a seu lado, sentindo-me ligeiramente bobo.

O solo estava úmido.

— Por quanto tempo nós vamos...?

— Shhh! — Ela pareceu quase zangada.

Não falei nada.

Algo cruzou o bosque, por cima de nós. Olhei para o alto e vi uma coisa marrom e peluda, mas achatada como um imenso tapete, as pontas tremulando e ondulando e, na frente do tapete, uma boca repleta de dezenas de dentinhos afiados, voltados para baixo.

A coisa tremulou e pairou sobre nós, e então sumiu de vista.

— O que era aquilo? — perguntei, o coração batendo tão forte que eu não sabia se seria capaz de ficar em pé novamente.

— Um lobo-raia — disse Lettie. — Já fomos um pouco além do que eu imaginava.

Ela se pôs de pé e ficou olhando fixamente na direção para onde a coisa peluda havia seguido. Levantou a ponta do graveto de aveleira e virou-se devagar.

— Não estou captando nada. — Ela jogou a cabeça para trás, para tirar o cabelo da frente dos olhos, sem soltar as hastes da forquilha de aveleira. — Ou a criatura está se escondendo ou estamos perto demais. — Ela mordeu o lábio e então disse: — O xelim. Aquele da sua garganta. Pegue.

Tirei-o do bolso com a mão esquerda e o estendi em sua direção.

— Não — disse Lettie. — Não posso encostar nele, não agora. Coloque-o na bifurcação da forquilha.

Não perguntei por quê. Simplesmente coloquei o xelim de prata no ponto em que as duas hastes do Y se encontraram. Lettie esticou os braços e se virou bem devagar, com o graveto apontado para a frente. Eu me movi com ela, mas não senti nada. Nenhum motor vibrando. Já havíamos passado da metade do giro e, então, ela parou.

— Veja! — exclamou.

Olhei na direção para onde ela estava virada, mas não vi nada além de árvores e sombras no bosque.

— Não, veja. Aqui.

Ela indicou com a cabeça.

A ponta da forquilha de aveleira estava fumegando, um pouco. Lettie virou um bocadinho para a esquerda, outro para a direita, um tanto mais para a direita de novo, e a ponta do graveto começou a brilhar com um laranja incandescente.

— Nunca vi nada assim — disse Lettie. — Estou usando a moeda como amplificador, mas é como se...

Houve um *woof!* e a ponta do graveto pegou fogo. Lettie fincou-a no musgo úmido e disse:

— Pegue sua moeda de volta.

Eu obedeci, pegando-a com cuidado, para o caso de estar quente, mas estava muito gelada. Lettie deixou a forquilha para trás, no musgo, a ponta carbonizada ainda fumegando, irritada.

Lettie começou a andar, e segui a seu lado. Estávamos de mãos dadas agora, minha mão direita na esquerda dela. O ar tinha um cheiro estranho, como o de fogos de artifício, e o mundo escurecia com cada passo que dávamos bosque adentro.

— Eu disse que manteria você em segurança, não disse? — perguntou Lettie.

— Sim.

— Prometi que não deixaria nada machucar você.

— Prometeu.

Ela completou:

— É só continuar de mãos dadas comigo. Não solte. O que quer que aconteça, não solte a minha mão.

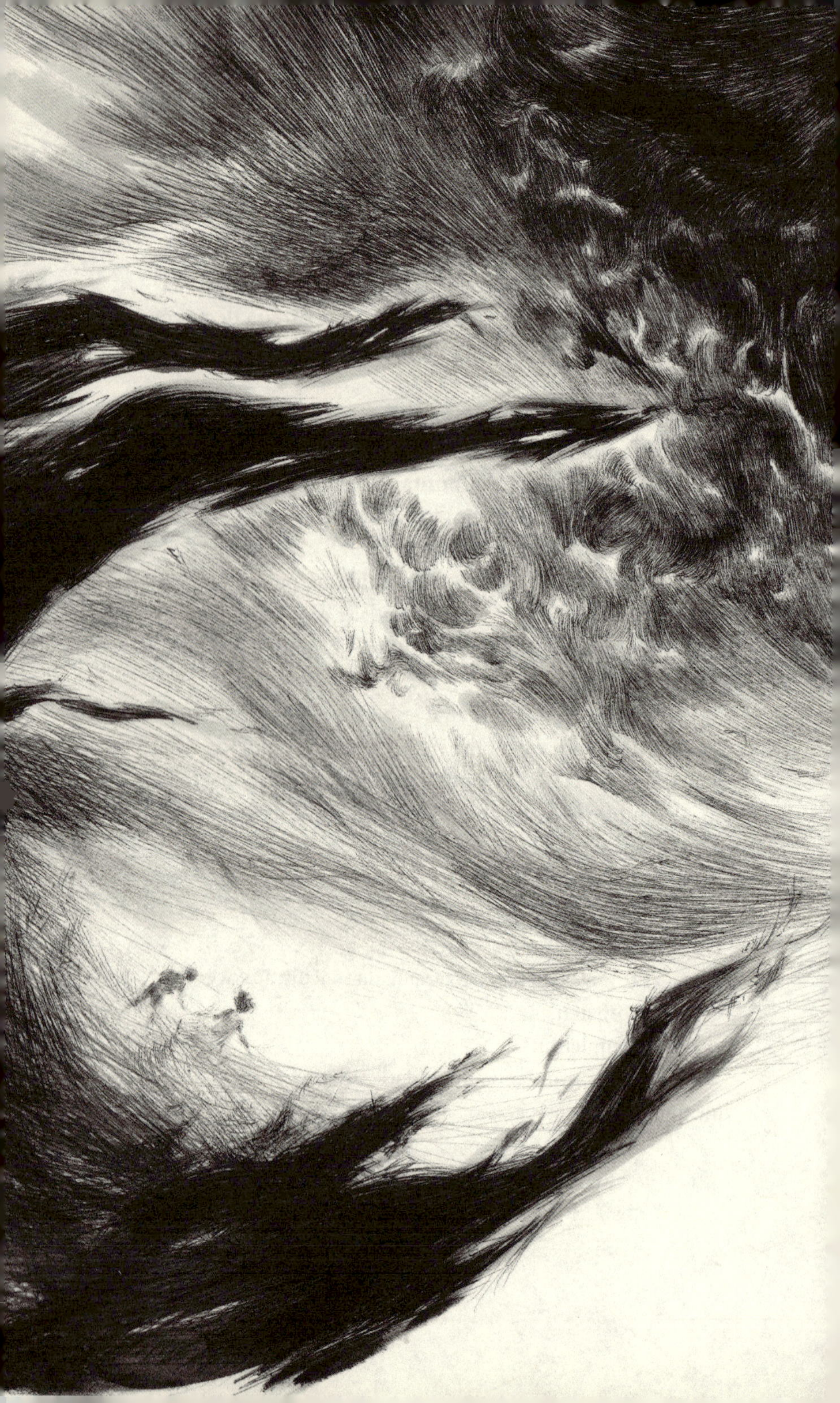

A mão dela estava quente, mas não suada. Isso me tranquilizava um pouco.

— Segure a minha mão — repetiu. — E não faça nada a menos que eu mande. Entendeu?

— Não estou me sentindo tão seguro — falei.

Ela não discutiu. Só disse:

— Nós fomos além do que eu imaginava. Além do que eu esperava. Não tenho muita certeza do tipo de criaturas que vivem aqui, nos limites do bosque.

O aglomerado de árvores terminou, e saímos em campo aberto.

— Estamos muito longe da sua fazenda? — perguntei.

— Não. Ainda estamos no terreno. A Fazenda Hempstock é muito grande. Trouxemos muita coisa da velha pátria quando viemos para cá. A fazenda veio também, e trouxe junto algumas criaturas. Vovó as chama de pulgas.

Eu não sabia onde estávamos, mas não conseguia acreditar que ainda fossem as terras das Hempstock, da mesma forma que não acreditava que estivéssemos no mundo onde eu havia crescido. O céu dali tinha o laranja esmaecido dos semáforos; as plantas, espinhosas, como enormes babosas denteadas, eram de um verde-escuro meio prateado e pareciam forjadas em chumbo.

A moeda na minha mão esquerda, que já estava na temperatura do meu corpo, começou a esfriar novamente, até ficar fria como um cubo de gelo. Minha mão direita segurava a de Lettie Hempstock com toda a força que tinha.

— Chegamos — disse ela.

Num primeiro momento, achei que estava olhando para uma construção qualquer: algum tipo de barraca, do tamanho de uma igreja do interior, feita de uma lona rosa-acinzentada que tremulava com as rajadas do vento de tempestade, sob aquele céu alaranjado — uma estrutura desbotada envelhecida pelo clima e rasgada pelo tempo.

E então a criatura virou-se e eu vi seu rosto, e ouvi algo ganindo, como um cão que tivesse levado um chute, e me dei conta de que a coisa que gania era eu.

O rosto era esfarrapado e os olhos eram buracos profundos no tecido. Não havia nada por trás daquilo, era só uma máscara de lona cinza, maior do que eu jamais teria imaginado, toda rasgada e retalhada, balançando com as rajadas do vento de tempestade.

Algo se mexeu, e a criatura maltrapilha baixou os olhos para nós.

— Diga seu nome — falou Lettie Hempstock.

Houve uma pausa. Olhos vazios nos encaravam. Então uma voz tão monótona quanto o vento disse:

— Eu sou a senhora deste lugar. Estou aqui há muito tempo. Antes mesmo de os povos pequenos sacrificarem seus irmãos nas rochas. Meu nome é só meu, criança. Não lhe diz respeito. Agora deixe-me em paz, antes que eu sopre vocês para bem longe daqui.

A coisa gesticulou com um dos membros, que mais parecia uma vela mestra quebrada, e eu senti meu corpo tremer.

Lettie Hempstock apertou minha mão, e eu ganhei um pouco de coragem. Ela disse:

— Eu pedi que cê dissesse seu nome, num pedi? Mas só o que ouvi foi cê se gabar de como é velha e do tanto de tempo que tá aqui. Agora, cê me diz seu nome, que num vou perguntar uma terceira vez.

Lettie parecia ser do interior como nunca antes. Talvez fosse a ira em sua voz: as palavras saíam diferentes de sua boca quando estava zangada.

— Não — sussurrou a criatura cinza, monotonamente. — Garotinha, garotinha... quem é o seu amigo?

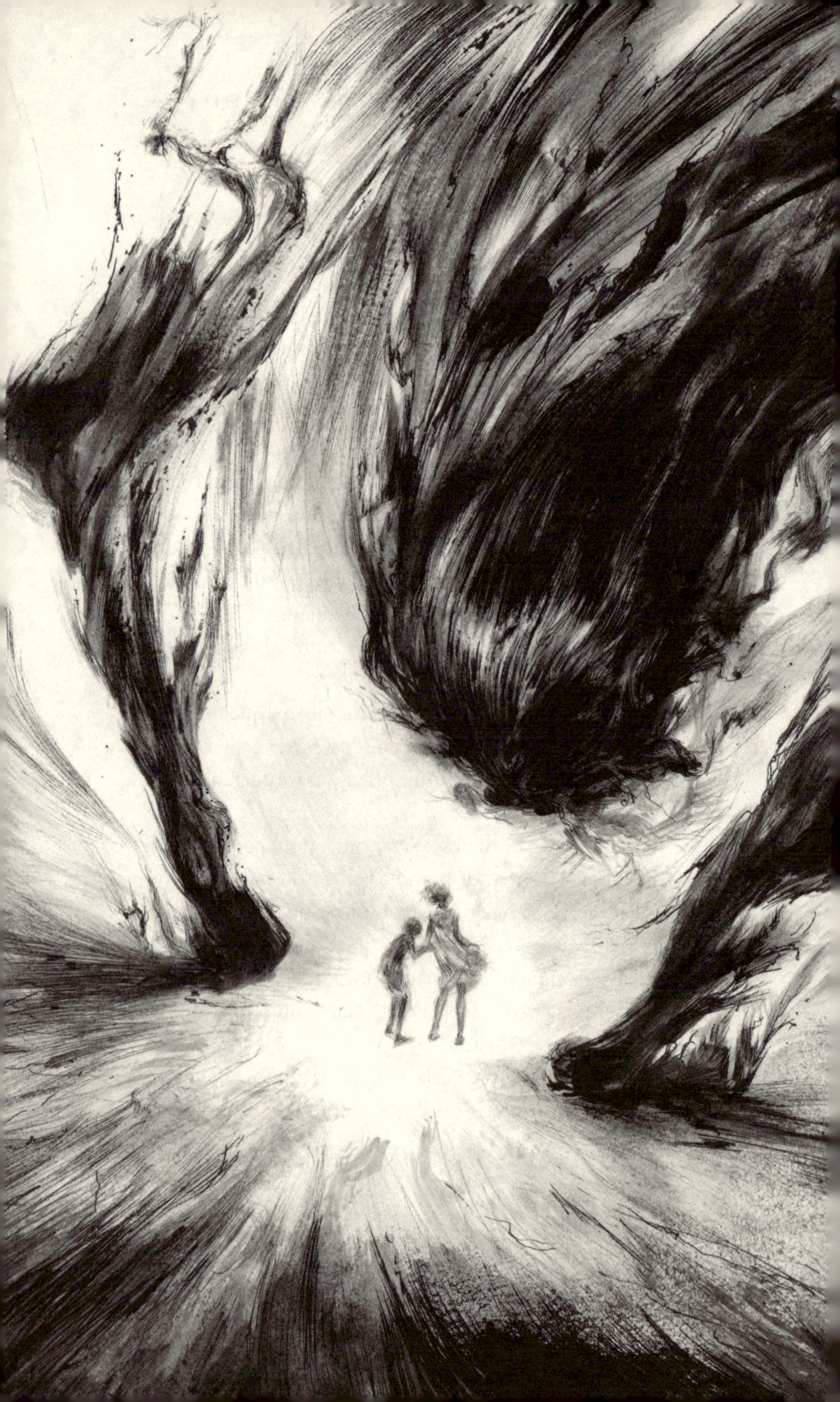

— Não diga nada — sussurrou Lettie. Fiz que sim com a cabeça e apertei os lábios com força.

— Estou ficando cansada disso — falou a criatura cinza, sacudindo com petulância os braços de pano maltrapilho. — Algo veio até mim e implorou por amor e auxílio. Contou-me como eu poderia fazer felizes todos os seres iguais a ele. Que são criaturas simples, e tudo o que querem é dinheiro, só dinheiro, e nada mais. Pequenos sinais de trabalho. Se tivesse pedido, eu teria dado sabedoria, ou paz, total paz...

— Conversa fiada — disse Lettie Hempstock. — Num tem nada que cê tenha a dar pra eles que eles queiram. Deixe todo mundo em paz.

O vento soprou e a figura gigantesca tremulou, como grandes velas balançando, e quando o vento cessou a criatura havia mudado de posição.

Agora parecia mais perto do chão, e nos examinava como um enorme cientista de lona olhando dois camundongos brancos.

Dois camundongos brancos muito assustados, de mãos dadas.

A mão de Lettie começou a suar. Ela apertou a minha, só não sei se para me encorajar ou se para encorajar a si mesma, e eu apertei a dela também.

O rosto rasgado, o lugar onde devia haver um rosto, contorceu-se. Achei que estava sorrindo. Talvez *estivesse*. Eu me sentia como se aquilo me examinasse, me desconstruísse. Como se soubesse tudo a meu respeito — coisas que nem eu sabia sobre mim mesmo.

A menina que segurava minha mão disse:

— Se cê num vai me dizer seu nome, vou amarrar ocê como uma coisa sem nome. E cê ainda vai ficar presa, atada e selada como um poltergeist ou um cão demônio.

Ela esperou, mas a criatura não falou nada, então Lettie Hempstock começou a dizer algumas palavras numa língua que eu não conhecia. Em determinados momentos, ela falava e, em outros, parecia cantar, num idioma que não se parecia com nada do que eu já ouvira, nem com nada que ouviria durante toda a vida. Mas eu conhecia a melodia. Era uma música de criança, uma cantiga de roda chamada "Meninas e Meninos Vêm Brincar". A melodia era igual, mas as palavras na letra eram mais antigas. Eu tinha certeza disso.

E, enquanto ela cantava, coisas aconteciam sob o céu alaranjado.

A terra se remexeu e revirou com vermes, vermes cinzentos e compridos que saíam do solo em que pisávamos.

Algo foi arremessado em nossa direção, vindo do centro da lona tremulante. Era um pouco maior que uma bola de futebol. Na escola, nos jogos, eu costumava deixar cair as coisas que deveria pegar, ou juntava as mãos tarde demais e era atingido na cara ou na barriga. Mas aquilo vinha diretamente para mim e para Lettie Hempstock, e eu não pensei, simplesmente *fiz*.

Levantei os braços e agarrei aquilo, uma massa tremulante e retorcida de teias de aranha e tecido podre. E, assim que a peguei, senti algo me machucando: uma dor aguda na sola do pé, que veio num instante e passou, como se eu tivesse pisado em um alfinete.

Lettie deu um tapa na coisa que eu segurava e ela caiu no chão, onde se desmanchou e sumiu. Lettie pegou minha mão direita e a segurou com força de novo. E, enquanto tudo isso acontecia, ela continuava a cantar.

Eu sonhava com aquela música, com as palavras estranhas na simples cantiga de roda, e em vários momentos nos sonhos entendia o que Lettie estava dizendo. Nos sonhos, eu também falava aquela língua, a língua original, e tinha domínio sobre a natureza de tudo o que era real. No meu sonho, aquela era a língua do que é, e tudo o que fosse falado nela se tornava realidade, porque nada dito com ela poderia ser mentira. A língua é o fundamento da construção de tudo. Nos meus sonhos, eu usei esse idioma para curar os doentes e para voar; uma vez sonhei que tinha uma pequena pousada à beira-mar, e para todo mundo que se hospedava lá eu dizia, naquela língua, "Sê inteiro", e eles se tornavam inteiros, e não pessoas fragmentadas, não mais, porque eu havia falado a língua da criação.

E, como Lettie estava falando a língua da criação, mesmo que eu não entendesse o que ela dizia, compreendia o que estava sendo dito. A criatura na clareira estava sendo atada àquele lugar para sempre, presa, proibida de exercer sua influência sobre qualquer coisa além daqueles domínios.

Lettie Hempstock terminou de cantar.

Na minha cabeça, eu ouvia a criatura gritar, protestar, reclamar, mas embaixo do céu alaranjado tudo estava quieto, e apenas o tremular da lona e o chocalhar de galhos ao vento quebravam o silêncio.

O vento cessou.

Mil retalhos de tecido cinza pousaram no solo enegrecido como coisas mortas, ou roupas sujas abandonadas. Nada se mexia.

— Isso deve ser suficiente — disse Lettie. Ela apertou minha mão. Achei que tentava soar animada, mas não conseguiu. Seu tom de voz era sério. — Vamos para casa.

Andamos, de mãos dadas, por um bosque de sempre-vivas azuladas, e cruzamos uma ponte pintada de vermelho e amarelo sobre um lago ornamental; seguimos margeando um campo no qual o milho ainda tenro começava a crescer, parecendo um capim bem verdinho plantado em fileiras; subimos um degrau improvisado com tábuas de madeira, de mãos dadas, e chegamos a outro terreno, cultivado com o que pareciam pequenos caniços ou cobras peludas, pretas, brancas, marrons, cor de laranja, cinza e listradas, todas oscilando suavemente, enrolando-se e desenrolando-se sob o sol.

— O que é isso? — perguntei.

— Você pode puxar uma delas e ver, se quiser — disse Lettie.

Olhei para baixo: a gavinha peluda perto dos meus pés era bem pretinha. Inclinei-me, segurei-a bem embaixo, firmemente, com a mão esquerda, e puxei.

Algo saiu do fundo da terra e girou em torno de si mesmo com raiva. Senti como se várias agulhas minúsculas tivessem espetado minha mão. Espanei a terra e pedi desculpas, e aquilo olhou para mim, mais surpreso e perplexo que com raiva. Saltou da minha mão para a minha camisa, e passei a mão nele: um gatinho, preto e macio, a cara afilada, a expressão inquisitiva, uma mancha branca na ponta de uma das orelhas e olhos de um azul-esverdeado estranhamente intenso.

— Na fazenda, conseguimos nossos gatos do jeito tradicional — disse Lettie.

— Como assim?

— O Grande Oliver. Ele apareceu na fazenda ainda nos tempos pagãos. Todos os gatos de lá descendem dele.

Olhei para o gatinho pendurado na minha camisa pelas unhinhas.

— Posso levá-lo para casa? — perguntei.

— Não é ele. É *ela*. E não é uma boa ideia levar nada dessas bandas para casa — respondeu Lettie.

Coloquei a gatinha no chão no limite do terreno. Ela partiu atrás de uma borboleta, que voou para o alto e saiu de alcance, e depois correu em disparada sem olhar para trás.

— Meu gatinho foi atropelado — contei a Lettie. — Era tão pequeno... O homem que morreu me contou o que aconteceu, mas não era ele quem estava dirigindo. Disse que eles não o viram.

— Sinto muito — lamentou Lettie. Nós andávamos sob um dossel de macieiras em flor, e o mundo cheirava a mel. — Esse é o problema com as coisas vivas. Não duram muito. Gatinhos num dia, gatos velhos no outro. E depois ficam só as lembranças. E as lembranças desvanecem e se confundem, viram borrões...

Ela abriu uma porteira de madeira, e nós entramos. Lettie soltou minha mão. Estávamos no fim da estrada, perto da mesa de madeira ao lado da pista com os latões de leite prateados e surrados em cima. O mundo tinha o cheiro de sempre.

— Agora estamos de volta, de verdade? — perguntei.

— Estamos — respondeu Lettie Hempstock. — E não vamos mais ver aquela criatura causando problemas. — Ela fez uma pausa. — Era grande, não era? E má? Nunca tinha visto uma daquelas. Se soubesse que seria tão velha, e tão grande, e tão má, não teria levado você.

Eu estava feliz que ela tivesse me levado. E então ela completou:

— Mas eu queria muito que você não tivesse soltado a minha mão. Mas mesmo assim você está bem, não está? Nada deu errado. Não houve danos.

— Estou bem — falei. — Não tem nada com que se preocupar. Sou um soldado corajoso. — Era isso que meu avô sempre dizia. E então disse: — Não houve danos.

Ela sorriu para mim, um sorriso radiante e aliviado, e eu torcia para que o que acabara de dizer fosse verdade.

V

Naquela noite, minha irmã ficou horas sentada na cama, penteando o cabelo. Ela passava a escova cem vezes todo anoitecer, e contava cada escovada. Eu não sabia por quê.

— O que você está fazendo? — perguntou ela.

— Olhando meu pé — respondi.

Eu olhava fixamente para a sola do meu pé direito. Uma linha rosada cruzava a planta do pé bem no meio, da região gordinha junto dos dedos até quase o calcanhar, de quando eu ainda era bem pequeno e pisei em um caco de vidro. Lembro-me de ter acordado no berço, na manhã seguinte, olhando para os pontos pretos que prendiam as bordas do corte. Essa era minha lembrança mais antiga. Estava acostumado à cicatriz rosada. O pequeno furo ao lado dela, na curva do pé, era novo. Ficava bem onde eu sentira a dor aguda e repentina mais cedo, embora não doesse mais. Era apenas um furinho.

Cutuquei-o com o indicador, e me pareceu que algo se retraiu lá dentro.

Minha irmã havia parado de pentear o cabelo e olhava para mim, curiosa. Levantei-me, saí do quarto, atravessei o corredor e fui até o banheiro do outro lado da casa.

Não sei por que não perguntei nada sobre aquilo a um adulto. Não me lembro de perguntar nada aos adultos, só mesmo em último caso. Naquele ano, eu extraí uma verruga do joelho com um canivete, e então descobri até que profundidade podia cortar antes de sentir dor e qual era a aparência da raiz de uma verruga.

No armário do banheiro, atrás do espelho, havia uma pinça de aço inoxidável, daquele tipo com pontas bem finas, própria para tirar farpas da pele, e uma caixa de curativos adesivos. Sentei-me na beirada da banheira de ferro branca e examinei o furo no pé. Era um buraquinho simples, redondo, as bordas lisas. Não conseguia ver a profundidade porque havia algo no caminho. Alguma coisa o bloqueava. Algo que pareceu se retrair quando o foco de luz o alcançou.

Segurei a pinça e fiquei observando. Nada aconteceu. Nada mudou.

Coloquei o indicador da mão esquerda acima do buraco, de leve, bloqueando a luz, posicionei a ponta da pinça ao lado e esperei. Contei até cem — inspirado, talvez, pela escovação de cabelo da minha irmã. Então tirei o dedo da frente e enfiei a pinça no buraco.

Peguei a cabeça do verme, supondo que fosse a cabeça, pela pontinha, com as garras de metal, apertei e puxei.

Você já tentou, alguma vez, puxar um verme de um buraco? Tem ideia da força que eles fazem para se segurar lá dentro? Da forma como usam o corpo inteiro para se prender às paredes do furo? Puxei o verme — cor-de-rosa e cinza, raiado, como algo infectado — talvez um pouco mais de

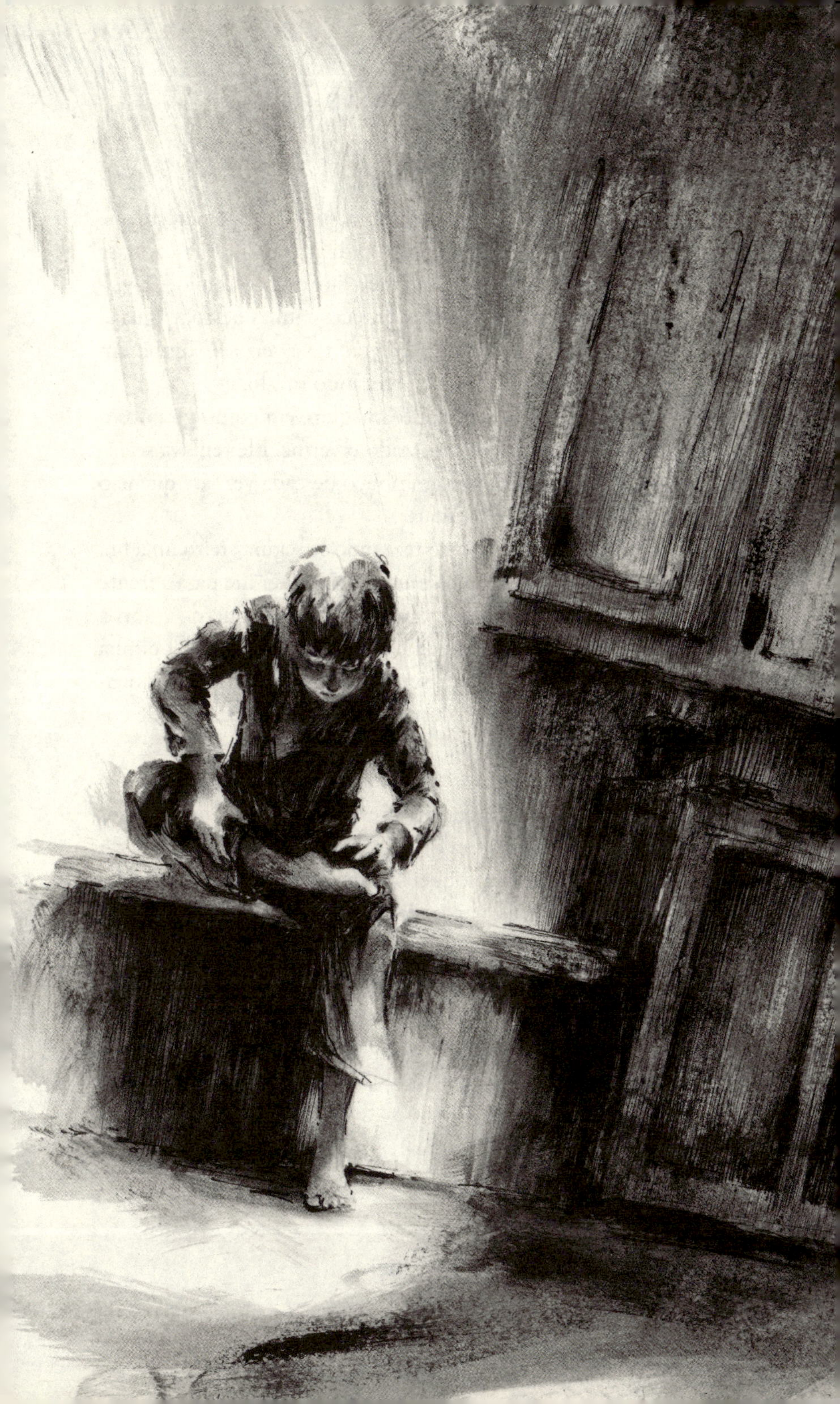

dois centímetros para fora do buraco —, e então percebi que parou de sair. Dava para senti-lo dentro da minha carne se enrijecendo, impuxável. Não me assustei com aquilo. Obviamente era apenas algo que acontecia com as pessoas, igual a quando a gata da vizinha, Névoa, teve vermes. Tinha um verme no meu pé e eu estava tentando tirá-lo.

 Girei a pinça pensando, imagino, em como giramos o espaguete num garfo, enrolando o verme. Ele tentava se encolher, mas eu o virava, um pouco de cada vez, até que não deu mesmo para puxar mais.

 Eu o sentia lá dentro tentando se segurar feito uma fita adesiva, uma tira de puro músculo. Inclinei-me para a frente o máximo que consegui, estendi o braço esquerdo e abri a torneira de água quente da banheira, aquela com a bolinha vermelha no meio, e a deixei jorrar. A água correu três, quatro minutos pela torneira, escoando pelo ralo, antes de começar a soltar vapor.

 Quando a água ficou escaldante, estiquei a perna e o braço direitos, mantendo a pressão na pinça e nos poucos centímetros de criatura que eu havia enrolado para fora do meu corpo. Então coloquei o pedaço preso com a pinça debaixo da torneira quente. A água respingou na sola do pé, mas a pele era grossa de tanto eu andar descalço, e quase não senti incômodo. A água que encostou nos dedos da mão queimou, mas eu estava preparado para aquela temperatura. O verme, não. Eu o senti se retorcendo dentro de mim, tentando se esquivar da água escaldante, senti-o mais frouxo em meu pé. Girei a pinça como se tirasse a casca de ferida mais perfeita do mundo, triunfante enquanto a criatura saía, cada vez menos resistente.

Puxei o verme com firmeza, e, uma vez debaixo da água quente, ele se soltou até estar quase todo do lado de fora. Mas fiquei confiante demais, triunfante demais e impaciente, e puxei muito rápido, com muita força, e o verme caiu na minha mão. A pontinha da última parte que saiu de mim soltava uma gosma e estava machucada, como se estivesse partida.

Mesmo assim, se a criatura deixara um pedacinho em meu pé, era minúsculo.

Examinei o verme. Era cinza-escuro e cinza-claro, raiado de cor-de-rosa e segmentado como uma minhoca. Agora, fora da água quente, parecia estar se recuperando. O corpo que estivera enrolado na pinça estava então pendurado nela, contraindo-se, ainda preso pela cabeça (*Era* a cabeça? Como eu poderia saber?), onde eu o havia pinçado.

Eu não queria matá-lo — eu não matava animais, não se pudesse evitar —, mas precisava me livrar dele. Era perigoso. Eu não tinha a menor dúvida disso.

Segurei o verme sobre o ralo da banheira, onde ele se contorcia todo embaixo da água escaldante. Então soltei-o e o observei desaparecer ralo abaixo. Deixei a água correr por um tempo e lavei a pinça. Em seguida coloquei um pequeno curativo adesivo no buraco da sola do pé e tampei o ralo, para evitar que o verme subisse por ali, antes de fechar a torneira. Eu não sabia se ele estava morto, mas não achava que fosse possível voltar pela tubulação de esgoto.

Guardei a pinça no lugar, atrás do espelho do banheiro, e então fechei a porta do armário e fiquei encarando meu reflexo.

Eu me perguntei, como frequentemente me perguntava quando tinha aquela idade, quem *eu* era e o que exatamente estava olhando para o rosto no espelho. Se o rosto para o qual eu olhava não era eu, e sabia que não era, porque eu ainda seria eu não importava o que acontecesse ao meu rosto, então o que eu *era*? E o que estava olhando?

Voltei para o quarto. Era a minha noite de deixar a porta que dava para o corredor aberta, e esperei minha irmã pegar no sono, quando não poderia mais me dedurar, e então, à luz fraca do corredor, li uma das aventuras da Sociedade Secreta dos Sete até cair no sono.

VI

Uma confissão sobre mim: quando era bem pequeno, aos três ou quatro anos, talvez, eu podia ser um monstro. "Você era um pequeno *momzer*", disseram-me várias tias, em diferentes ocasiões, depois que eu atingira com sucesso a idade adulta e minhas terríveis façanhas da infância podiam ser relembradas com um humor atravessado. Mas não me recordo de ter sido um monstro de fato. Só me lembro de querer que as coisas fossem do meu jeito.

Crianças pequenas acham que são deuses, ou pelo menos algumas acreditam nisso e só ficam satisfeitas quando o resto do mundo concorda com seu jeito de ver as coisas.

Mas eu não era mais um garotinho. Já tinha sete anos. Eu era destemido, mas agora me tornara uma criança bastante assustada.

O incidente com o verme no meu pé não me amedrontou. Não falei nada sobre aquele assunto com ninguém. Porém, no dia seguinte, fiquei me perguntando se as pessoas tinham bicho-de-pé com frequência ou se era algo que só havia acontecido comigo, naquele lugar de céu alaranjado nos limites da fazenda das Hempstock.

Tirei o curativo da sola do pé quando acordei e fiquei aliviado ao ver que o buraco começara a se fechar. Havia uma mancha rosada no lugar, como uma bolha de sangue, e nada mais. Desci para tomar o café da manhã. Minha mãe parecia feliz.

— Tenho uma ótima notícia, querido — disse ela. — Consegui um emprego. Abriu uma vaga de optometrista nas Óticas Dickson, e eles querem que eu comece esta tarde. Vou trabalhar quatro dias por semana.

Não me importei. Ficaria bem sozinho.

— E tenho mais uma boa notícia. Uma pessoa virá tomar conta de vocês enquanto eu estiver no trabalho. O nome dela é Ursula. Ela vai dormir em seu quarto antigo, no topo da escada. Será mais ou menos como uma governanta. Vai assegurar que vocês, crianças, alimentem-se, e vai limpar a casa. A sra. Woellery está com um problema no quadril e disse que só poderá voltar daqui a algumas semanas. Ficarei bem menos preocupada se tiver alguém aqui, já que papai e eu estaremos trabalhando.

— Vocês não têm dinheiro para isso — falei. — Disseram que não têm dinheiro para nada.

— Foi por isso que aceitei o emprego de optometrista — disse ela. — E a Ursula vai tomar conta de vocês em troca de hospedagem e alimentação. Ela precisa morar aqui nesta região por alguns meses. Telefonou esta manhã. As referências dela são excelentes.

Torci para que fosse uma pessoa legal. A governanta anterior, Gertruda, seis meses antes, não tinha sido legal: ela adorava pregar peças em mim e na minha irmã, como dobrar o lençol ao meio na cama e prender as quatro pontas embaixo do colchão. Quando íamos nos deitar não conseguíamos esticar as pernas, o que nos deixava desconcertados. Por fim, fizemos um protesto do lado de fora da casa com cartazes que diziam "Nós odiamos a Gertruda" e "Nós não gostamos da comida da Gertruda", e colocamos rãs na cama dela, e ela voltou para a Suécia.

Peguei um livro e fui para o jardim.

Era um dia quente de primavera, e ensolarado, e eu subi pela escada de corda até chegar ao galho mais baixo da grande faia, sentei-me e li meu livro. Quando estava lendo meu livro eu não tinha medo de nada: estava bem longe, no Egito Antigo, aprendendo tudo sobre Hátor e como ela invadira o Egito na forma de uma leoa e matara tanta gente que as areias ficaram vermelhas, e como só conseguiram detê-la misturando cerveja, mel e poções soníferas e tingindo a mistura de vermelho, de modo que ela pensou que fosse sangue, bebeu e adormeceu. Rá, o pai dos deuses, transformou-a na deusa do amor depois disso, para que os ferimentos que ela infligira às pessoas passassem a ser apenas feridas do coração.

Fiquei tentando imaginar por que os deuses haviam feito aquilo. Por que simplesmente não a mataram quando tiveram oportunidade?

Eu adorava mitos. Não eram histórias para adultos e não eram histórias para crianças. Eram melhores que isso. Simplesmente *eram*.

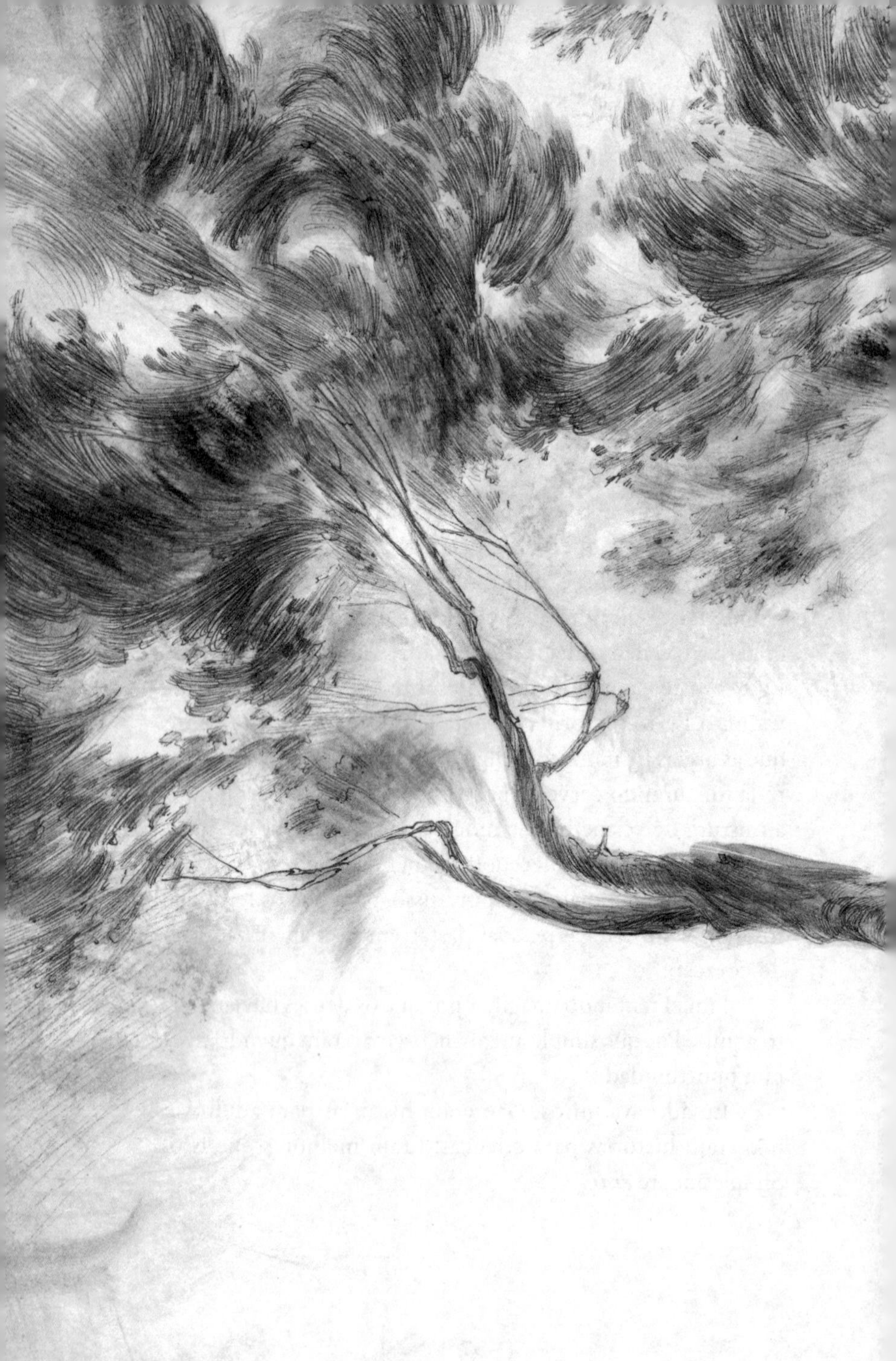

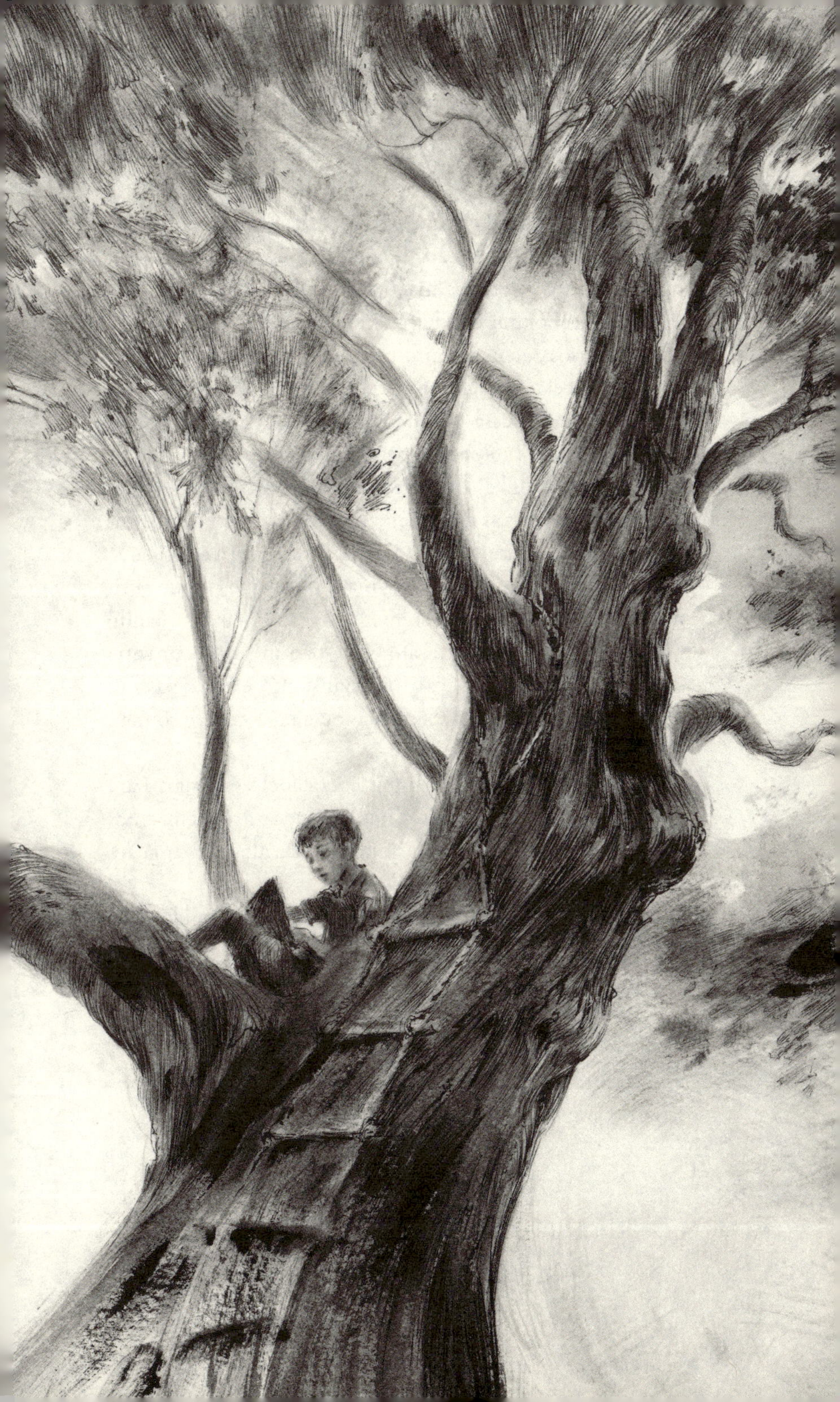

As histórias para adultos nunca faziam sentido, e a ação demorava muito a acontecer. Elas me davam a sensação de que havia segredos, segredos maçônicos, míticos, envolvendo a idade adulta. Por que os adultos não queriam ler sobre Nárnia, ilhas misteriosas, contrabandistas e fadas traiçoeiras?

Comecei a ficar com fome. Desci da minha árvore e fui para os fundos da casa, passando pela lavanderia que cheirava a sabão em pó e mofo, pelo pequeno depósito de madeira e carvão, e pela casinha com privada onde as aranhas esperavam penduradas, as portas de madeira pintadas de verde-claro. Entrei pelos fundos, atravessei o corredor e cheguei à cozinha.

Estavam lá minha mãe e uma mulher que eu nunca tinha visto. Quando a avistei, meu coração doeu. E, quando digo isso, quero dizer literalmente, não metaforicamente: senti uma pontada no peito, foi um instante, e então passou.

Minha irmã estava sentada à mesa da cozinha, comendo uma tigela de cereal.

A mulher era muito bonita. O cabelo era mais para curto, louro cor de mel, os olhos grandes e azul-acinzentados, e ela usava um batom clarinho. Parecia alta, mesmo para uma adulta.

— Querido? Esta é Ursula Monkton — disse minha mãe.

Não abri a boca. Só fiquei olhando para ela. Minha mãe me cutucou.

— Oi — falei.

— Ele é tímido — observou Ursula Monkton. — Tenho certeza de que depois que ele se acostumar comigo nós seremos grandes amigos.

Ela estendeu a mão e afagou o cabelo castanho-claro da minha irmã, que abriu um sorriso faltando os dentinhos.

— Gosto *tanto* de você — falou minha irmã. E então disse para nossa mãe e para mim: — Quando eu crescer, quero ser igual à Ursula Monkton.

Minha mãe e Ursula riram.

— Que gracinha... — disse Ursula Monkton. Em seguida, virou-se para mim: — E quanto a nós, hein? Também somos amigos?

Eu só olhei para ela, toda adulta e loura, o vestido cinza e cor-de-rosa, e tive medo.

Sua roupa não estava esfarrapada. Era só o estilo, imagino, daquele tipo de vestido. Mas, ao olhar para ela, imaginei a roupa tremulando naquela cozinha sem brisa nenhuma, agitando-se como a vela mestra de um veleiro em um oceano solitário, sob um céu alaranjado.

Não sei o que respondi, nem mesmo se respondi. Mas saí daquela cozinha, embora estivesse com fome, sem uma maçã sequer.

Levei meu livro para o jardim nos fundos da casa, logo abaixo da varanda, ao lado do canteiro de flores embaixo da janela da sala de tevê, e fiquei lendo — esquecendo a fome com o Egito de deuses com cabeça de animal que se mutilavam e depois traziam uns aos outros de volta à vida.

Minha irmã apareceu no jardim.

— Gosto tanto dela... — disse para mim. — É minha amiga. Quer ver o que ela me deu?

Ela sacou uma bolsinha cinza, do tipo que minha mãe levava na bolsa para guardar moedas, com fecho de metal em formato de borboleta. Parecia de couro. Fiquei me perguntando se seria couro de camundongo. Ela abriu a bolsinha, enfiou os dedos pela abertura e tirou de lá uma moeda grande de prata: trinta centavos.

— Veja! — exclamou. — Veja o que eu ganhei!

Eu queria uma moeda de trinta centavos. Não, eu queria o que poderia comprar com trinta centavos — truques de mágica, brinquedos de plástico para fazer pegadinhas com as pessoas, livros, e, ah, tantas coisas. Mas não queria uma bolsinha cinza com uma moeda de trinta centavos dentro.

— Não gosto dela — confessei.

— Só porque eu a vi primeiro — retrucou minha irmã. — Ela é *minha* amiga.

Eu não achava que Ursula Monkton fosse amiga de alguém. Quis sair e alertar Lettie Hempstock a respeito dela —

mas o que eu diria? Que a nova governanta-babá usava cinza e cor-de-rosa? Que olhava para mim de um jeito estranho?

Desejei nunca ter soltado a mão de Lettie. Ursula Monkton era minha culpa, eu tinha certeza, e não ia conseguir me livrar dela jogando-a pelo ralo ou colocando rãs na cama.

Eu deveria ter saído dali naquela mesma hora, deveria ter fugido, ter corrido o quilômetro e pouco da estrada até a fazenda das Hempstock, mas não fiz isso, e então um táxi levou minha mãe para trabalhar nas Óticas Dickson, onde ela ficaria mostrando cartões a pessoas que olhavam por um aparelho cheio de lentes e lhes daria coisas que as ajudariam a enxergar melhor, e assim fui deixado lá com Ursula Monkton.

A mulher apareceu no jardim carregando um prato cheio de sanduíches.

— Conversei com sua mãe — disse ela, um sorriso doce de batom clarinho — e, enquanto eu estiver aqui, vocês precisarão limitar suas andanças. Vocês podem ficar em qualquer lugar da casa ou do jardim, ou eu os levarei até a casa dos seus amigos, mas não podem sair do quintal e ficar andando por aí.

— Claro — disse minha irmã.

Não falei nada.

Minha irmã comeu um sanduíche de manteiga de amendoim.

Eu estava faminto. Fiquei me perguntando se os sanduíches eram perigosos. Eu não sabia. Fiquei com medo de comer um e ele se transformar em vermes na minha barriga, que então se espalhariam, colonizando meu corpo até abrirem caminho à força e saírem pela pele.

Voltei para casa. Empurrei a porta da cozinha para abri-la. Ursula Monkton não estava lá. Enchi os bolsos com frutas — maçãs, laranjas e peras, daquelas marrons e firmes. Peguei três bananas, escondi-as debaixo do suéter e bati em retirada para o meu laboratório.

O laboratório — era assim que eu o chamava — era um barracão de madeira pintado de verde que ficava o mais distante possível da casa, e que fora construído junto à parede da antiga e enorme garagem. Tinha uma figueira ao lado, embora nós nunca tenhamos comido nenhum figo maduro daquela árvore, só visto as grandes folhas e as frutas verdes. Eu o chamava assim porque era lá que guardava meu laboratório de química: um clássico presente de aniversário, o laboratório de química fora banido da casa por meu pai depois de uma experiência que fiz num tubo de ensaio. Eu havia misturado substâncias aleatoriamente e depois as aquecera, até que a mistura entrou em erupção e ficou preta, exalando um fedor de amoníaco que se recusava a sair. Meu pai dissera que não se incomodava que eu fizesse minhas experiências (ainda que nem eu nem ele tivéssemos a mais vaga ideia do que eram esses experimentos. Isso não importava; minha mãe ganhara laboratórios de química de aniversário, e veja que coisa boa resultou disso), só não queria que elas acontecessem a uma distância em que o cheiro alcançasse a casa.

Comi uma banana e uma pera, e então escondi o restante das frutas debaixo da mesa de madeira.

Adultos seguem caminhos. Crianças exploram. Os adultos ficam satisfeitos por seguir o mesmo trajeto, centenas de vezes, ou milhares; talvez nunca lhes ocorra pisar fora desses caminhos, rastejar por baixo dos rododendros, encontrar os vãos entre as cercas. Eu era criança, e conhecia dezenas de modos diferentes de sair do nosso terreno e ir para a rua, modos que não incluíam descer pela entrada de carros na frente da casa. Resolvi que sairia furtivamente do barracão do laboratório, esgueirando-me pela parede até o fim do gramado, e depois entraria nos arbustos de azaleias e loureiros que demarcavam os limites daquela parte do jardim. Dos loureiros, eu deslizaria ladeira abaixo e pularia a cerca de arame enferrujado na beira da estrada.

Não havia ninguém olhando. Corri, rastejei, passei pelos loureiros e desci a ladeira, abrindo caminho pelas amoreiras-silvestres e pelos trechos de urtiga que haviam surgido desde a última vez que eu passara por ali.

Ursula Monkton me esperava no fim da ladeira, bem em frente à cerca de arame enferrujado. Não havia a menor possibilidade de ela ter chegado ali sem que eu a visse, mas lá estava. Ursula Monkton cruzou os braços e me encarou, e seu vestido cinza e cor-de-rosa tremulou com uma rajada de vento.

— Acho que avisei que vocês estão proibidos de sair do terreno.

— Eu não saí — falei, com uma insolência que eu sabia que não era de verdade, nem um pouquinho. — Ainda estou no nosso terreno. Só estou explorando.

— Você estava andando escondido — disse ela.

Fiquei calado.

— Acho que deve ficar no seu quarto, onde posso ficar de olho em você. É hora da sua soneca.

Eu já era muito grandinho para sonecas, mas sabia que era pequeno demais para discutir, ou para vencer a discussão se tentasse.

— Tá — falei.

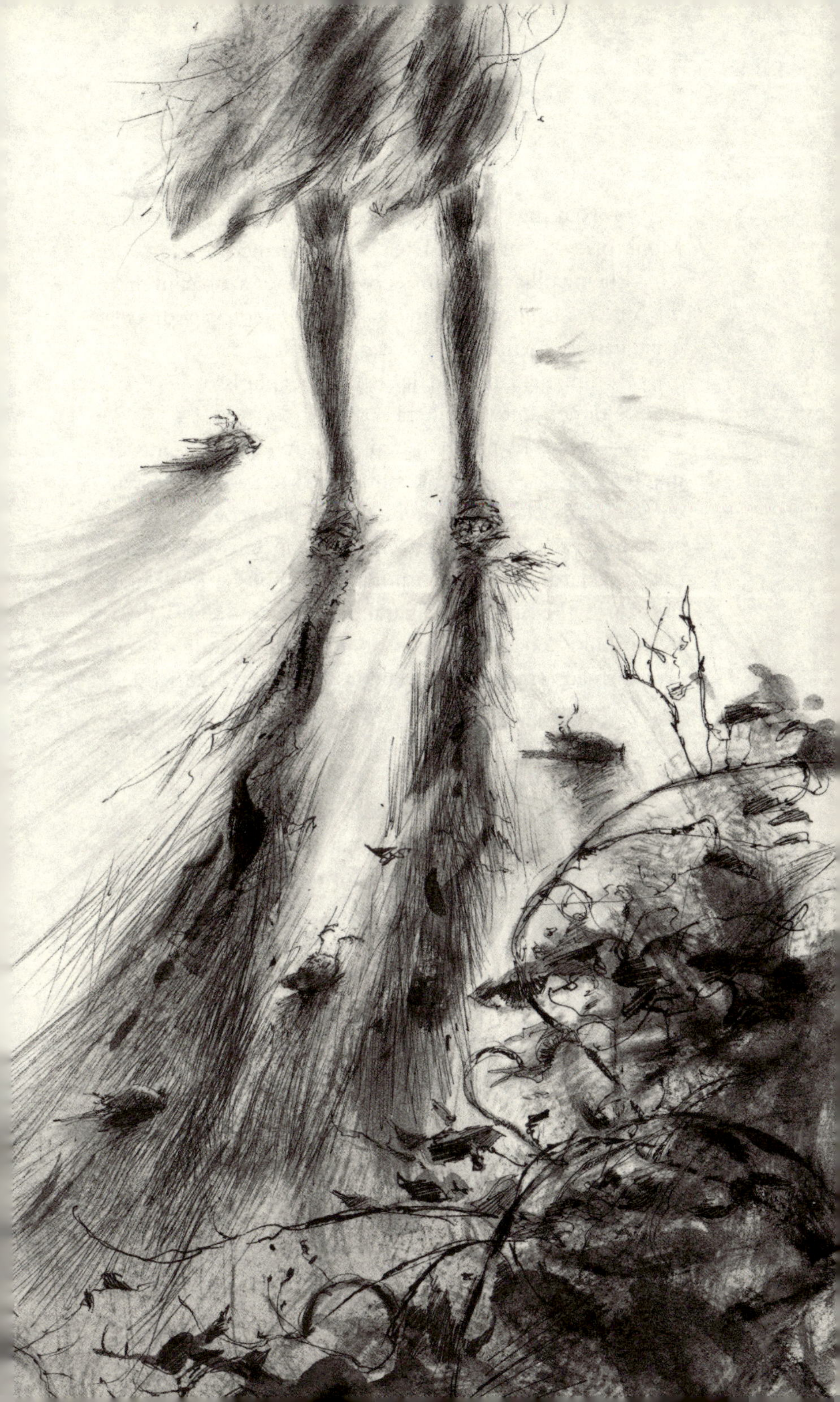

— Não diga "tá" — retrucou ela. — Diga "sim, srta. Monkton". Ou "madame". Diga "sim, madame".

Ela me olhava de cima com seus olhos azul-acinzentados, que me lembraram buracos abertos na lona apodrecida e, naquele momento, não pareceram bonitos.

— Sim, madame — falei, e me odiei por isso.

Subimos juntos a ladeira.

— Seus pais não têm mais condições financeiras de manter esta casa — disse Ursula Monkton. — E não têm como cuidar dela. Não demora muito e eles verão que o único jeito de resolver seus problemas financeiros é vender a casa e os jardins para incorporadores imobiliários. Então tudo *isso* — e *isso* era o emaranhado de amoreiras-silvestres, o mundo não aparado para além do gramado — será transformado em uma dezena de casas e jardins idênticos. Se vocês tiverem sorte, poderão morar em uma delas. E, se não tiverem, vão ficar com inveja das pessoas que podem. Você gostaria que isso acontecesse?

Eu adorava a casa e o jardim. Adorava as plantas que cresciam desordenadas. Amava aquele lugar como se fosse parte de mim, e talvez, de alguma forma, ele fosse.

— Quem é você? — perguntei.

— Ursula Monkton. Sou a governanta de vocês.

— Quem é você de verdade? Por que está dando dinheiro às pessoas?

— Todos querem dinheiro — respondeu ela, como se aquilo fosse óbvio. — Isso deixa todos felizes. E fará você feliz, se você deixar.

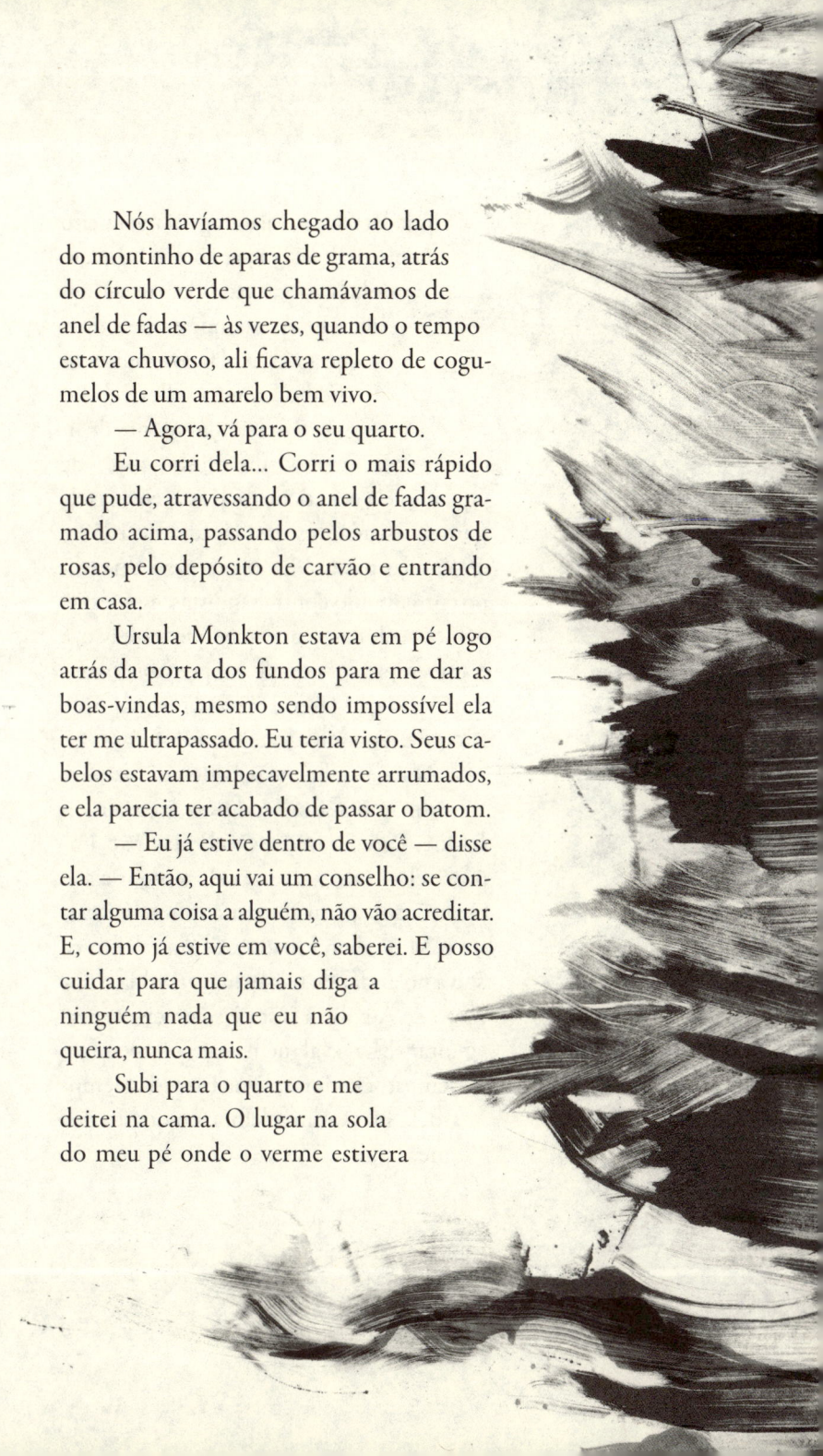

Nós havíamos chegado ao lado do montinho de aparas de grama, atrás do círculo verde que chamávamos de anel de fadas — às vezes, quando o tempo estava chuvoso, ali ficava repleto de cogumelos de um amarelo bem vivo.

— Agora, vá para o seu quarto.

Eu corri dela... Corri o mais rápido que pude, atravessando o anel de fadas gramado acima, passando pelos arbustos de rosas, pelo depósito de carvão e entrando em casa.

Ursula Monkton estava em pé logo atrás da porta dos fundos para me dar as boas-vindas, mesmo sendo impossível ela ter me ultrapassado. Eu teria visto. Seus cabelos estavam impecavelmente arrumados, e ela parecia ter acabado de passar o batom.

— Eu já estive dentro de você — disse ela. — Então, aqui vai um conselho: se contar alguma coisa a alguém, não vão acreditar. E, como já estive em você, saberei. E posso cuidar para que jamais diga a ninguém nada que eu não queira, nunca mais.

Subi para o quarto e me deitei na cama. O lugar na sola do meu pé onde o verme estivera ainda latejava e doía, e agora meu peito também doía. Fui para outro lugar em minha cabeça, para dentro de um livro. Era para onde eu ia sempre que a vida real ficava muito difícil ou muito inflexível. Joguei no chão um monte de livros antigos da minha mãe, de quando ela era criança, e li as aventuras de garotas estudantes das décadas de 1930 e 1940. Elas passavam a maior parte do tempo enfrentando contrabandistas, espiões ou quintas-colunas, o que quer que fosse isso, e eram sempre corajosas e sempre sabiam exatamente o que fazer. Eu não era corajoso e não tinha a menor ideia do que fazer.

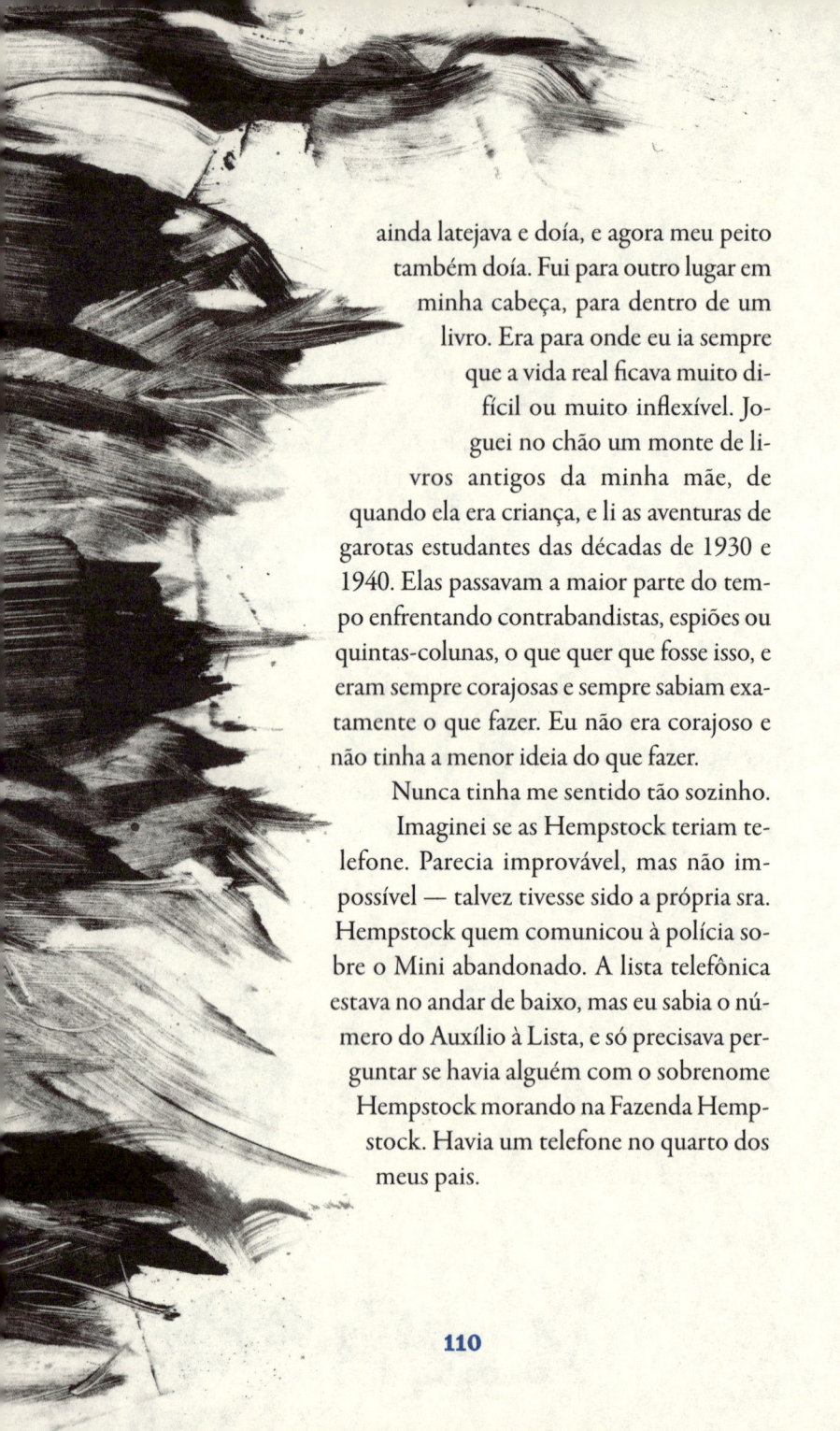

Nunca tinha me sentido tão sozinho. Imaginei se as Hempstock teriam telefone. Parecia improvável, mas não impossível — talvez tivesse sido a própria sra. Hempstock quem comunicou à polícia sobre o Mini abandonado. A lista telefônica estava no andar de baixo, mas eu sabia o número do Auxílio à Lista, e só precisava perguntar se havia alguém com o sobrenome Hempstock morando na Fazenda Hempstock. Havia um telefone no quarto dos meus pais.

Eu me levantei da cama, fui até a porta, espiei o lado de fora. O corredor do segundo andar estava vazio. O mais rápido e silenciosamente possível, andei até o quarto ao lado do meu. A parede era rosa-clara e a cama dos meus pais estava forrada com uma colcha que, por sua vez, era repleta de grandes rosas estampadas. Portas duplas de madeira e vidro davam acesso à varanda que se estendia por todo aquele lado da casa. Havia um telefone bege na mesinha de cabeceira bege e dourada ao lado da cama. Peguei o fone, ouvi o tom monótono da linha e disquei o número do Auxílio à Lista, puxando com o dedo os buracos no disco do aparelho, o um, o nove, o dois, e esperei até a telefonista atender e me passar o número do telefone da Fazenda Hempstock. Eu segurava um lápis e estava pronto para anotar a informação no verso da capa de um livro encadernado em tecido azul e intitulado *Pansy salva a escola*.

A telefonista não atendeu. O tom monótono da linha continuou soando e, por cima dele, a voz de Ursula Monkton disse:

— Jovens bem disciplinados nem pensariam em sair escondidos do quarto para usar o telefone, não é?

Não falei nada, mas não tive dúvida de que dava para ela me ouvir respirando. Coloquei o fone no gancho e voltei para o quarto que dividia com a minha irmã.

Sentei-me na cama e fiquei olhando pela janela.

Minha cama ficava totalmente encostada na parede logo embaixo da janela. Eu adorava dormir com ela aberta. As noites chuvosas eram as melhores: eu a deixava aberta e colocava a cabeça no travesseiro, fechava os olhos, sentia o vento no rosto e ouvia o balançar e o ranger das árvores. A chuva também caía no meu rosto, quando eu dava sorte, e eu me imaginava em meu barco no oceano, navegando ao sabor da maré. Eu não me imaginava um pirata, nem tinha destino certo. Simplesmente estava no meu barco.

Mas agora não chovia, e não era noite. Tudo o que eu via pela janela eram árvores, e nuvens, e o púrpura distante do horizonte.

Eu tinha um suprimento emergencial de chocolates escondido embaixo do enorme boneco de plástico do Batman que ganhara de aniversário e comi tudo, e enquanto comia pensei no instante em que soltei a mão de Lettie Hempstock para pegar a bola de tecido esfarrapado, e me lembrei da dor lancinante que se seguiu em meu pé.

Eu a trouxe para cá, pensei, e sabia que era verdade. Ursula Monkton não era real. Era uma máscara de cartolina da coisa que eu tinha transportado em forma de verme, que sacudia e tremulava com as rajadas de vento no campo aberto sob aquele céu alaranjado.

Retomei a leitura de *Pansy salva a escola*. Os planos secretos da base aérea vizinha à escola estavam sendo revelados ao inimigo por espiões que eram professores trabalhando na horta do colégio: os planos eram escondidos dentro de abobrinhas sem o miolo.

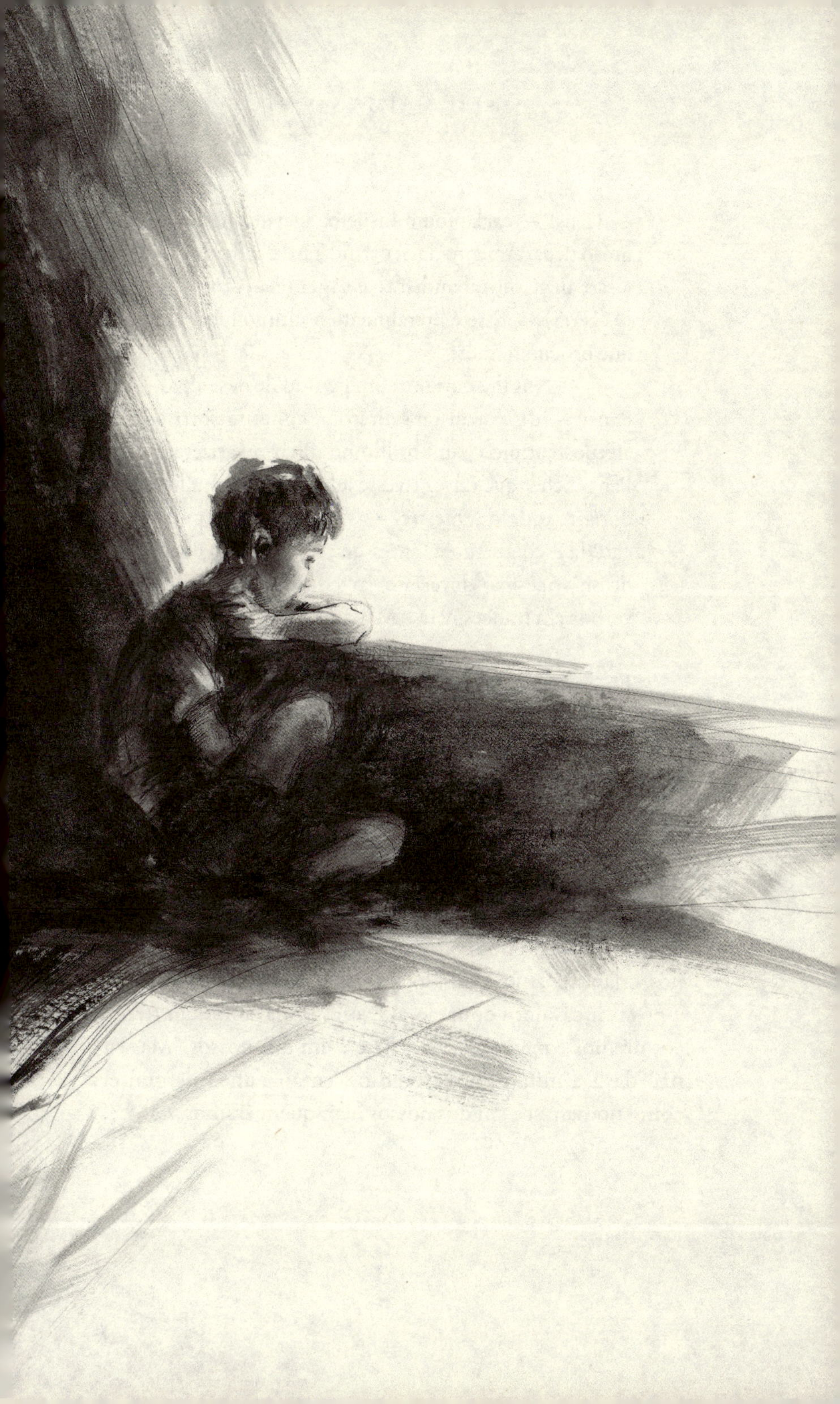

— Céus! — exclamou o Inspetor Davidson, do famoso departamento da Scotland Yard chamado Divisão de Contrabandistas e Agente Secretos (a D.C.A.S) — Esse é literalmente o último lugar em que procuraríamos!

  — Nós lhe devemos um pedido de desculpas, Pansy — disse a austera diretora, com um sorriso afetuoso atípico e um brilho no olhar que fizeram Pansy achar que talvez tivesse julgado mal a mulher durante todo o semestre. — Você salvou a reputação da escola! Agora, antes que fique muito cheia de si: você não deveria estar conjugando alguns verbos em francês para a Madame?

Eu consegui ser feliz com a Pansy, em algum lugar da minha cabeça, mesmo enquanto o restante da minha mente era tomado pelo medo. Estava esperando meus pais chegarem do trabalho. Ia lhes dizer o que estava acontecendo. Ia, sim. Eles iam acreditar em mim.

Naquela época, meu pai trabalhava em um escritório que ficava a uma hora de carro da nossa casa. Eu não sabia bem o que ele fazia. Tinha uma secretária muito legal e bonita, dona de um poodle toy, e sempre que ela descobria que nós, crianças, íamos visitá-lo, levava o poodle para o trabalho e nós brincávamos com ele. Às vezes passávamos em frente aos prédios e meu pai dizia: "Esse é um dos nossos." Mas eu não dava a mínima para prédios, então nunca perguntei como podiam ser um dos nossos nem quem éramos *nós*.

Fiquei deitado na cama, lendo um livro atrás do outro, até que Ursula Monkton apareceu à porta do quarto e disse:

— Você pode descer agora.

Minha irmã estava vendo televisão no andar de baixo, na sala de tevê. Assistia a um programa chamado *HOW*, uma série popular de ciência-e-como-as-coisas-funcionam, que começava com os apresentadores vestidos de indígenas norte-americanos dizendo "*How*" e dando gritos de guerra constrangedores.

Eu queria mudar para a BBC, mas minha irmã me olhou de um jeito triunfante e disse:

— A Ursula falou que pode ficar no programa que eu quiser e que você não tem permissão para mudar de canal.

Eu me sentei ao lado dela por um minuto, enquanto um senhor de bigode mostrava a todas as crianças da Inglaterra como usar a isca artificial na pesca com mosca.

— Ela não é legal — comentei.

— Eu gosto dela. É bonita.

Minha mãe chegou do trabalho cinco minutos depois, disse "oi" do corredor e foi ver Ursula Monkton na cozinha. Ela reapareceu:

— Vamos jantar assim que o papai chegar. Lavem as mãos.

Minha irmã subiu a escada e lavou as mãos.

— Não gosto dela. Você vai mandar ela embora? — falei para minha mãe.

Minha mãe suspirou.

— A história da Gertruda de novo *não*, querido. A Ursula é uma moça muito legal, de boa família. E com certeza *adora* vocês dois.

Meu pai chegou e fomos jantar. Sopa de legumes cremosa, depois frango assado e batatas-bolinhas com ervilhas congeladas. Eu adorava tudo o que estava na mesa. Não comi nada.

— Não estou com fome — expliquei.

— Não sou de dedurar ninguém — disse Ursula Monkton —, mas alguém estava com as mãos e o rosto sujos de chocolate quando desceu do quarto.

— Queria que você não comesse essas besteiras — reclamou meu pai.

— Aquilo é puro açúcar refinado. Acaba com a fome e com os dentes — disse minha mãe.

Fiquei com medo de que eles me obrigassem a comer, mas não fizeram isso. Fiquei lá sentado, com fome, enquanto Ursula Monkton ria de todas as gracinhas do meu pai. Tive a impressão de que ele estava sendo especialmente engraçado, só para ela.

Depois do jantar, todos vimos *Missão Impossível*. Normalmente, eu gostava do filme, mas dessa vez não me senti à vontade com as pessoas arrancando o próprio rosto e revelando o outro que estava por baixo. Eram máscaras de borracha, e eram sempre os heróis que estavam por baixo, mas me perguntei o que aconteceria se Ursula Monkton tirasse seu rosto. O que estaria ali?

Fomos dormir. Era a noite da minha irmã e a porta do quarto ficou fechada. Eu sentia falta da luz do corredor. Fiquei deitado na cama com a janela aberta, totalmente desperto, ouvindo os barulhos que uma casa velha faz ao fim de um longo dia e pedindo fervorosamente, torcendo para que meus pedidos se tornassem realidade. Desejei que meus pais mandassem Ursula Monkton embora, assim eu iria até a Fazenda Hempstock e diria à Lettie o que eu tinha feito, e ela me perdoaria e faria tudo ficar bem.

Eu não conseguia pegar no sono. Minha irmã já havia dormido. Ela parecia conseguir pegar no sono quando bem entendesse, uma habilidade que eu não tinha e invejava.

Saí do quarto.

Fiquei parado no alto da escada, ouvindo o barulho da televisão vindo lá de baixo. Então desci, pé ante pé, descalço e sem fazer barulho, e me sentei no terceiro degrau de baixo para cima. A porta da sala de tevê estava entreaberta, e se eu descesse mais um degrau quem quer que estivesse assistindo à televisão conseguiria me ver. Então esperei ali.

Eu escutava as vozes da televisão pontuadas pelas risadas repentinas e curtas da claque.

E então, por cima delas, adultos conversando. Ursula Monkton perguntou:

— Então, sua mulher fica fora todas as noites?

A voz do meu pai:

— Não. Ela foi lá agora para organizar as coisas para amanhã. Mas de amanhã em diante isso só vai acontecer uma vez por semana. Ela está angariando doações para a África, no salão do centro comunitário. Para escavar poços e, acho, para métodos contraceptivos.

— Bem — disse Ursula —, entendo bem *disso*. — Ela riu, uma gargalhada alta, divertida, que soou simpática, honesta e verdadeira, sem traços de farrapos tremulantes. Então disse: — Tem boi na linha...

No instante seguinte, a porta foi escancarada e Ursula Monkton olhou diretamente para mim. Tinha retocado a maquiagem, o batom claro e os cílios, longos.

— Vá para a cama — ordenou. — Agora.

— Quero falar com o meu pai — sussurrei, sem esperança.

Ela não disse nada, só abriu um sorriso nada afetuoso, nada amoroso, e eu subi a escada de novo, caí na cama e fiquei deitado no quarto escuro até que desisti de dormir, e então o sono me pegou quando eu menos esperava e eu dormi sem nenhum consolo.

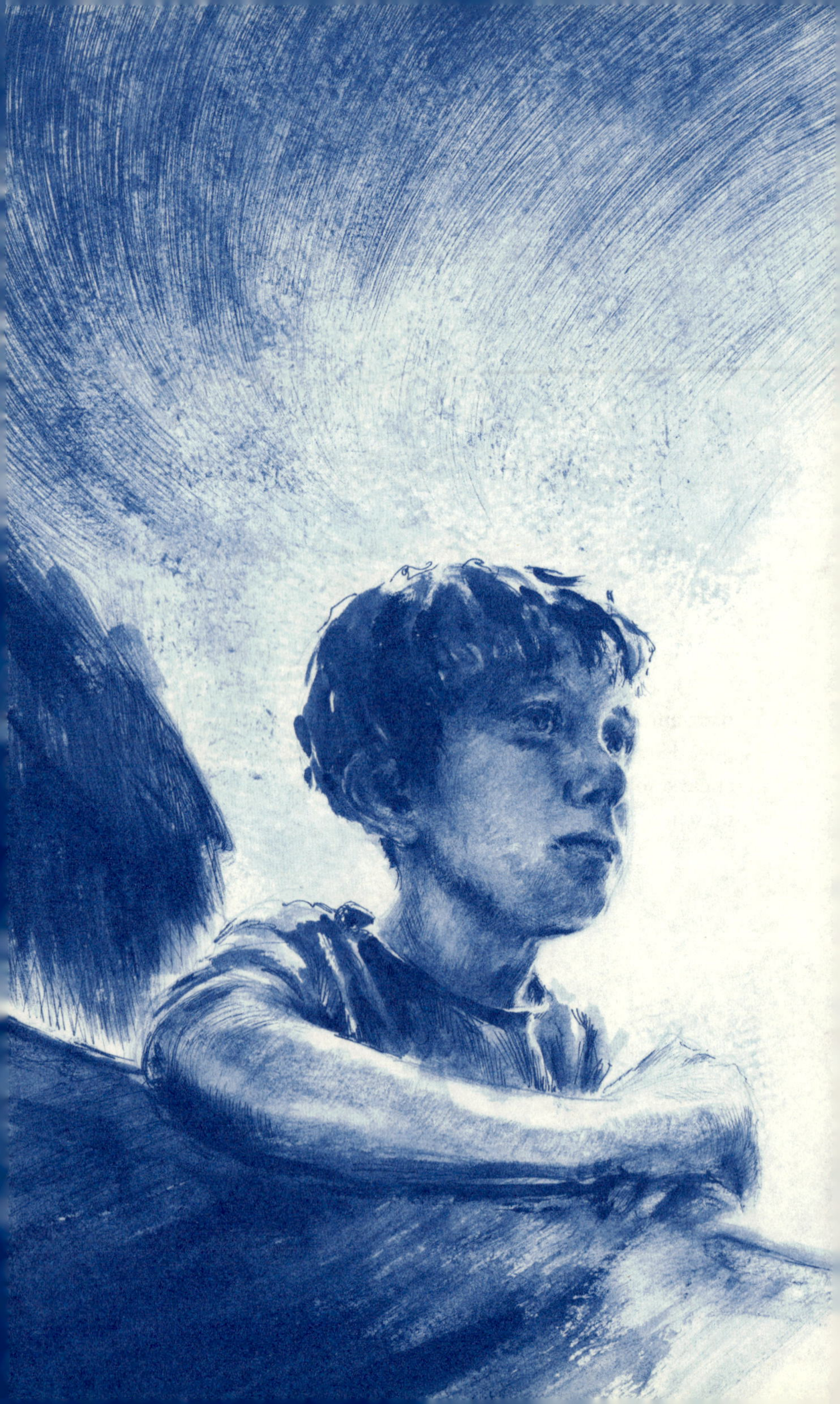

VII

O dia seguinte foi ruim.
Meus pais tinham saído de casa antes de eu acordar.

O tempo esfriara e o céu estava cinzento, nublado, sem graça. Entrei no quarto dos dois e fui para a varanda que ia dali até o quarto que era meu e da minha irmã, e fiquei parado naquela varanda comprida, pedindo aos céus que Ursula Monkton já tivesse se cansado daquele jogo e que eu não a visse de novo.

Ursula Monkton esperava por mim no início da escada quando desci.

— As regras são as mesmas de ontem, boizinho — disse ela. — Você não pode sair do quintal. Se tentar, vou trancá-lo no quarto pelo resto do dia e, quando seus pais chegarem do trabalho, vou falar que você fez alguma coisa nojenta.

— Não vão acreditar em você.

Ela abriu um sorriso doce.

— Tem certeza? E se eu disser para eles que você botou o pintinho para fora e fez xixi no chão da cozinha, e que eu tive que secar e desinfetar o piso todo? Acho que vão acreditar em mim. Eu vou ser bastante convincente.

Saí de casa e fui para o meu laboratório. Comi todas as frutas que tinha escondido lá no dia anterior. Li *Sandie vai até o fim*, outro livro da coleção da minha mãe. Sandie era uma estudante pobre, mas destemida, que foi mandada por engano para uma escola de gente rica, onde todos a odiavam. No fim, ela desmascarou a professora de Geografia, uma bolchevique internacional que havia prendido a verdadeira professora de Geografia. O clímax aconteceu no auditório da escola, onde todos os alunos estavam reunidos na hora da entrada, quando Sandie levantou-se corajosamente e fez um discurso, que começou assim: "Sei que eu não deveria ter sido mandada para cá. Foi um erro de papelada que me matriculou nesta escola e mandou a Sandy com 'y' para o Liceu da cidade. Mas foi graças à providência divina que vim para cá. Porque a srta. Streebling não é quem ela diz ser."

No fim, Sandie foi abraçada pelas pessoas que antes a odiavam.

Meu pai chegou cedo do trabalho — não me lembrava de tê-lo visto em casa tão cedo em muitos anos.

Eu queria conversar, mas ele nunca estava sozinho.

Observei os dois de cima do galho da minha faia.

Primeiro, ele passeou com Ursula Monkton pelo jardim, mostrando orgulhoso os arbustos de rosas e de cassis, as cerejeiras e as azaleias, como se tivesse tido alguma coisa a ver com elas, como se não tivessem sido plantadas e cultivadas pelo sr. Weller há cinquenta anos, antes mesmo de comprarmos a casa.

Ela ria de todas as piadas dele. Eu não conseguia ouvir o que meu pai dizia, mas via o sorriso de canto de boca que ele abria quando sabia que estava falando algo engraçado.

Ursula estava perto demais dele. Em alguns momentos, meu pai apoiava a mão no ombro dela, de um jeito amistoso. Eu me preocupava com o fato de ele estar tão perto dela. Meu pai não sabia o que Ursula era. Era um monstro, e ele simplesmente achava que era uma pessoa normal e a tratava bem. Ela estava vestida diferente: uma saia cinza, do tipo que chamavam de mídi, e uma blusa cor-de-rosa.

Em qualquer outra ocasião, se eu tivesse visto meu pai andando pelo jardim, teria corrido até ele. Mas não nesse dia. Tive medo de que ele fosse se zangar, ou que Ursula Monkton fosse dizer alguma coisa que o deixasse zangado comigo.

Eu morria de medo do meu pai quando ele se zangava. O rosto dele (anguloso e geralmente agradável) ficava vermelho, e ele gritava, tão alto e com tanta raiva que literalmente me paralisava. Eu não conseguia nem raciocinar.

Ele nunca me batia. Era contra bater. Ele nos contava como o pai batia nele, como a mãe corria atrás dele com uma vassoura, e como ele era melhor que aquilo. Quando ficava zangado a ponto de gritar comigo, vez ou outra ele me lembrava o fato de que não me batia, como se fosse para eu me sentir agradecido. Nas histórias que eu lia, nas escolas o mau comportamento quase sempre resultava em uma surra de vara ou uma chinelada, depois era perdoado e esquecido, e às vezes eu invejava a simplicidade da vida daquelas crianças fictícias.

Eu não queria me aproximar de Ursula Monkton: não queria correr o risco de aborrecer meu pai.

Pensei se aquela não seria uma boa hora para tentar sair, ir para a estrada, mas tinha certeza de que se fizesse isso ia levantar os olhos e ver o rosto zangado do meu pai ao lado do de Ursula Monkton, toda linda e convencida.

Então só fiquei olhando os dois de cima do enorme galho de faia. Quando eles saíram do meu campo de visão e foram para trás do arbusto de azaleias, desci pela escada de corda como um raio, entrei em casa, subi até a varanda e fiquei observando de lá. O dia estava cinzento, mas havia narcisos por todo lado, com seu amarelo-claro, suas pétalas brancas e funis laranja-escuro. Meu pai colheu alguns e os deu a Ursula Monkton, que riu e disse alguma coisa, fazendo uma mesura. Ele respondeu com uma reverência e disse algo que a fez rir. Imaginei que ele tivesse se autoproclamado seu Fiel Cavaleiro ou algo do gênero.

Eu queria gritar para ele, avisar que estava dando flores para um monstro, mas não fiz nada. Simplesmente fiquei lá na varanda, observando, e eles não olharam para cima e não me viram.

Meu livro de mitologia grega tinha me ensinado que os narcisos receberam esse nome em homenagem a um belo jovem, tão lindo que se apaixonou por si mesmo. Ele viu o próprio reflexo num olho-d'água e, como não quis mais se afastar dele, acabou morrendo. Assim, os deuses foram forçados a transformá-lo numa flor. Quando li isso, tive a certeza de que os narcisos deviam ser as flores mais bonitas do mundo. Fiquei decepcionado quando descobri aqueles narcisos tão sem graça.

Minha irmã saiu de casa e foi até eles. Meu pai a pegou no colo. Os três entraram em casa juntos, ele com minha irmã segurando em seu pescoço e Ursula Monkton com os braços abarrotados de flores amarelas e brancas. Fiquei olhando. Vi quando a mão livre do meu pai, a que não segurava a minha irmã, desceu e parou, como quem não quer nada, numa atitude típica de dono, na curva do bumbum coberto pela saia mídi de Ursula Monkton.

Minha reação àquela cena teria sido diferente hoje. Na época, não acho que eu tenha visto nada de mais naquilo. Eu tinha sete anos.

Entrei no meu quarto pela janela, fácil de alcançar da varanda, e aterrissei na minha cama, onde fiquei lendo um livro sobre uma garota nas Ilhas do Canal que desafiou os nazistas porque não queria deixar seu cavalo para trás.

E enquanto lia eu pensava: *Ursula Monkton não vai conseguir me prender aqui para sempre. Daqui a pouco — alguns dias no máximo — alguém vai me levar ao centro da cidade, ou a algum lugar fora daqui, e então eu irei até a fazenda no fim da estrada e contarei a Lettie Hempstock o que fiz.*

E foi aí que pensei: *e se tudo de que Ursula Monkton* precisa *forem só alguns dias?* Isso me apavorou.

Ela fez almôndegas para o jantar naquela noite e eu não quis comer. Estava determinado a não comer nada que ela preparasse, cozinhasse ou simplesmente tocasse. Meu pai não achou graça nenhuma.

— Mas eu não quero — argumentei. — Não estou com fome.

Era quarta-feira e minha mãe estava na reunião dela, no salão comunitário da cidade ao lado, angariando dinheiro para as pessoas na África que precisavam de água poderem furar seus poços. Ela levava e pendurava cartazes com desenhos dos poços e fotos de gente sorrindo. À mesa do jantar, só estávamos minha irmã, meu pai, Ursula Monkton e eu.

— Isso é bom, faz bem e é gostoso — disse meu pai. — E nós não desperdiçamos comida nesta casa.

— Já disse que não estou com fome.

Era mentira. Estava com tanta fome que doía.

— Então experimente só um pouquinho — sugeriu ele. — É seu prato preferido. Almôndega com molho e purê de batata. Você adora isso.

Tínhamos uma mesa só para as crianças na cozinha, onde comíamos quando meus pais convidavam os amigos para jantar ou quando iam comer mais tarde. Mas naquela noite estávamos na mesa dos adultos. Eu preferia a das crianças. Lá me sentia invisível. Ninguém ficava me olhando comer.

Ursula Monkton estava sentada ao lado do meu pai e me encarava com um sorrisinho no canto da boca.

Eu sabia que devia ficar de boca fechada, em silêncio, quieto. Mas não consegui me conter. Tinha que contar ao meu pai por que não queria comer.

— Não vou comer nada feito pela Ursula — anunciei. — Não gosto dela.

— Você vai comer sua comida — disse meu pai. — Vai pelo menos experimentar. E peça desculpas à srta. Monkton.

— Não.

— Ele não precisa se desculpar — disse Ursula Monkton, mostrando-se compreensiva, e olhou para mim, e sorriu.

Não acho que nenhuma das outras duas pessoas à mesa tenha reparado que ela estava sorrindo, tampouco que não havia nada de compreensivo na expressão dela, nem no sorriso, nem nos olhos de pano podre.

— Acho que precisa, sim — retrucou meu pai. A voz dele saiu só um pouquinho mais alta e o rosto ficou só um pouquinho mais vermelho. — Não vou aceitar que ele seja impertinente assim com você. — E então falou para mim: — Você me dê uma boa razão, uma só, para não pedir desculpas e não provar a comida deliciosa que a Ursula preparou para nós.

Eu não sabia mentir. Contei para ele.

— Porque ela não é humana — falei. — Ela é um monstro. Ela é uma... — As Hempstock a chamaram de rainha do que mesmo? — Ela é uma *pulga*.

Nessa hora as bochechas do meu pai já estavam bem vermelhas, e seus lábios, finos de tão trincados.

— Saia. Para o corredor. Nesse minuto.

Meu coração afundou no peito. Desci do banco em que estava sentado e o segui pelo corredor. Estava escuro: a única luz era a que vinha da cozinha, pelo vidro acima da porta. Ele olhou para mim.

— Você vai voltar para a cozinha. Vai pedir desculpas à srta. Monkton. Vai terminar de comer o que está no prato e, depois, em silêncio e com educação, vai subir direto para o quarto, para dormir.

— Não. Não vou.

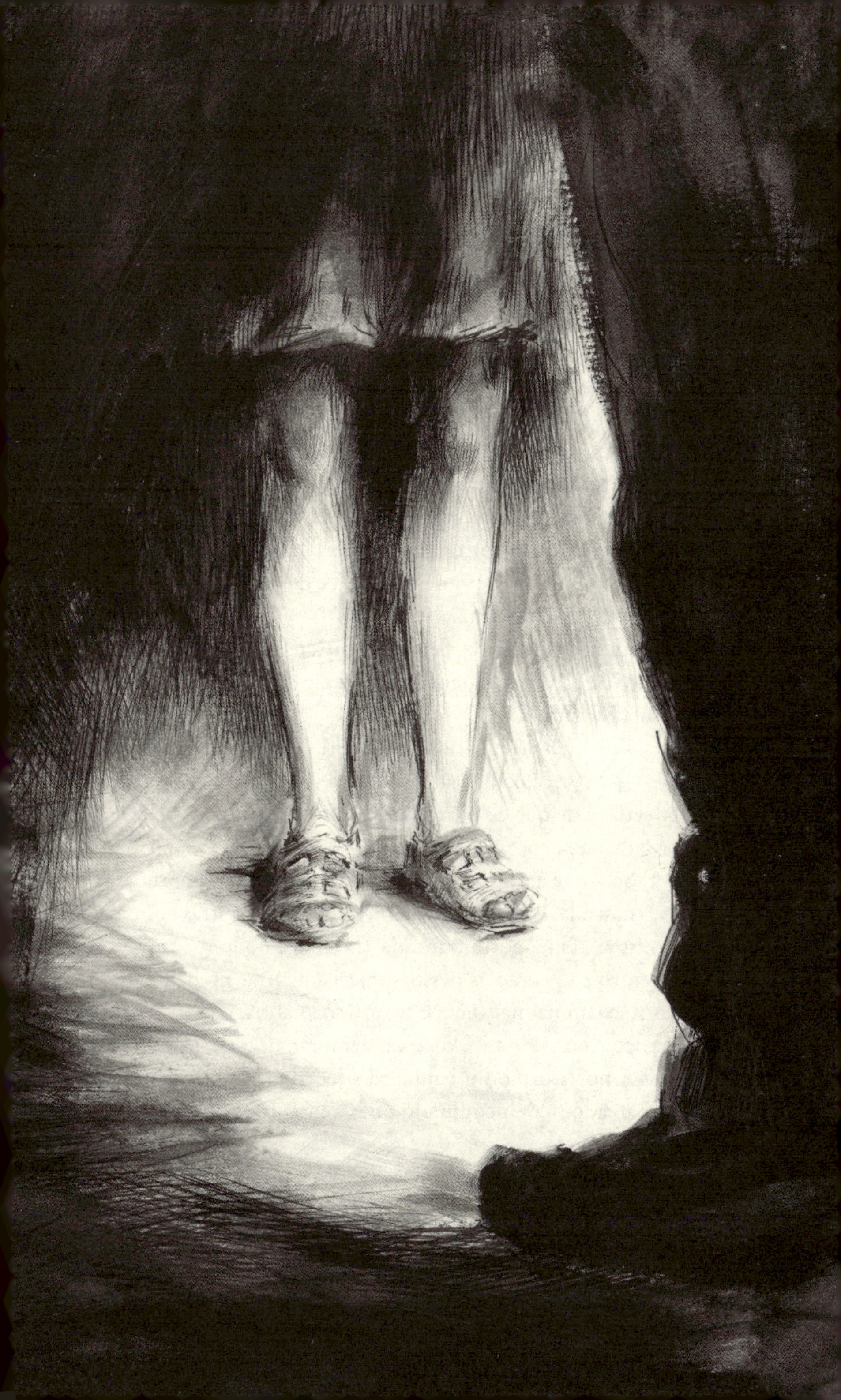

Corri, segui pelo corredor, virei no final e subi a escada pisando firme. Meu pai, eu não tinha a menor dúvida, viria atrás de mim. Ele tinha o dobro do meu tamanho, e era rápido, mas eu não ia precisar fugir por muito tempo. Só tinha um cômodo na casa que eu podia trancar, e era para lá que estava indo, virando à esquerda no topo da escada e seguindo até o fim do corredor. Cheguei ao banheiro antes do meu pai. Bati a porta com um estrondo e empurrei o pequeno trinco prateado para trancá-la.

Ele não me perseguiu. Talvez tenha achado que seria muita humilhação correr atrás de uma criança. Mas após alguns instantes ouvi a primeira batida e depois a voz dele:

— Abra esta porta.

Eu não disse nada. Sentei na capa felpuda que cobria o assento da privada e odiei meu pai quase tanto quanto odiava Ursula Monkton.

Veio uma nova batida, mais forte dessa vez.

— Se você não abrir — disse ele, alto o suficiente para ter certeza de que eu ouviria de dentro do banheiro —, vou arrombar a porta.

Será que ele podia fazer isso? Eu não sabia. A porta estava trancada. Portas trancadas impediam que outras pessoas entrassem. Uma porta trancada era sinal de que você estava lá dentro e, quando as pessoas queriam entrar no banheiro, elas mexiam na maçaneta e a porta não abria, e elas diziam "Perdão!" ou gritavam "Você vai demorar aí?" e...

A porta explodiu banheiro adentro. O pequeno trinco prateado ficou pendurado no batente, todo torto e quebrado, e meu pai parou no vão da entrada, ocupando o espaço todo, os olhos esbugalhados, as bochechas vermelhas de raiva.

— Muito bem.

Isso foi tudo o que ele disse, mas segurou meu braço esquerdo com tanta força que era impossível eu me soltar. Fiquei tentando imaginar o que ele faria em seguida. Será que finalmente ia bater em mim, ou ia me mandar para o quarto, de castigo, ou ia gritar tão alto que eu ia querer estar morto?

Não foi nada disso.

Ele me arrastou até a banheira, se debruçou e enfiou a tampa branca de borracha no buraco do ralo. Em seguida, abriu a torneira fria. A água jorrou, respingando no esmalte branco, e então, lenta e constantemente, a banheira foi se enchendo.

A água fazia barulho.

Meu pai virou-se para a porta aberta.

— Pode deixar que eu cuido disso — disse para Ursula Monkton.

Ela estava parada na entrada segurando a mão da minha irmã, e parecia preocupada e dócil, mas seu olhar era triunfante.

— Feche a porta — disse meu pai.

Minha irmã começou a choramingar, mas Ursula Monkton puxou a porta como pôde, pois uma das dobradiças não encaixava direito e o trinco quebrado impedia que a porta se fechasse por completo.

Éramos só meu pai e eu. As bochechas dele haviam passado de vermelhas a brancas e seus lábios estavam comprimidos, e eu não sabia o que ele ia fazer, nem por que estava enchendo a banheira, mas fiquei com medo, com muito medo.

— Eu vou pedir desculpas — falei. — Vou dizer que sinto muito. Eu não quis dizer aquilo. Ela não é um monstro. Ela é... ela é bonita.

Ele não fez nenhum comentário.

A banheira se encheu, por fim, e ele fechou a torneira de água fria.

Então, de repente, meu pai me ergueu. Encaixou as mãos enormes nas minhas axilas e me suspendeu com facilidade. Minha sensação foi de não pesar absolutamente nada.

Olhei para ele, para a expressão decidida em seu rosto ao me colocar na banheira. Ele tinha tirado o paletó antes de subir a escada. Estava com uma camisa azul-clara e uma gravata marrom estampada. Tirou o relógio de pulso puxando-o pela pulseira e o largou no peitoril da janela.

Foi então que percebi o que meu pai ia fazer e comecei a me debater, e a bater nele, e nada disso surtiu qualquer efeito enquanto ele me afundava na água fria.

Eu estava apavorado, mas esse pavor inicial foi porque aquilo ia contra a ordem natural das coisas. Eu estava todo vestido. O que era errado. Estava de sandália. O que era errado. A água da banheira estava fria, muito fria e muito errada. Foi nisso que pensei no começo, enquanto ele me empurrava para dentro da água, mas então ele empurrou um pouco mais, afundou minha cabeça e meus ombros na água gelada, e o pavor mudou de natureza. Pensei: *Eu vou morrer.*

Ao pensar nisso, decidi lutar para sobreviver.

Sacudi os braços, tentando encontrar algo a que me agarrar, mas não havia nada além das laterais escorregadias da banheira onde eu tomara banho nos últimos dois anos. (Tinha lido tantos livros naquela banheira... era um dos meus refúgios. E naquela hora eu não tinha dúvida, ia morrer ali dentro.)

Abri os olhos embaixo d'água e a vi balançando logo ali, diante do meu rosto, a minha tábua de salvação, e agarrei-a com as duas mãos: a gravata do meu pai.

Segurei com toda a força, puxando meu corpo para cima enquanto meu pai me empurrava para baixo, agarrando-a para salvar minha vida, tentando tirar o rosto daquela água congelante, segurando a gravata com tanta força que meu pai não conseguia mais empurrar minha cabeça e meus ombros sem entrar na banheira também.

De repente, meu rosto ficou todo fora da água e eu mordi a gravata dele, logo abaixo do nó.

Nós lutamos. Eu estava ensopado e fiquei um pouco satisfeito por saber que ele também estava, a camisa azul toda colada no corpo enorme. Então ele me empurrou para baixo mais uma vez, mas o medo da morte nos dá forças: minhas mãos e meus dentes estavam presos na gravata dele, e meu pai não ia conseguir se desvencilhar sem me bater.

E não me bateu.

Ele chegou para trás e eu fui puxado para cima, encharcado, tossindo, engasgando, com raiva, chorando e com medo. Soltei os dentes da gravata mas continuei a segurando com as duas mãos.

— Você estragou minha gravata. Solte — disse ele.

O nó estava tão apertado que ficou do tamanho de uma ervilha, e o forro da gravata balançava molhado, virado para fora.

— Você devia ficar feliz por sua mãe não estar aqui.

Larguei a gravata e caí no tapete encharcado do banheiro. Dei um passo para trás, em direção à privada. Ele ficou me olhando de cima, e então disse:

— Vá para o seu quarto. Não quero mais ver você na minha frente hoje.

Eu fui para o meu quarto.

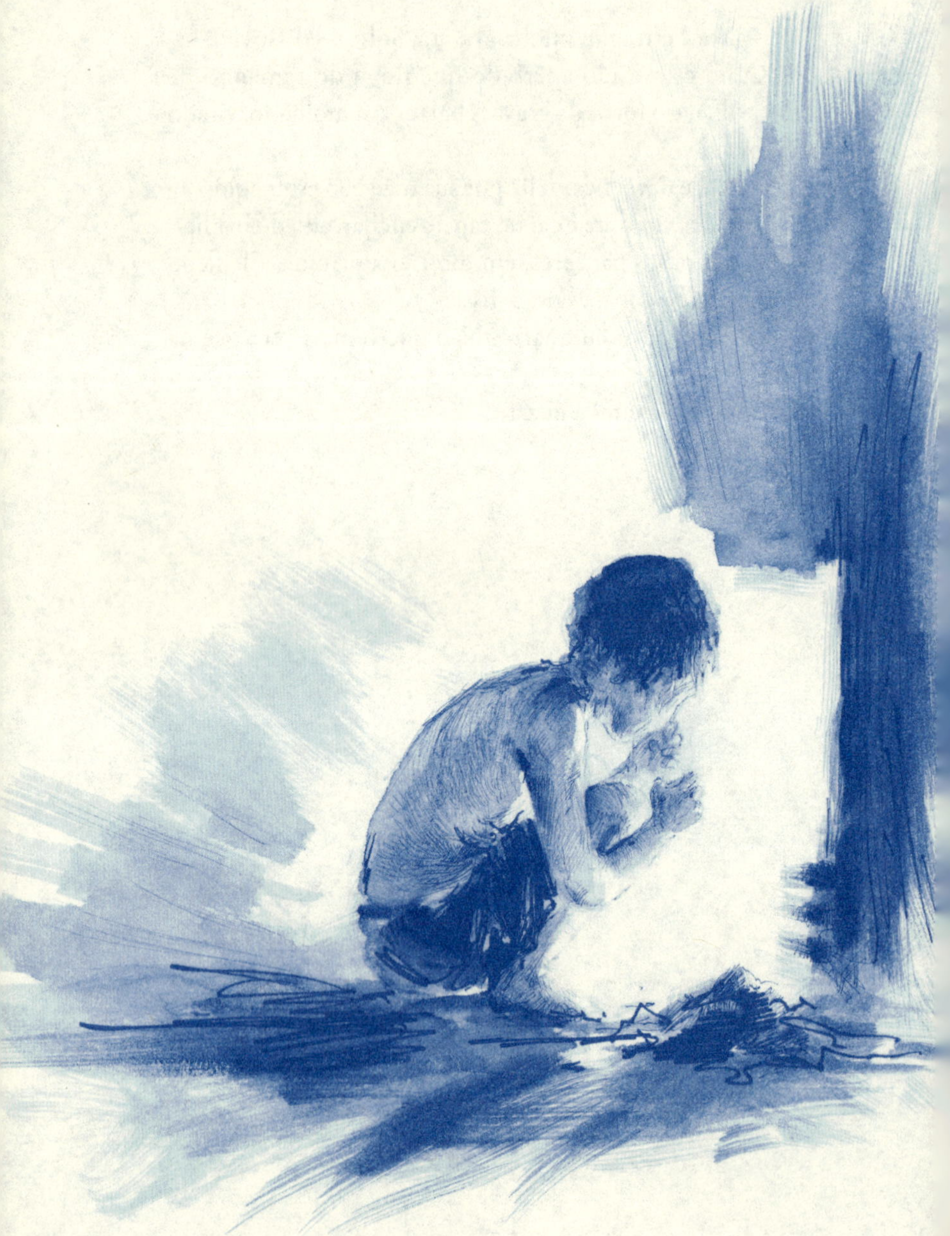

VIII

Eu tremia descontroladamente, estava encharcado e com frio, muito frio. A sensação era de que todo o calor do meu corpo havia sido roubado de mim. A roupa molhada colava na minha pele e pingava água fria no chão. Meus passos faziam aquele barulho engraçado de sandália molhada e a água brotava dos buraquinhos em formato de losango no alto do calçado.

Tirei toda a roupa e empilhei as peças molhadas no chão em frente à lareira, onde começou a se formar uma poça. Peguei a caixa de fósforos no console da lareira a gás, girei o botão e acendi o fogo.

(Estou aqui olhando para um lago, lembrando coisas inacreditáveis. E por que será que, para mim, o mais inacreditável, pensando lá atrás, seja que uma menina de cinco anos e um menino de sete tivessem uma lareira a gás no quarto?)

Não havia toalhas no quarto, e eu fiquei ali parado, pingando, pensando em um jeito de me secar. Peguei a colcha fina que cobria minha cama e me enxuguei com ela, depois vesti o pijama. Era de náilon vermelho, brilhoso e listrado, com uma marca de queimado escura e dura como plástico na manga esquerda, de uma vez que cheguei muito perto da lareira e o tecido pegou fogo, mas por algum milagre não queimei o braço.

Um roupão que eu quase nunca usava ficava pendurado atrás da porta do quarto, perfeitamente posicionado para lançar sombras de pesadelo na parede quando a luz do corredor estava acesa e a porta, aberta. Vesti o roupão.

A porta do quarto se abriu, e minha irmã entrou para pegar a camisola debaixo do seu travesseiro.

— Você foi tão malcriado que não me deixaram nem ficar no mesmo quarto que você. Vou dormir na cama da mamãe e do papai hoje. E o papai disse que eu posso ver *televisão* — disse ela.

Tinha uma televisão antiga dentro de um móvel de madeira escura no canto do quarto dos meus pais, que quase nunca era ligada. O ajuste vertical não era confiável e a imagem chuviscada em preto e branco tendia a descer pela tela: a cabeça das pessoas sumia na parte inferior da tevê enquanto os pés, de um jeito majestoso, vinham caindo.

— Não estou nem aí — falei.

— Papai disse que você estragou a gravata dele. E ele está todo molhado. — A voz dela era de satisfação.

Ursula Monkton estava na porta do quarto.

— Não estamos falando com seu irmão — disse, dirigindo-se à minha irmã. — Não vamos falar com ele até que esteja autorizado a se juntar de novo à família.

Minha irmã retirou-se de fininho e foi para o cômodo ao lado, o quarto dos meus pais.

— Você não é da minha família — falei para Ursula Monkton. — Quando a mamãe chegar, vou contar para ela o que o papai fez.

— Ainda faltam mais duas horas para ela chegar. E vai fazer diferença contar para a sua mãe? Ela fica sempre do lado do seu pai, não fica?

E ficava. Eles sempre formavam uma frente unida e perfeita.

— Não fique no meu caminho — disse Ursula Monkton. — Tenho muito o que fazer aqui e você está me atrapalhando. A próxima vez será muito pior. Da próxima vez, vou trancar você no sótão.

— Não tenho medo de você.

Eu tinha medo dela, mais medo do que jamais senti de qualquer coisa.

— Está quente aqui — disse ela, e sorriu.

Ursula Monkton foi até a lareira a gás, esticou o braço para baixo, desligou-a e pegou os fósforos no console.

— Você continua sendo só uma pulga.

Ela parou de sorrir. Levantou o braço até o lintel acima da porta, mais alto do que qualquer criança poderia alcançar, e apanhou a chave que ficava ali. Saiu do quarto e fechou a porta. Ouvi a chave girando, ouvi a lingueta da fechadura entrando no buraco e *click*.

Dava para ouvir as vozes da televisão no quarto ao lado. Escutei a porta do corredor sendo fechada, isolando os dois quartos do restante da casa, e sabia que Ursula Monkton estava descendo a escada. Fui até a porta e espiei pela fechadura. Tinha aprendido em um livro que dava para usar um lápis e empurrar a chave pelo buraco da fechadura, de um jeito que caísse em uma folha de papel posicionada logo embaixo, e era assim que eu ia sair dali... mas o buraco da fechadura estava vazio.

E então eu chorei, com frio e ainda molhado, naquele quarto, chorei de dor, de raiva e de medo, chorei com a segurança de saber que ninguém ia entrar e me ver, que ninguém ia zombar de mim por estar chorando, do jeito que zombavam de qualquer garoto na minha escola que fosse idiota o suficiente para se render às lágrimas.

Ouvi o leve tamborilar dos pingos de chuva no vidro da janela do quarto, e nem isso me trouxe alegria.

Chorei até não conseguir mais. Então respirei fundo algumas vezes, e pensei que Ursula Monkton, o monstro de lona tremulante, verme e pulga, ia me pegar se eu tentasse sair da casa. Eu tinha certeza.

Mas Ursula Monkton havia me trancado lá dentro. Ela não esperava que eu fosse sair dali.

E, talvez, se eu desse sorte, estaria distraída.

Abri a janela do quarto e ouvi os sons da noite. O barulho da chuva mansa lembrava quase um murmúrio. Era uma noite fria e eu já estava congelando. Minha irmã assistia a algum programa na televisão no quarto ao lado. Não ia me escutar.

Fui até a porta e apaguei a luz.

Atravessei o quarto escuro e me deitei na cama de novo.

Estou na minha cama, pensei. *Estou deitado na minha cama, pensando em como estou zangado. Daqui a pouco, pego no sono. Estou na minha cama, e sei que ela venceu, e se ela vier conferir, estarei na minha cama, dormindo.*

Estou na minha cama e agora é hora de dormir... Já não consigo ficar de olhos abertos. Estou dormindo como uma pedra. Como uma pedra na minha cama.

Fiquei de pé na cama e subi na janela. Fiquei pendurado por um instante, depois me soltei o mais silenciosamente que pude e caí na varanda. Essa foi a parte fácil.

Desde pequeno, eu sempre pegava várias ideias emprestadas dos livros. Eles me ensinaram quase tudo o que eu sabia sobre o que as pessoas faziam, sobre como me comportar. Eram meus professores e meus conselheiros. Nos livros, os garotos subiam em árvores, então eu subia em árvores, às vezes muito altas, sempre com medo de cair. Nos livros, as pessoas subiam e desciam pelos canos de escoamento da água da chuva para entrar e sair das casas, então eu também subia e descia por eles. Antigamente eram canos de ferro resistentes, presos aos tijolos, e não os tubos de plástico leves e frágeis de hoje.

Eu nunca tinha descido por aquele cano no escuro nem na chuva, mas sabia onde deveria apoiar os pés. Sabia também que o maior desafio não era não cair, um tombo de seis metros no canteiro de flores molhado, mas, sim, o fato de que o cano pelo qual eu estava descendo passava perto da sala de tevê, no andar de baixo, onde, eu não tinha a menor dúvida, Ursula Monkton e meu pai estariam vendo televisão.

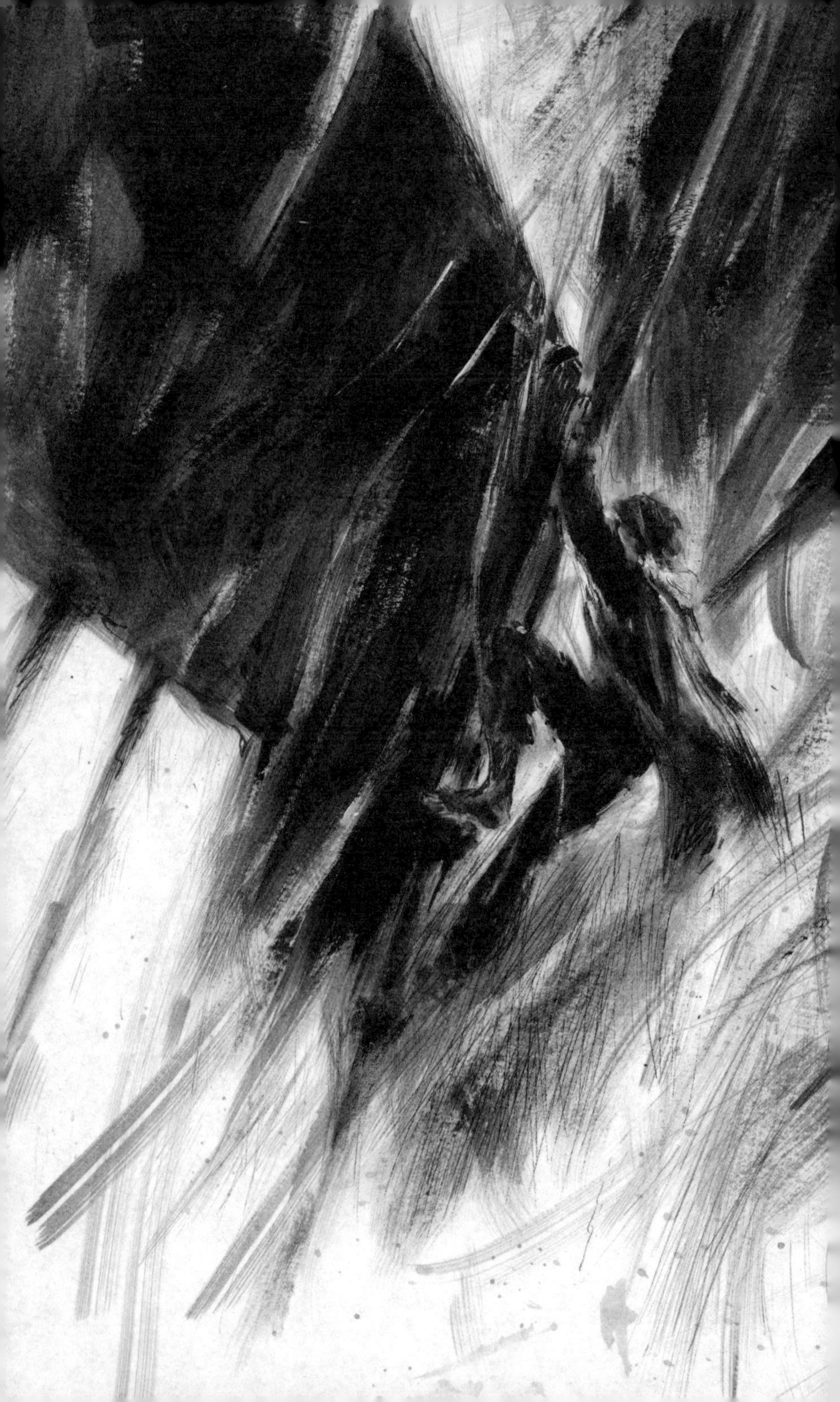

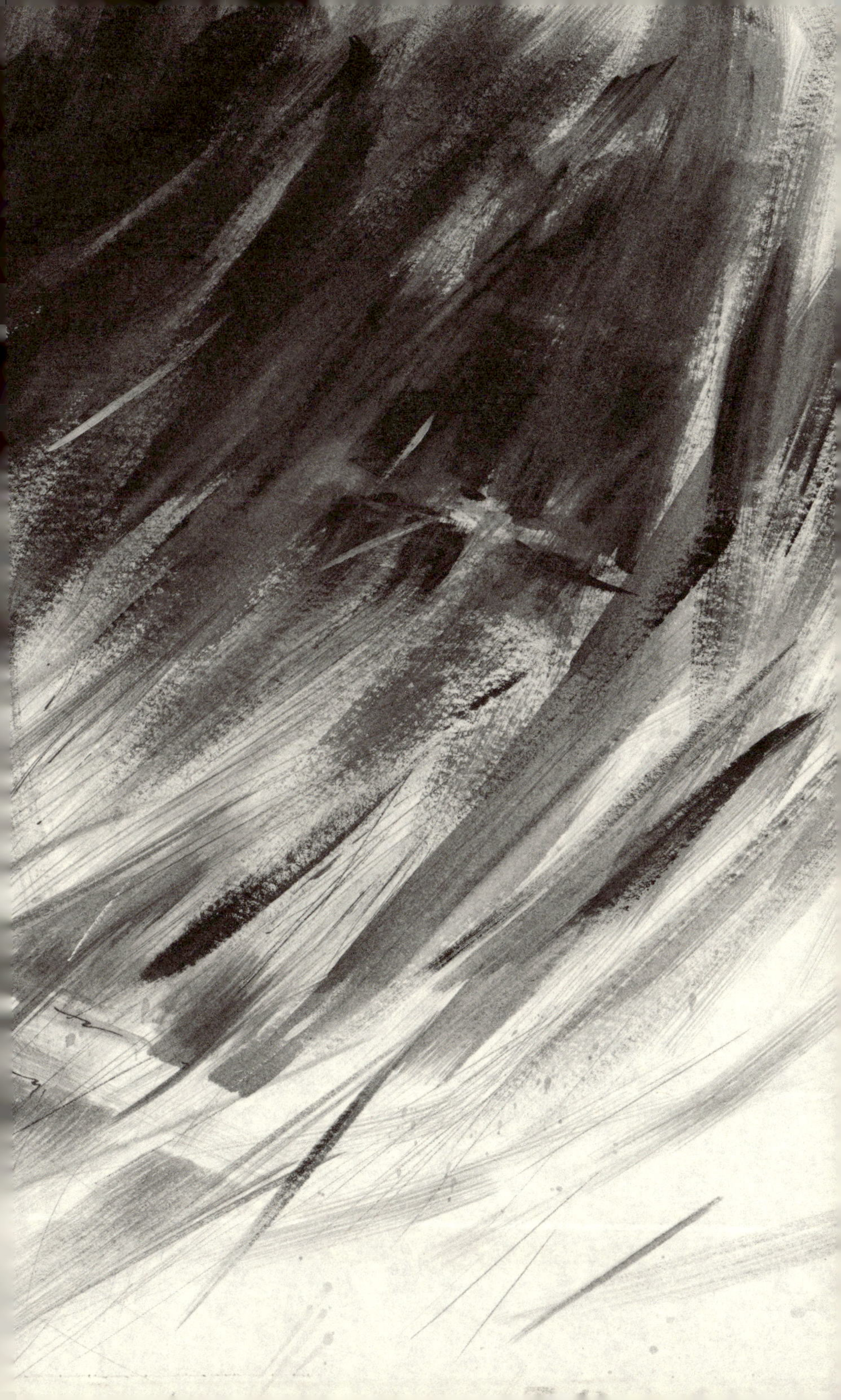

Tentei não pensar.

Subi no parapeito de tijolos da varanda e me estiquei, tateando até tocar o cano de ferro, frio e escorregadio por causa da chuva. Segurei firme e então dei um passo largo até ele, apoiando os pés descalços na braçadeira de metal que o mantinha bem preso ao tijolo.

Desci, um passo de cada vez, me imaginando como o Batman, me imaginando como uma centena de heróis e heroínas das histórias de colégio, e então, caindo em mim, me imaginei sendo um pingo de chuva na parede, um tijolo, uma árvore. *Estou na minha cama*, pensei. Eu não estava ali, com a luz da sala de tevê, sem cortinas, emanando um clarão bem abaixo de mim, transformando a chuva que caía em frente à janela numa série de riscos brilhantes.

Não olhem para mim, pensei. *Não olhem pela janela.*

Desci centímetro a centímetro. Normalmente, do tubo de escoamento eu teria pisado no parapeito da janela da sala de tevê, mas isso estava fora de cogitação. Com cuidado, desci mais alguns centímetros, o corpo um pouco mais inclinado para trás, para as sombras, fugindo da claridade, e dei uma espiada rápida no cômodo, morto de medo, esperando encontrar meu pai e Ursula Monkton olhando para mim.

Não tinha ninguém na sala.

As luzes estavam acesas, a televisão, ligada, mas não havia ninguém no sofá e a porta que dava para o corredor de baixo estava aberta.

Apoiei o pé com facilidade no parapeito da janela, torcendo para que, contra todas as expectativas, nenhum deles voltasse e me visse, então deixei meu corpo cair do parapeito para o canteiro de flores. Senti a terra molhada e fofa sob meus pés.

Eu ia correr, simplesmente sair correndo, mas havia uma luz acesa na sala de estar, aonde nós, crianças, nunca íamos, o cômodo revestido com painéis de carvalho reservado apenas a ocasiões e pessoas especiais.

As cortinas estavam fechadas. Eram de veludo verde com forro branco, e a luz que escapava por elas, no vão em que não haviam sido puxadas até o fim, era amarela e suave.

Andei até a janela. As cortinas não estavam completamente fechadas. Dava para ver lá dentro, ver o que estava bem na minha frente.

Eu não tinha muita certeza do que estava vendo. Meu pai imprensava Ursula Monkton contra a lareira enorme que ficava na parede do outro lado da sala. Ele estava de costas para mim. Ela também, as mãos apoiadas na grande moldura da lareira, lá no alto. Ele a segurava por trás. A saia mídi dela estava levantada até a cintura.

Não sabia exatamente o que eles estavam fazendo, e na verdade nem queria saber, não naquela hora. Só o que importava era que Ursula Monkton estava prestando atenção em alguma coisa que não era eu, então dei as costas para o vão entre as cortinas, para a luz e para a casa, e fugi, os pés descalços, rumo à escuridão chuvosa.

Não estava um breu total. Era aquele tipo de noite nublada em que as nuvens parecem absorver a luz dos postes e das casas lá longe e refleti-la de volta. Dava para enxergar o

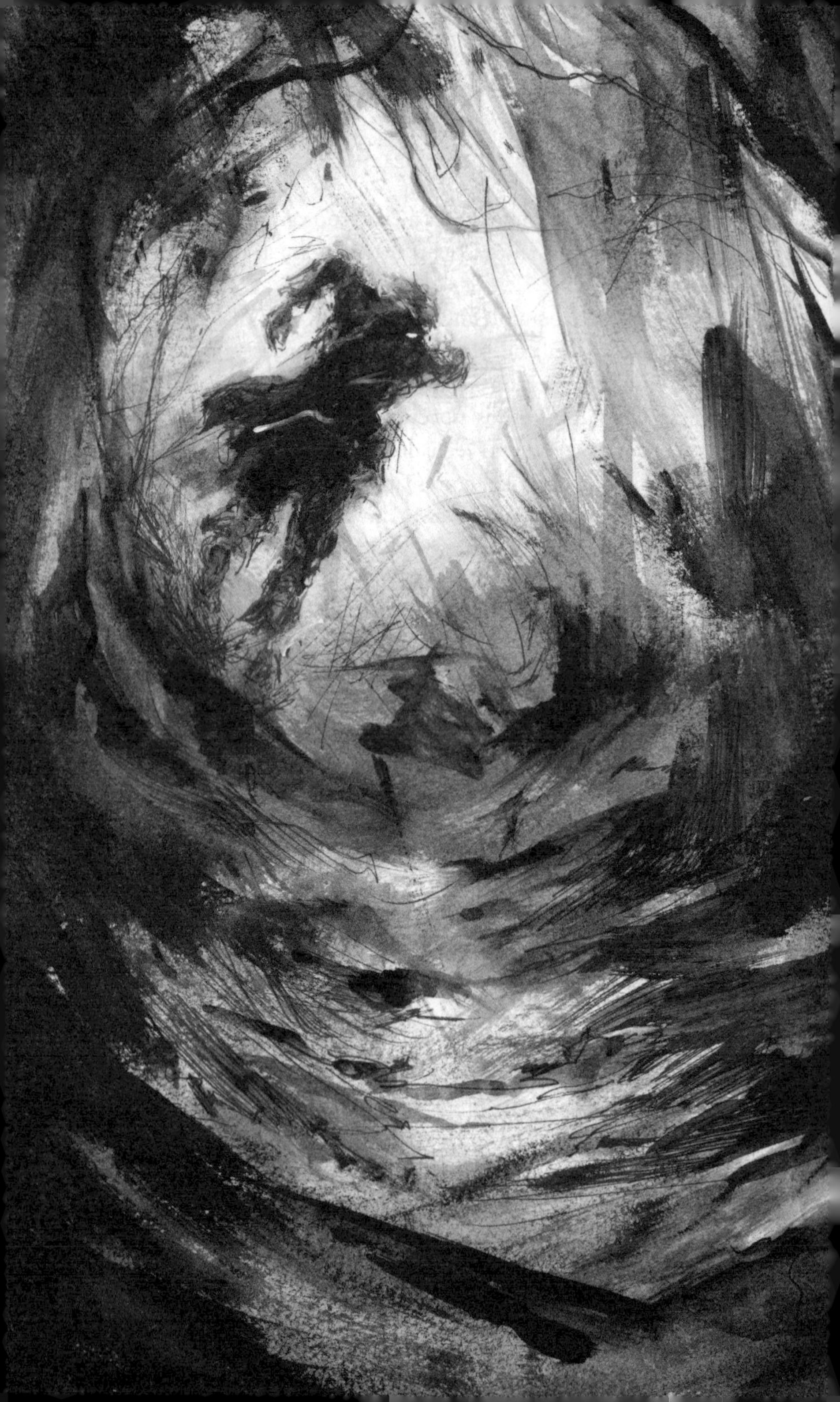

suficiente, assim que meus olhos se adaptaram ao escuro. Cheguei aos fundos do jardim, passei pela pilha de compostagem e pelas aparas de grama, desci a ladeira que ia para a estrada. As amoreiras-silvestres e os espinheiros prendiam-se aos meus pés e espetavam minhas pernas, mas continuei correndo.

Passei por cima da cerca baixa de arame e cheguei à estrada. Eu estava fora do nosso terreno e tive a sensação de que uma dor de cabeça que eu não havia percebido de repente desaparecera. Sussurrei com urgência: "Lettie? Lettie Hempstock?" E pensei: *Estou na cama. Sonhando tudo isso. Um sonho muito real. Estou na minha cama*; mas não achava que Ursula Monkton estivesse preocupada comigo naquele exato momento.

Enquanto corria, pensei em meu pai abraçando a governanta-de-mentira, beijando o pescoço dela, e em seguida vi a imagem do rosto dele através da água fria da banheira, enquanto me afundava, e eu não estava mais aterrorizado por causa do que havia acontecido no banheiro; estava com medo do que significava o fato de meu pai estar beijando o pescoço de Ursula Monkton, de as mãos dele terem levantado a saia mídi dela até a cintura.

Meus pais eram uma unidade inviolável. De repente, o futuro passou a ser um mistério: tudo podia acontecer. O trem da minha vida descarrilou, saiu dos trilhos e cruzou os campos, e agora seguia pela estrada comigo.

As pedras na estrada machucavam meus pés enquanto eu corria, mas eu nem ligava. Logo, logo, tinha certeza, a coisa que era a Ursula Monkton ia terminar o que estava fazendo com meu pai. Os dois provavelmente subiriam juntos para ver como eu estava. Ela ia descobrir que eu tinha sumido e viria atrás de mim.

Pensei, *se vierem atrás de mim, vai ser de carro*. Procurei alguma fresta nas cercas vivas dos dois lados da estrada. Vi um degrau improvisado com tábuas de madeira e fui depressa por ali, e continuei correndo prado adentro, o coração batendo como se fosse um tambor, o maior e mais barulhento que existe ou que já existiu, os pés descalços, o pijama e o roupão encharcados até o joelho e colando nas pernas. Corri, nem ligando para os cocôs de vaca pelo caminho. O prado era mais gentil com meus pés do que a estrada cheia de pedregulhos. Eu ficava mais feliz, e me sentia mais eu mesmo, correndo na grama.

Ouvi o estrondo de um trovão atrás de mim, apesar de não ter visto nenhum raio. Pulei uma cerca, e meus pés afundaram na terra fofa de um campo arado. Segui aos tropeços, caindo de vez em quando, mas fui em frente. Passei por mais um degrau improvisado e entrei no terreno seguinte, que não estava arado, e o atravessei colado à cerca viva, com medo de me aventurar em campo aberto.

Os faróis de um carro surgiram de repente na estrada e me cegaram. Parei imediatamente onde estava, fechei os olhos e me imaginei dormindo, na minha cama. O carro passou sem diminuir a velocidade, e eu consegui ter um vislumbre das lanternas traseiras vermelhas enquanto ele se distanciava: uma van branca, que, eu achava, pertencia à família Anders.

Mesmo assim, aquilo fez a estrada parecer menos segura, então cortei caminho prado adentro. Cheguei ao terreno seguinte, vi que entre ele e aquele onde eu estava havia apenas uma cerca fina de arame, fácil de passar por baixo, e não era nem arame farpado, então estendi o braço e levantei um dos arames para passar, e...

Foi como se eu tivesse levado um soco, um soco muito forte, bem no peito. Meu braço, o que tinha segurado o arame, sacudia convulsivamente, e a palma da minha mão doía como se eu tivesse acabado de bater com a ponta do cotovelo na parede.

 Soltei a cerca eletrificada e cambaleei para trás. Não conseguia mais correr, mas andei depressa no vento, na chuva e na escuridão, acompanhando a cerca, tomando cuidado para não encostar nela, até que cheguei a uma porteira com cinco ripas de madeira. Pulei a porteira e segui pelo campo de pastagem rumo à escuridão mais profunda do outro lado — árvores, pensei, e o bosque —, e não cheguei perto demais dos limites do terreno, para o caso de existir outra cerca eletrificada à minha espera.

 Hesitei, sem saber ao certo para onde ir em seguida. Como se em resposta ao meu dilema, o mundo todo foi iluminado, por um segundo, e eu só precisava de um segundo, por um relâmpago. Vi um daqueles degraus improvisados com tábuas e corri até ele.

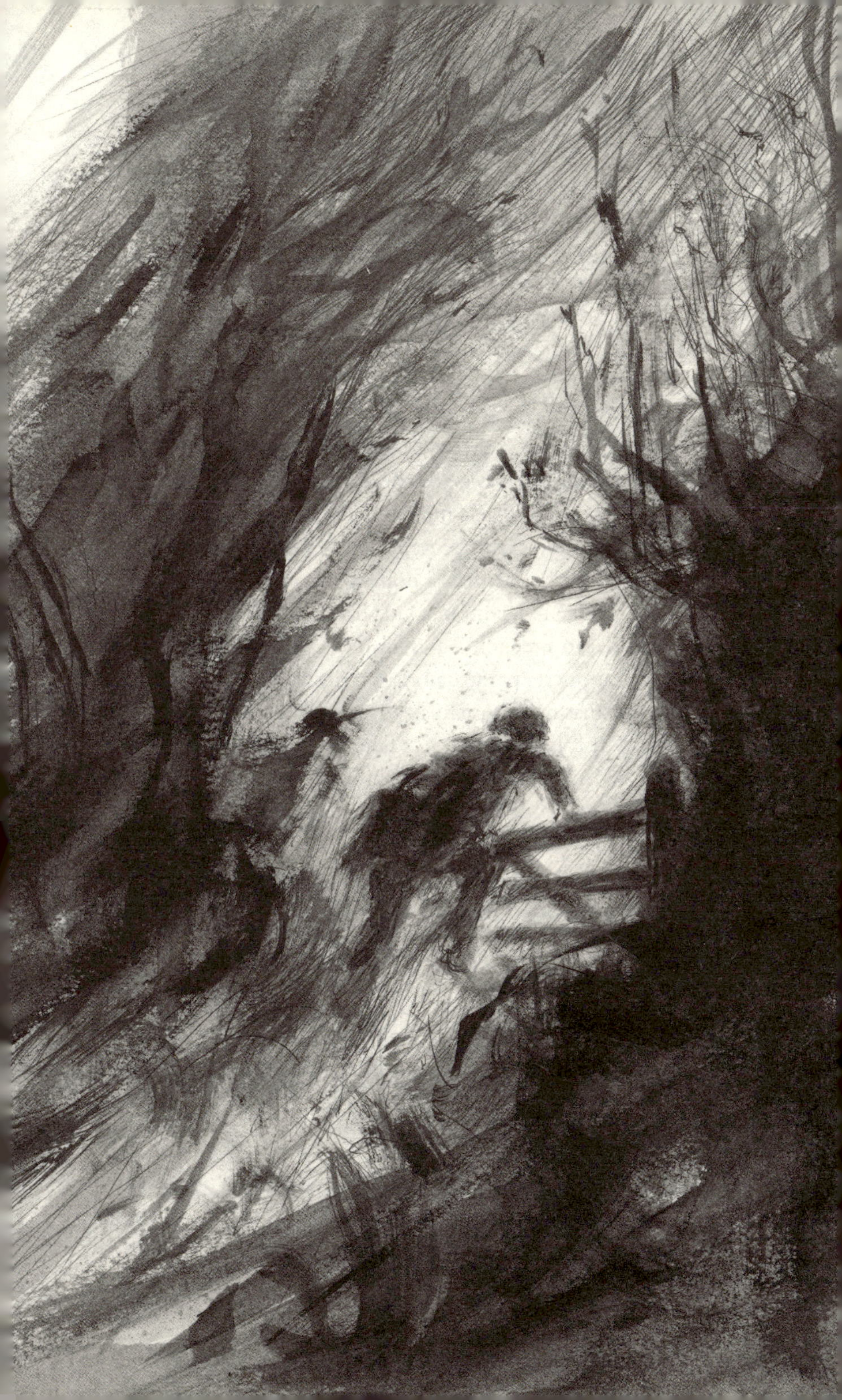

Passei. Aterrissei numa moita de urtiga, percebi na hora, porque senti a queimação cortante, ao mesmo tempo ardente e congelante, tomando meus tornozelos e o peito dos pés desprotegidos, mas corri de novo, corri o mais rápido que pude. Torci para que ainda estivesse seguindo na direção da fazenda das Hempstock. Tinha que estar. Atravessei mais um terreno, até que me dei conta de que não sabia mais onde ficava a estrada, muito menos onde eu estava. Só sabia que a fazenda das Hempstock ficava no fim da minha rua, mas eu estava perdido em um campo escuro, e as nuvens negras de tempestade estavam mais próximas, a noite era um breu só, e continuava chovendo, embora ainda não muito forte, e minha imaginação preenchia a escuridão com lobos e fantasmas. Eu queria parar de imaginar essas coisas, parar de pensar, mas não conseguia.

Por trás dos lobos, dos fantasmas e das árvores que se moviam, havia Ursula Monkton, dizendo que a próxima vez que eu lhe desobedecesse seria muito pior para mim, que ela me trancaria no sótão.

Eu não era corajoso. Estava fugindo de tudo, com frio, encharcado e perdido.

Gritei o mais alto que consegui:

— Lettie? Lettie Hempstock! Olá?

Mas não houve resposta, e eu não esperava nenhuma.

O trovão ribombou e retumbou num rugido baixo e comprido, um leão que alguém irritou, e o relâmpago espocou e tremeluziu como uma lâmpada fluorescente com defeito. Com esse pisca-pisca, consegui ver que o terreno onde eu estava tinha se estreitado, com cercas vivas dos dois lados e sem saída. Olhei, mas não vi nenhuma porteira, nem nenhum degrau improvisado além daquele pelo qual eu entrara, na outra extremidade do terreno.

Ouvi algo estalando.

Olhei para o céu. Já tinha visto raios em filmes na televisão, feixes longos e pontudos com ramificações irregulares de luz espalhando-se pelas nuvens. Mas os que eu vira até então com meus próprios olhos eram simplesmente clarões brancos vindos de cima, como o *flash* de uma câmera fotográfica, acendendo o mundo como um estroboscópio. O que eu vi no céu naquele momento não foi isso.

Também não foi um raio com ramificações irregulares.

Ele veio e se foi, um clarão branco-azulado que serpenteou pelo céu. Sumiu e em seguida se acendeu de novo, e suas explosões e clarões iluminaram o prado, me permitiram enxergá-lo. Os pingos de chuva caíam com mais intensidade e batiam em meu rosto. Num piscar de olhos, foram de chuvisco a uma chuva torrencial, e em poucos segundos meu roupão ficou todo encharcado. Mas com a claridade eu vi, ou pensei ter visto, uma abertura na cerca viva à minha direita, e andei — porque não conseguia correr, não mais — o mais rápido que pude em direção a ela, na esperança de que fosse real. Meu roupão molhado tremulou com o vento, e esse ruído me apavorou.

Não olhei para o céu. Não olhei para trás.

Mas consegui ver o outro lado do campo, e havia de fato um espaço entre as cercas vivas. Eu estava prestes a alcançá-lo quando uma voz falou:

— Pensei ter mandado você ficar no seu quarto. E agora o encontro aqui, fugindo sorrateiramente como um marinheiro afogado.

Eu me virei, olhei para trás, não vi nada. Não tinha ninguém ali.

Então olhei para cima.

A coisa que se dizia Ursula Monkton pairava no céu, uns seis metros acima de mim, e os raios passavam e tremeluziam no ar atrás dela. Ela não voava. Levitava, leve como um balão, embora as fortes rajadas de vento não a empurrassem.

O vento uivava e açoitava meu rosto. O trovão distante rugiu e trovoadas menores pipocavam e estalavam. Ela falava baixinho, mas eu conseguia ouvir cada palavra tão distintamente que era como se ela sussurrasse em meu ouvido.

— Ah, docinho-lindinho-de-coco, você está tão encrencado...

Ela sorria, o sorriso mais largo e mais cheio de dentes que eu já tinha visto num rosto humano, mas não parecia estar achando graça. Eu tinha fugido dela pela escuridão durante, o quê, meia hora? Uma hora? Queria ter continuado na estrada e não tentado atravessar o campo. Já teria chegado à Fazenda Hempstock. Em vez disso, estava perdido e encurralado.

Ursula Monkton desceu até mais perto do chão. A blusa cor-de-rosa estava aberta, desabotoada. O sutiã era branco. A saia mídi tremulava no vento, mostrando a batata das pernas. Ela não parecia molhada, apesar da tempestade. Suas roupas, seu rosto e seu cabelo estavam totalmente secos.

Ela pairava sobre mim e então estendeu os braços.

Cada movimento, tudo o que ela fazia, tinha o efeito estroboscópico dos raios que ela domara e que tremeluziam e se retorciam atrás dela. Seus dedos se abriam como flores em um filme acelerado, e eu sabia que ela estava brincando comigo, e sabia o que ela queria que eu fizesse, e me odiei por não ficar onde estava e enfrentá-la, mas fiz o que ela esperava: saí correndo.

Eu era uma coisinha que a entretinha. Ela brincava, do mesmo jeito que eu tinha visto o Monstro, o gato grande e ruivo, brincar com um camundongo — soltava-o, deixava-o correr, e depois saltava sobre ele, e prendia-o no chão com uma das patas. Mas o camundongo corria de novo, e eu não tinha escolha, corria também.

Corri até o vão na cerca viva, o mais rápido que pude, trôpego, dolorido e molhado.

A voz dela soava em meus ouvidos enquanto eu corria.

— Eu disse que ia trancá-lo no sótão, não disse? E vou trancar. Seu pai gosta de mim. Ele fará o que eu mandar. Talvez, de agora em diante, toda noite, ele vá subir pela escada de mão e deixar você sair do sótão. Fará você descer. Pela escada de mão. E toda noite ele vai

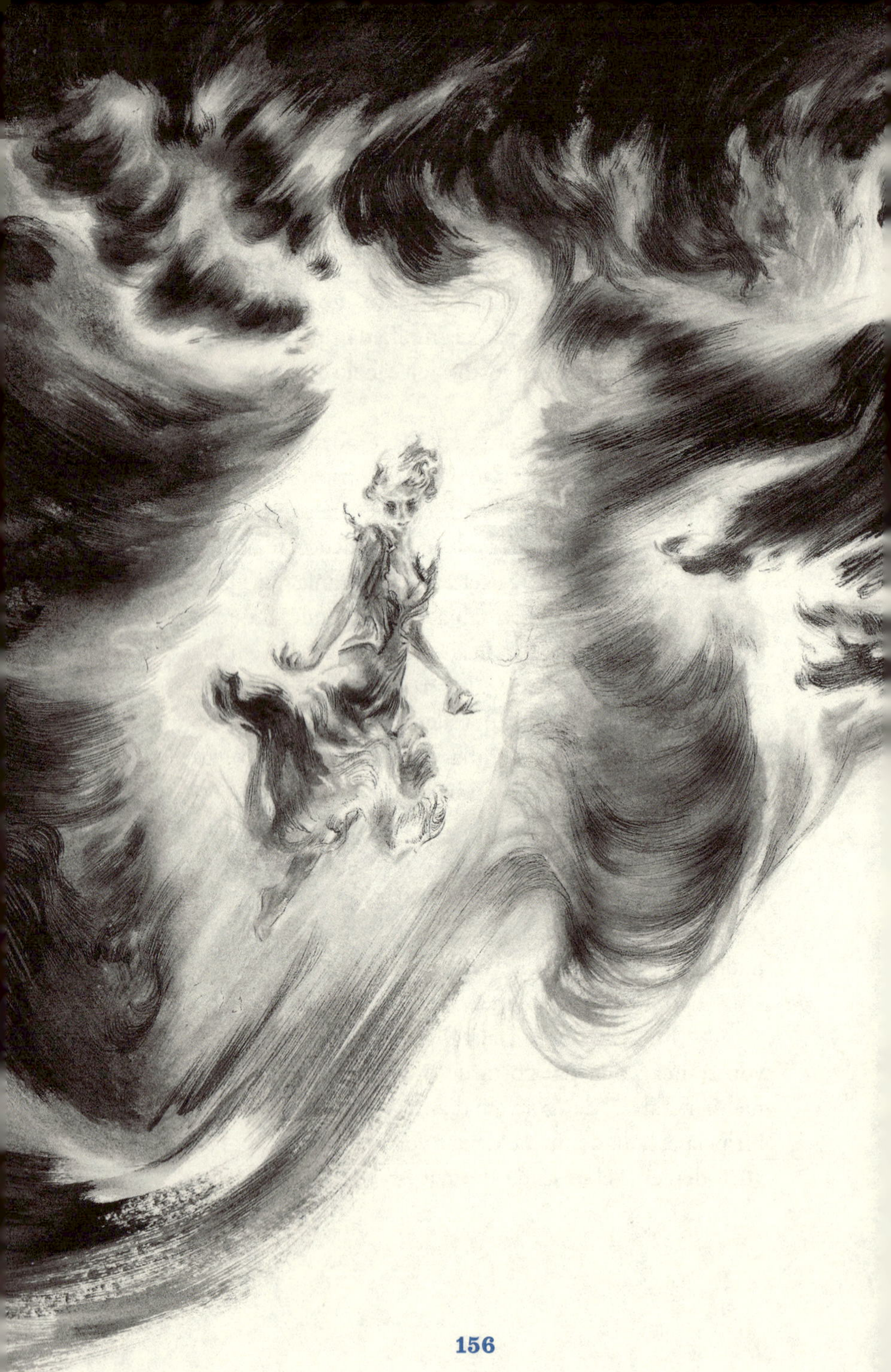

afogá-lo na banheira, vai afundá-lo na água muito, mas muito fria. Vou deixar que ele faça isso toda noite até eu me cansar, e então direi a ele que não traga você de volta, que simplesmente o segure embaixo da água até você parar de se mexer e até que não haja nada além de escuridão e água nos seus pulmões. Farei com que ele o deixe na banheira fria, e você nunca mais vai se mexer. E toda noite eu vou beijar e beijar seu pai...

Eu já tinha atravessado o buraco na cerca viva e corria pela grama macia.

O crepitar dos raios e um cheiro estranhamente forte e metálico estavam tão perto que me davam arrepios. Tudo ao meu redor foi ficando cada vez mais claro, iluminado por um cintilar branco-azulado.

— E quando seu pai finalmente deixá-lo na banheira para sempre, você ficará contente — sussurrou Ursula Monkton, e eu imaginei sentir seus lábios roçando na minha orelha. — Porque você não vai gostar do sótão. E não só porque é escuro lá em cima, com as aranhas, e os fantasmas. Mas porque vou trazer meus amigos. Não dá para vê-los à luz do dia, mas eles estarão no sótão, e você não vai gostar nem um pouco do que vai encontrar. Eles detestam garotinhos. São aranhas do tamanho de cães. Roupas velhas sem nada dentro que puxam você e não soltam jamais. O âmago da sua mente. E, quando estiver no sótão, nada de livros, e nada de histórias, nunca mais.

E foi aí que me dei conta de que não tinha imaginado nada. Os lábios dela tinham roçado minha orelha. Ursula Monkton pairava ao meu lado, sua cabeça estava perto da minha, e quando me pegou olhando para ela abriu seu sorriso falso, e eu já não conseguia mais correr. Mal conseguia me mexer. Meu baço doía, eu não conseguia recobrar o fôlego, estava acabado.

Minhas pernas cederam ao cansaço, eu tropecei e caí, e dessa vez não me levantei.

Senti algo quente nas pernas, olhei para baixo e vi um líquido amarelo saindo da parte da frente da minha calça de pijama. Eu tinha sete anos, não era mais uma criancinha, mas estava fazendo xixi na calça de medo, como um bebê, e não tinha nada que eu pudesse fazer, enquanto Ursula Monkton pairava acima de mim e observava, indiferente.

A caçada chegara ao fim.

Ela empertigou-se em pleno ar, um metro acima do chão. Eu estava esparramado, deitado de costas na grama molhada. Ela começou a descer, lenta e implacavelmente, como uma pessoa numa televisão com a imagem distorcida.

Alguma coisa encostou na minha mão esquerda. Algo macio. Farejou a minha mão. E eu olhei para o lado, temendo dar de cara com uma aranha do tamanho de um cão. Com a claridade dos raios que serpenteavam em torno de Ursula Monkton, eu vi um trecho de escuridão ao lado da minha mão. Um trecho de escuridão com uma mancha branca em uma das orelhas. Peguei o gatinho, trouxe-o para perto do coração e fiz carinho nele.

— Não vou voltar com você. Você não pode me forçar — falei.

Eu me sentei, porque me sentia menos vulnerável sentado, e o gatinho enroscou-se e achou uma posição confortável na minha mão.

— Docinho-de-coco-de-menino — disse Ursula Monkton. Seus pés tocaram o chão, iluminados pelos próprios raios, como a pintura de uma mulher em tons de cinza, verde e azul, de jeito nenhum uma mulher de verdade. — Você é só um garotinho. Eu sou adulta. Já era adulta quando seu mundo era uma bola de rocha derretida. Posso fazer o que quiser com você. Agora fique de pé. Vou levá-lo para casa.

O gatinho, que afundava o rosto em meu peito, soltou um grito alto e agudo, diferente de um miado. Eu me virei, desviando o olhar de Ursula Monkton, para ver o que estava trás de mim.

A garota que vinha andando até nós, atravessando o campo, usava uma capa de chuva vermelha e brilhosa, com capuz, e um par de galochas pretas que pareciam grandes demais. Ela deu um passo saindo da escuridão, destemida. Ergueu os olhos para Ursula Monkton.

— Saia das minhas terras — disse Lettie Hempstock.

Ursula Monkton deu um passo para trás e subiu, tudo ao mesmo tempo, e então pairou acima de nós. Lettie Hempstock estendeu o braço para mim, sem olhar para onde eu estava sentado, e pegou minha mão, os dedos entrelaçados nos meus.

— Não estou pisando nas suas terras — disse Ursula Monkton. — Vá embora, garotinha.

— Você está nas minhas terras — insistiu Lettie Hempstock.

Ursula Monkton sorriu, e os raios se espiralaram e serpentearam atrás dela. Ela era a verdadeira encarnação do poder, parada no ar crepitante. Era a tempestade, o raio, o mundo adulto com toda a sua força, todos os seus segredos e toda a sua crueldade casual e insensata. Ela piscou para mim.

Eu era um menino de sete anos, meus pés estavam esfolados e sangrando. Tinha acabado de fazer xixi na calça. E a coisa que pairava sobre mim era enorme e voraz, e queria me levar para o sótão, e quando se cansasse de mim faria meu pai me matar.

A mão de Lettie Hempstock na minha me deu um pouco de coragem. Mas Lettie era só uma menina, mesmo sendo grande, mesmo tendo onze anos, mesmo tendo onze

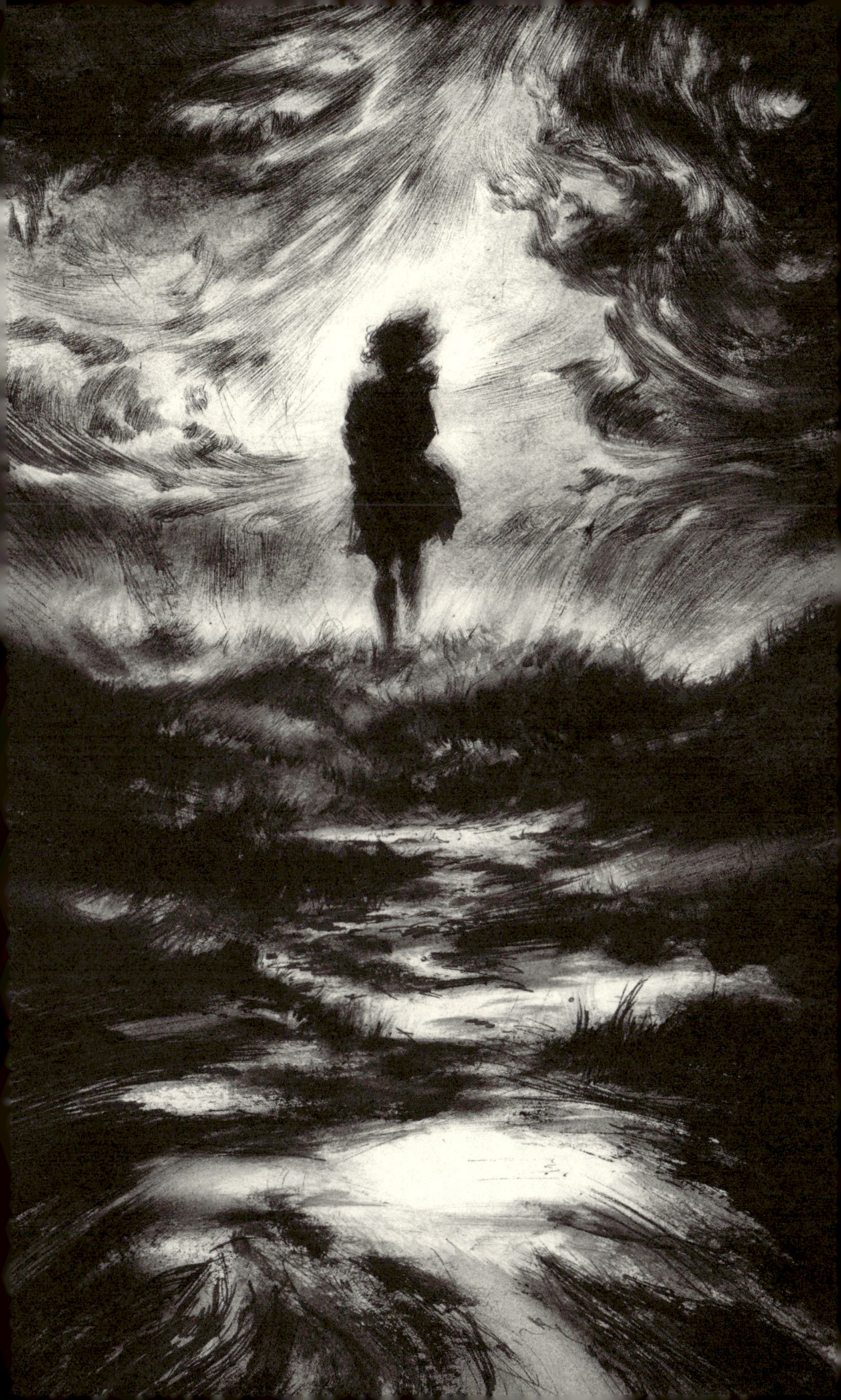

anos havia muito tempo. Ursula Monkton era adulta. Não importava, naquele momento, o fato de ela ser cada monstro, cada bruxa, cada pesadelo personificado. Ela era adulta, e, quando os adultos entram em guerra com as crianças, eles sempre vencem.

— Você devia voltar para o lugar de onde veio. Não é saudável, para você, ficar aqui. Vá embora, para o seu próprio bem — disse Lettie.

Um barulho no ar, um ruído desagradável e distorcido de algo sendo arranhado, cheio de dor e maldade, um som que me causou agonia nos dentes e fez o gatinho, que estava com as patas dianteiras descansando em meu peito, se encolher e seu pelo eriçar. A criaturinha contorceu-se toda e agarrou-se em meu ombro, e grunhiu e chiou. Olhei para Ursula Monkton. Foi só quando vi seu rosto que entendi o que era o barulho. Ursula Monkton gargalhava.

— Voltar? Quando seu povo abriu o buraco na Eternidade, eu aproveitei minha chance. Poderia ter governado mundos, mas segui vocês, e esperei, e fui paciente. Eu sabia que, mais cedo ou mais tarde, as fronteiras iam ceder, que eu ia andar sobre a verdadeira Terra, sob o Sol do Paraíso. — Ela já não ria mais. — Tudo aqui é muito frágil, garotinha. Tudo se quebra muito facilmente. Eles desejam coisas tão simples... Vou levar tudo o que quiser deste mundo, como uma criança gorda se empanturrando das amoras de uma amoreira.

Não soltei a mão da Lettie, não dessa vez. Acariciei o gatinho, cujas garras afiadas estavam cravadas em meu ombro, e ele me mordeu por isso, mas não foi uma mordida forte, só levei um susto.

A voz dela vinha de todos os lados, enquanto o vento de tempestade soprava.

— Vocês me mantiveram afastada daqui por muito tempo. Mas então você me trouxe uma porta, e eu usei o garoto para me tirar da minha cela. O que você pode fazer agora que eu saí?

Lettie não parecia zangada. Ela ponderou sobre aquilo, então disse:

— Eu poderia construir uma nova porta para você. Ou, melhor ainda, eu poderia pedir que a vovó enviasse você pelo Oceano até o lugar de onde veio.

Ursula Monkton cuspiu na grama, e bem ali uma pequena bola de fogo crepitou e efervesceu no solo.

— Dê a mim o garoto. — Foi tudo o que ela disse. — Ele me pertence. Vim até aqui dentro dele. Sou a dona dele.

— Você não é dona de nadica de nada, não mesmo — disse Lettie Hempstock, com raiva. — Muito menos dele.

Lettie me ajudou a ficar de pé, ficou atrás de mim e me abraçou. Éramos duas crianças num campo de pastagem no meio da noite. Ela me segurava, e eu segurava o gatinho, enquanto acima de nós e por todo lado uma voz dizia:

— O que você vai fazer? Vai levá-lo para a sua casa? Este é um mundo de regras, garotinha. Ele pertence ao pai e à mãe dele. Arraste-o com você e eles virão para carregá-lo de volta para casa, e os pais dele pertencem a mim.

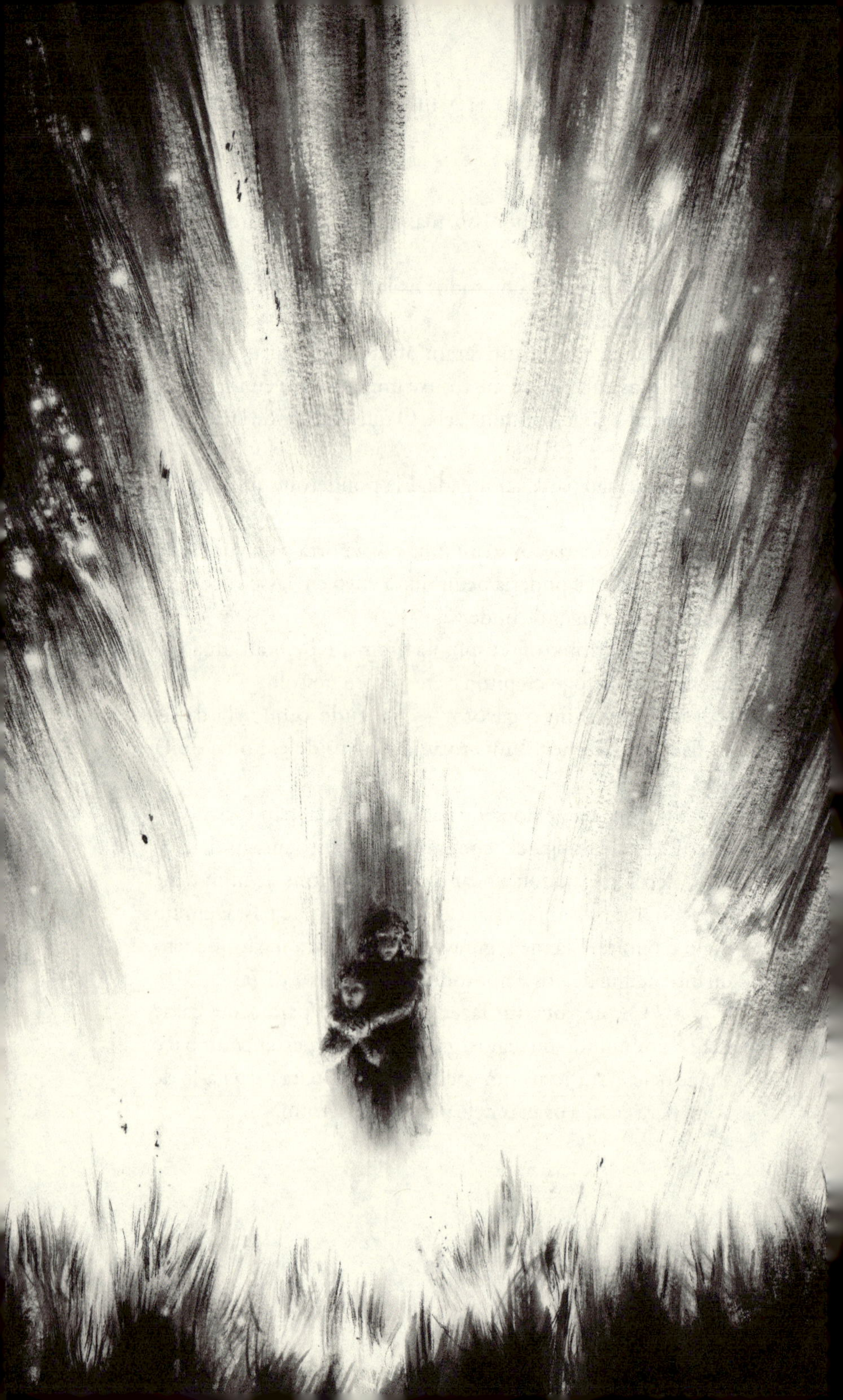

— Cê já cansou minha beleza — disse Lettie Hempstock. — Já dei uma chance procê. Cê tá nas minhas terras. Sai daqui.

Assim que ela disse isso, experimentei na pele a mesma sensação de quando esfreguei uma bola de encher no meu suéter e depois a encostei no rosto e no cabelo. Tudo se arrepiou e coçou. Meu cabelo estava encharcado, mas mesmo assim sentia que ele começava a ficar em pé.

Lettie Hempstock me segurou com mais força.

— Não se preocupe — sussurrou ela.

E eu ia dizer algo, perguntar por que não devia me preocupar, do que eu devia ter medo, quando o campo onde estávamos começou a luzir.

Era um clarão dourado. Cada lâmina de grama reluzia e cintilava, cada folha em cada árvore. Até as cercas vivas brilhavam. Era uma luz quente. Para mim, parecia que o solo sob a grama havia transmudado de matéria básica em pura luz, e, sob o clarão dourado do pasto, os raios branco-azulados que ainda crepitavam ao redor de Ursula Monkton pareceram muito menos espetaculares.

Ursula Monkton elevou-se cambaleando, como se o ar tivesse acabado de ficar quente e a fizesse subir. Então Lettie Hempstock murmurou palavras antigas para o mundo, e o prado explodiu numa luz dourada. Vi Ursula Monkton sendo arrebatada para cima e para longe, embora não sentisse a presença de nenhum vento, mas devia ter algum, porque ela balançava e se revirava como uma folha seca em um vendaval. Eu a vi sair rolando noite adentro, e foi assim que Ursula Monkton e seus raios desapareceram.

— Vamos — disse Lettie Hempstock. — Precisamos levar você até a lareira da cozinha. E você precisa de um banho quente de banheira. Vai acabar pegando um resfriado.

Ela soltou minha mão, parou de me abraçar e deu um passo atrás. O clarão dourado esmaeceu, lentamente, e acabou sumindo, deixando apenas rastros e centelhas nos arbustos, como os momentos finais dos fogos de artifício nas comemorações da Noite de Guy Fawkes.

— Ela está morta? — perguntei.

— Não.

— Então ela vai voltar. E você vai ficar encrencada.

— Pode ser — disse Lettie. — Está com fome?

Ela me perguntou, e eu percebi que estava. Por algum motivo, eu tinha me esquecido disso, mas então lembrei. Estava com tanta fome que doía.

— Vejamos... — dizia Lettie ao me levar pelos campos. — Você está encharcado. Precisamos arranjar alguma coisa para vestir. Vou dar uma olhada na cômoda do quarto verde. Acho que o primo Jafé deixou umas roupas dele lá quando partiu para lutar nas Guerras dos Ratos. Ele não era muito maior que você.

O gatinho lambia meus dedos com sua língua pequenina e áspera.

— Encontrei um gatinho — falei.

— Dá para ver. Ela deve ter seguido você desde aquele campo, onde você a puxou da terra.

— Essa é *aquela* gatinha? A mesma que eu colhi?

— É. Ela já lhe disse como se chama?
— Não. Gatos fazem isso?
— Às vezes. Se você ouvir com atenção.

Vi as luzes da Fazenda Hempstock à nossa frente, acolhedoras, e me animei, embora não conseguisse entender como havíamos ido do campo onde estávamos até a casa da fazenda tão rápido.

— Você deu sorte — disse Lettie. — Cinco metros mais para trás e o terreno pertence ao Colin Anders.

— Você teria aparecido de qualquer jeito — falei. — Você teria me salvado.

Ela apertou meu braço, mas não disse nada.

— Lettie. Eu não quero ir para casa.

Não era verdade. Eu queria ir para casa mais que tudo na vida, mas não para aquele lugar do qual fugira naquela noite. Queria voltar para a casa onde eu morava antes de o minerador de opala ter se suicidado dentro do nosso pequeno Mini branco, ou antes de ele ter atropelado o meu gatinho.

A bola de pelo escura aconchegou-se em meu peito e eu desejei que ela fosse o meu gatinho, mas sabia que não era. A chuva tinha se transformado de novo em chuvisco.

Caminhamos pisando em poças grandes, Lettie com suas galochas, e eu descalço, os pés latejando. O fedor de esterco pairava forte no ar quando chegamos ao pátio da fazenda, e então entramos por uma porta lateral e fomos até a enorme cozinha da casa.

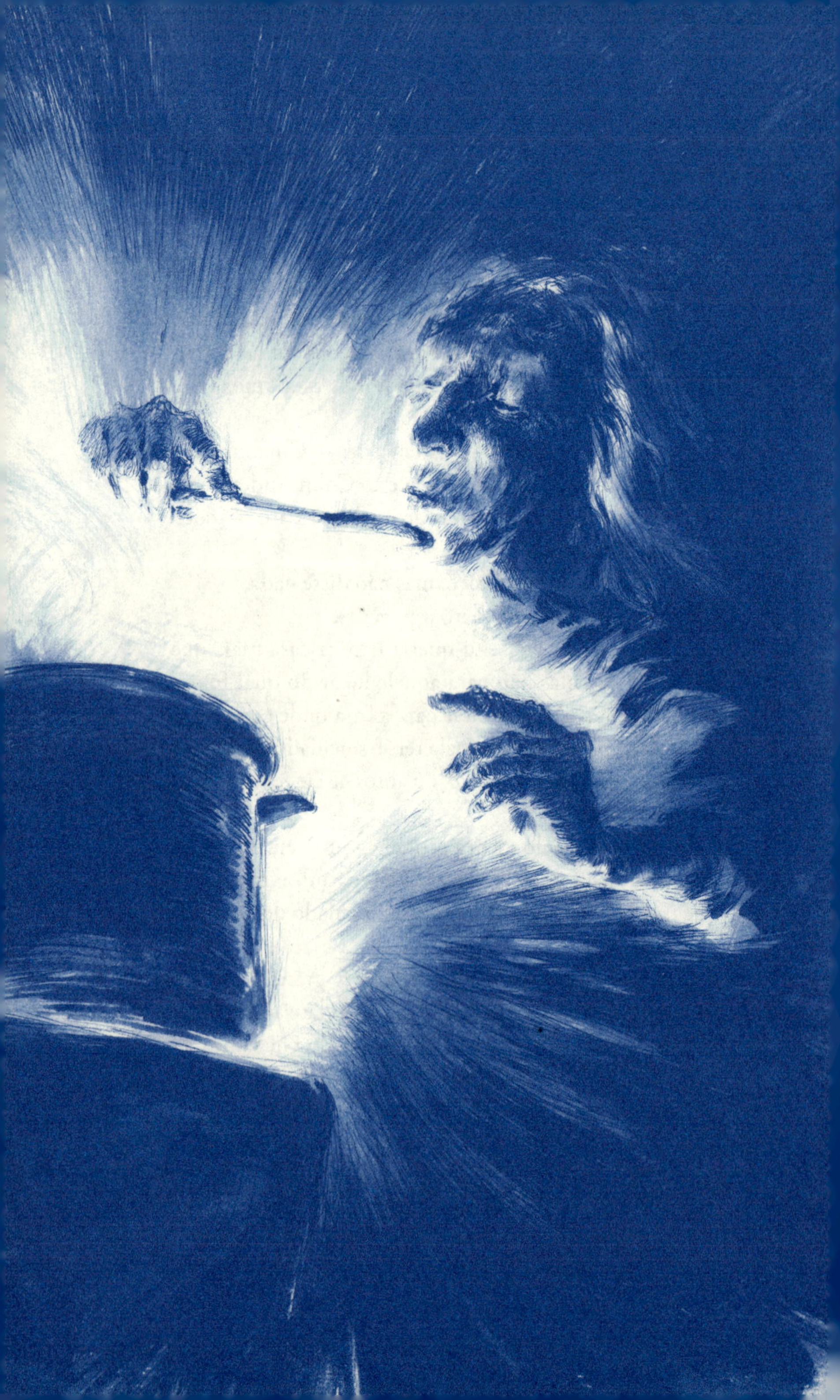

IX

A mãe de Lettie remexia a enorme lareira com um atiçador, juntando os tocos de lenha em brasa.

A velha sra. Hempstock mexia o conteúdo de uma panela bojuda no fogão com uma grande colher de pau. Ela levou a colher à boca, soprou-a de um jeito teatral, provou o líquido, apertou os lábios e então acrescentou à panela uma pitada de alguma coisa e um punhado de outra. Baixou o fogo. Em seguida, olhou para mim, para a cabeça molhada e os pés descalços, roxos de frio. Enquanto eu estava ali parado, uma poça começou a se formar no piso de pedra ao meu redor, aumentada pelas gotas que caíam do roupão.

— Banho quente — disse a velha sra. Hempstock. — Senão ele vai pegar alguma coisa e morrer.

— Foi o que eu disse — concordou Lettie.

A mãe de Lettie já estava pegando uma tina de banho embaixo da mesa da cozinha e enchendo-a com água fervente de uma enorme chaleira preta pendurada no fogo da lareira. Panelas de água fria foram acrescentadas até ela decretar que o banho estava na temperatura ideal.

— Pronto. Pode entrar — disse a velha sra. Hempstock. — Vamos, vamos!

Olhei para ela, horrorizado. Será que eu ia ter que ficar sem roupa na frente de pessoas desconhecidas?

— Vamos lavar as suas roupas, e secar tudo para você, e vamos remendar esse roupão — disse a mãe de Lettie, tirando de mim o roupão e a gatinha, que eu mal tinha notado que ainda estava segurando, e saiu da cozinha.

Com a maior agilidade possível, tirei o pijama de nylon vermelho — a calça estava encharcada e as pernas tinham ficado esfarrapadas e rasgadas de um jeito que jamais poderiam ser consertadas. Mergulhei os dedos na água, depois entrei e me sentei na tina de latão, naquela cozinha acolhedora em frente à enorme lareira, e me recostei na água quente. Meus pés começaram a latejar à medida que voltavam à vida. Eu sabia que ficar *pelado* era errado, mas as Hempstock pareciam indiferentes à minha nudez: Lettie tinha sumido, e levara meu pijama e meu roupão com ela; a mãe dela pegava facas, garfos, colheres, jarras pequenas e grandes, facas de trinchar e tábuas de pão, e arrumava tudo em cima da mesa.

A velha sra. Hempstock me passou uma caneca cheia da sopa feita na panela preta que estava no fogão.

— Ponha isso para dentro. Primeiro vamos aquecer você de dentro para fora.

A sopa era encorpada e quente. Eu nunca tinha tomado sopa durante o banho; foi uma experiência totalmente nova para mim. Assim que terminei, devolvi a caneca para ela, que então me

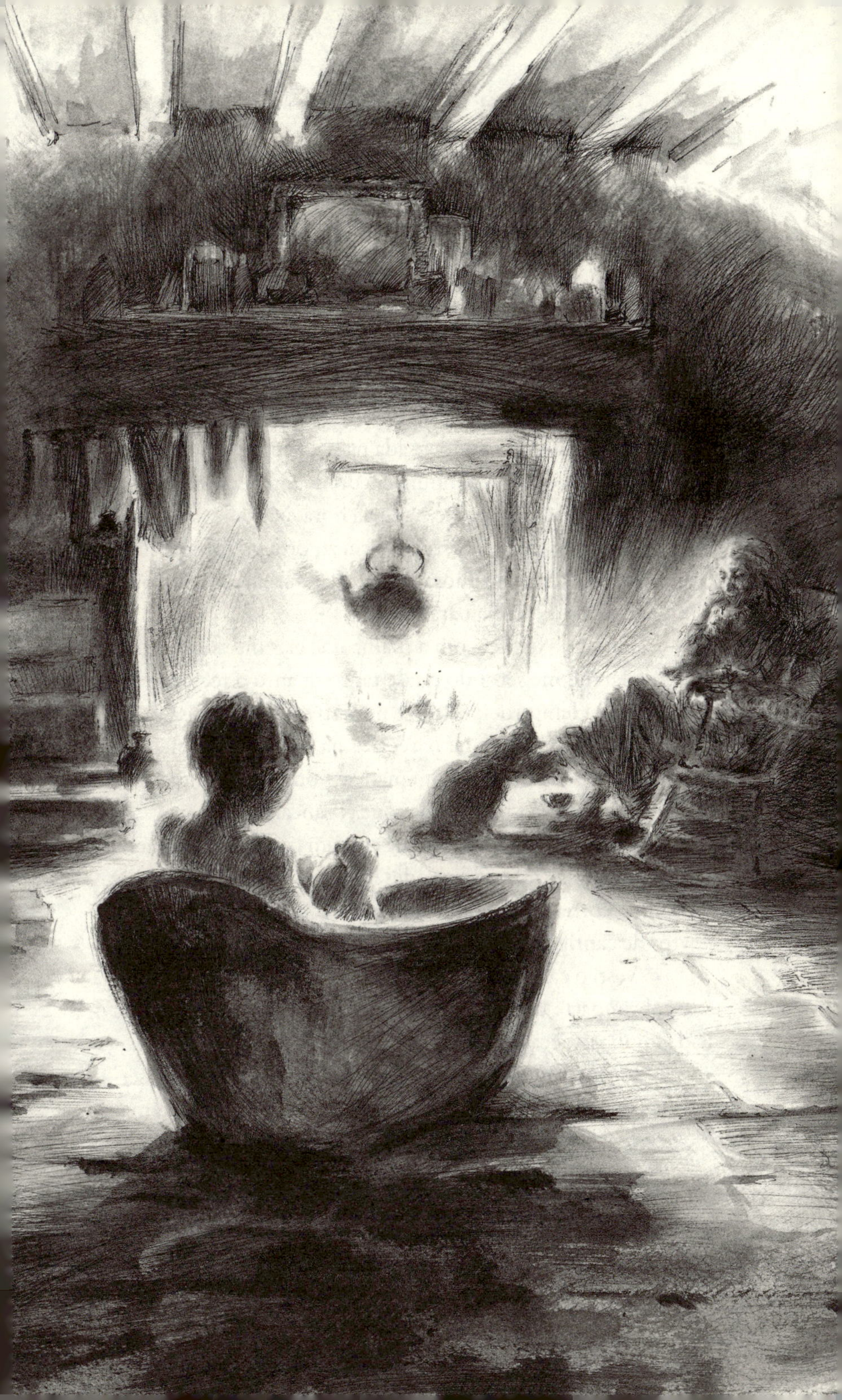

passou uma barra enorme de sabão branco e uma toalhinha de rosto, e disse:

— Agora comece a se esfregar. Coloque vida e calor de volta nos seus ossos.

Ela se sentou em uma cadeira de balanço do outro lado da lareira e ficou se balançando de leve, sem olhar para mim.

Eu me senti seguro. Era como se a essência do que é ser uma avó tivesse sido condensada naquele lugar, naquele momento. Eu não tinha nenhum medo de Ursula Monkton, o que quer que ela fosse, não naquela hora. Não ali.

A jovem sra. Hempstock abriu a porta do forno e tirou uma torta, a crosta brilhosa, tostada e reluzente, e colocou-a no parapeito da janela para esfriar.

Eu me enxuguei com a toalha que elas me deram, o calor da lareira me secando quase tanto quanto o tecido, e então Lettie Hempstock voltou e me entregou uma coisa branca muito comprida, que parecia uma camisola de menina, feita de algodão branco, com mangas compridas e uma barra que encostava no chão, e uma touca branca. Hesitei em vestir aquilo, até me dar conta do que era: um camisolão, daqueles antigos. Eu já tinha visto o desenho nos livros. Wee Willie Winkie corria pela cidade com um daqueles em todos os livros de cantigas de ninar que eu tinha lido na vida.

Vesti o camisolão. A touca era grande demais para mim e cobriu parte do meu rosto, então Lettie acabou tirando-a da minha cabeça e guardando-a de novo.

O jantar foi maravilhoso. Tinha uma peça de carne servida com batatas assadas, douradas e crocantes por fora, macias e brancas por dentro, folhas salteadas na manteiga que não consegui reconhecer, embora hoje eu tenha a impressão de que eram de urtiga, cenouras assadas, bem tostadas e adocicadas (eu achava que não gostava de cenouras se não cruas, e por isso por pouco não comi, mas criei coragem, provei, gostei e passei o resto da infância sem ver graça nenhuma nas cenouras cozidas). De sobremesa, comemos a torta, recheada de maçãs, uvas-passas hidratadas e nozes moídas, tudo coberto com um creme de ovos denso, mais cremoso e encorpado que qualquer coisa que eu já tinha experimentado na escola ou em casa.

A gatinha ficou dormindo em cima de uma almofada ao lado da lareira até o fim da refeição, quando foi juntar-se à gata cinzenta da casa, quatro vezes maior que ela, para uma refeição de sobras de carne.

Enquanto comíamos, nada foi dito sobre o que tinha acontecido comigo, nem sobre o motivo de eu estar ali. As mulheres Hempstock conversaram sobre a fazenda — a porta do galpão de ordenha precisava de uma demão de tinta, uma vaca chamada Rhiannon parecia estar começando a mancar da pata traseira esquerda, a trilha até o açude precisava ser desobstruída.

— São só vocês três? — perguntei. — Não há homens aqui?

— Homens! — exclamou a velha sra. Hempstock, de um jeito zombeteiro. — Não sei qual seria a bendita serventia de um homem por aqui! Não tem nada que um homem possa fazer nessa fazenda que eu não consiga terminar na metade do tempo e cinco vezes melhor.

— Já tivemos homens aqui, algumas vezes. Eles vêm e vão. No momento, somos só nós — disse Lettie.

A mãe dela assentiu.

— Eles foram atrás do destino e da sorte, quase todos, os Hempstock. Nunca tem jeito de segurar os homens aqui quando recebem o chamado. Eles ficam com o olhar distante e então nós os perdemos, de verdade e para sempre. Na primeira chance, vão procurar aldeias e até cidades, e só recebemos um cartão-postal muito de vez em quando para provar que um dia eles já estiveram aqui.

A velha sra. Hempstock exclamou de repente:

— Os pais dele estão a caminho! Vêm de carro. Acabaram de passar pelo olmo do Parson. Os texugos os viram.

— Aquela mulher também? — perguntei. — Ursula Monkton?

— *Mulher?* — exclamou a velha, achando graça. — Aquela coisa? Ela não é uma mulher.

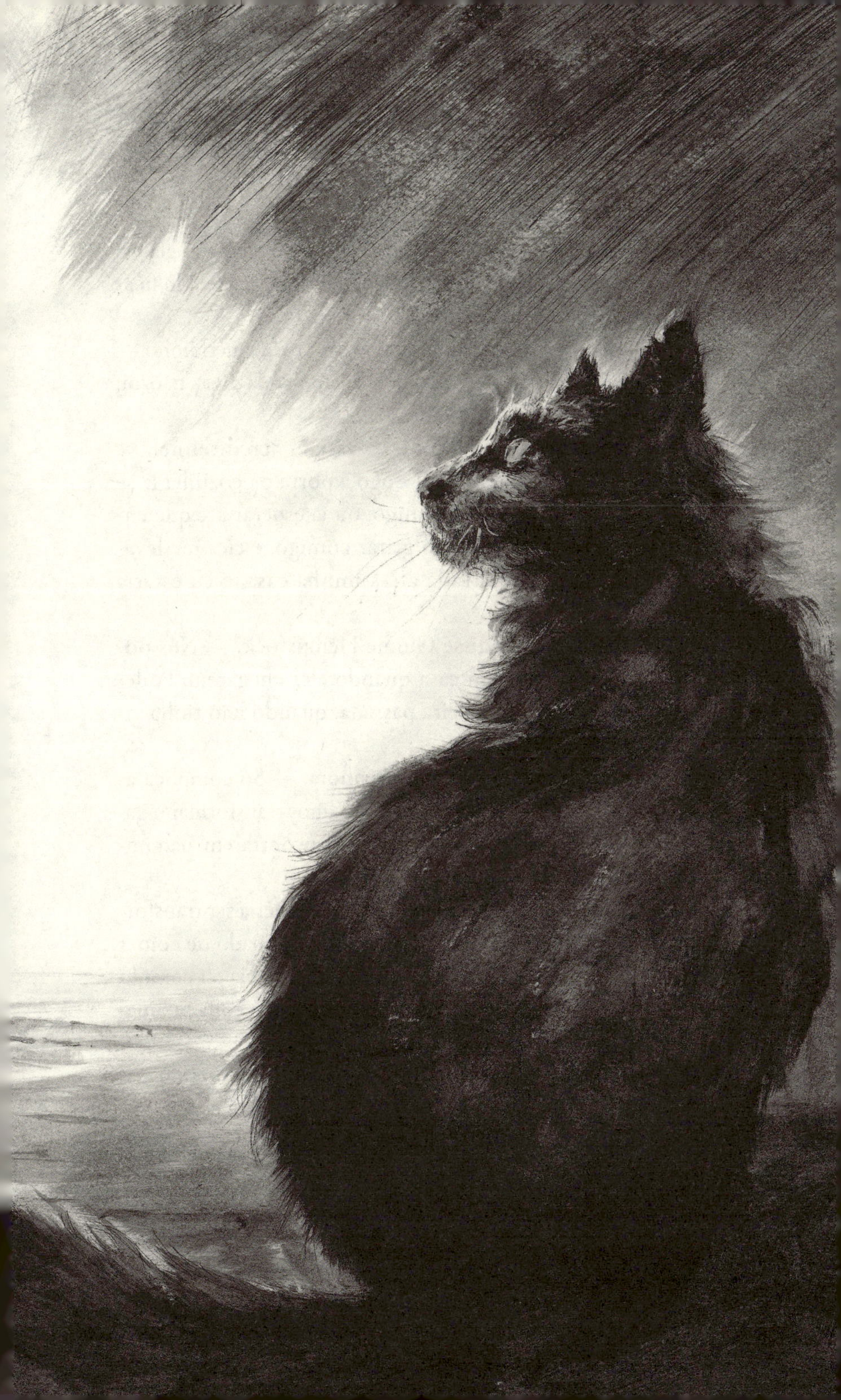

Parei um instante para pensar.

— Meus pais vão me fazer voltar com eles, e aí ela vai me trancar no sótão e deixar meu pai me matar quando ficar entediada. Foi o que ela disse.

— Ela pode ter falado essas coisas procê, queridinho — disse a mãe de Lettie —, mas num vai fazer nada disso, não, ou num me chamo Ginnie Hempstock.

Gostei do nome Ginnie, mas não acreditei nela, e aquilo não me tranquilizou. Logo a porta da cozinha ia se abrir e meu pai ia gritar comigo, ou ia esperar até que entrássemos no carro e então gritar comigo, e eles me levariam de volta pela estrada até a minha casa, e eu estaria perdido.

— Vejamos — disse Ginnie Hempstock. — Nós poderíamos não estar em casa quando eles chegarem. Poderiam chegar na quinta-feira passada, quando não tinha vivalma aqui.

— Nem pensar — disse a senhora. — Só complica as coisas, brincar com o tempo... Poderíamos transformar o garoto em outra coisa, para eles nunca o encontrarem, não importa o quanto procurem.

Pisquei, surpreso. Seria possível? Eu queria ser transformado em outra coisa. A gatinha tinha terminado de comer sua parte das sobras de carne (na verdade, parecia ter comido mais que a gata da casa), então pulou em meu colo e começou a se lamber.

Ginnie Hempstock levantou-se e saiu do cômodo. Fiquei me perguntando aonde estaria indo.

— Não podemos transformar o menino em coisa nenhuma — disse Lettie, tirando da mesa os últimos pratos e talheres. — Os pais dele vão ficar muito preocupados, e, se estiverem sendo controlados pela pulga, ela só vai alimentar a preocupação deles. Não demora e a polícia vai começar a esvaziar o açude para procurar o menino. Ou pior, o oceano.

A gatinha deitou e se enroscou, encolhendo-se até parecer só uma pequena argola felpuda de pelo preto. Ela fechou os olhos azuis, da cor do oceano, e então dormiu, e ronronou.

— Bem? — perguntou a velha sra. Hempstock. — O que você sugere, então?

Lettie pensou, apertando os lábios em um bico para o lado. Ela inclinou a cabeça, e achei que estivesse considerando as alternativas. Então seu rosto se iluminou.

— Corte e recorte? — sugeriu.

A velha sra. Hempstock fungou.

— Você é uma boa menina — disse ela. — Não estou dizendo que não é. Mas recortar... bem, você não conseguiria fazer isso. Não ainda. Você precisaria cortar as bordas com exatidão, e remendá-las sem deixar a costura visível. E o que você poderia cortar? A pulga não vai deixar que você *a* recorte. Ela não está no pano, está fora dele.

Ginnie Hempstock voltou, com o meu velho roupão.

— Passei o roupão na calandra — disse ela —, mas ainda está úmido. Vai ser mais difícil alinhar as bordas. Não é bom costurar quando o tecido ainda está úmido.

Ela colocou o roupão em cima da mesa, em frente à velha sra. Hempstock. Em seguida, tirou do bolso da frente do avental uma tesoura, preta e velha, uma agulha comprida e um carretel de linha vermelha.

— *Linha vermelha e tramazeira, interrompa a bruxa em sua carreira* — recitei.

Era algo que eu tinha lido em um livro.

— Isso funcionaria, e funcionaria muito bem — explicou Lettie —, se tivesse alguma bruxa nessa história. Mas não tem.

A velha sra. Hempstock examinava o meu roupão. Era marrom e desbotado, com uma estampa xadrez meio sépia. Tinha sido um presente dos pais do meu pai, meus avós, vários aniversários antes, quando ficava ridiculamente grande em mim.

— Talvez... — disse ela, como se falasse consigo mesma — fosse melhor se seu pai ficasse feliz por você passar a noite aqui, mas para isso eles não podem estar zangados com você, nem preocupados...

A tesoura preta estava na mão dela, já corte-recorte-recortando, quando ouvi uma batida na porta e Ginnie Hempstock levantou-se para atender.

— Não deixe eles me levarem — supliquei a Lettie.

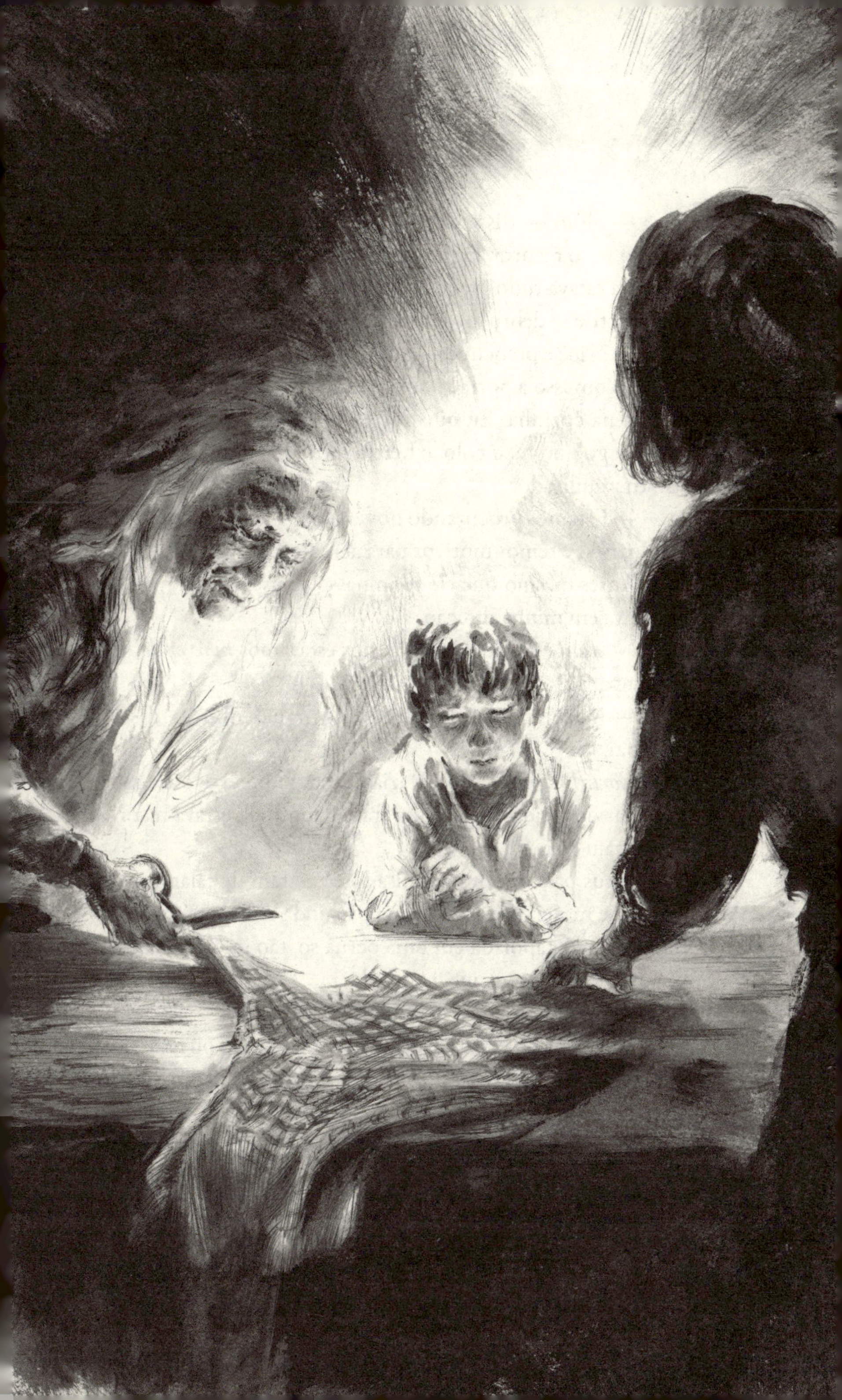

— Shhh — disse ela. — Estou trabalhando aqui, enquanto vovó recorta. Fique com sono, e em paz. Feliz.

Eu estava tudo menos feliz, e nem um pouquinho com sono. Lettie se debruçou na mesa e pegou minha mão.

— Não se preocupe — falou.

E com isso a porta se abriu, e meu pai e minha mãe entraram na cozinha. Eu quis me esconder, mas a gatinha se aconchegou no meu colo, e Lettie sorriu para mim, um sorriso tranquilizador.

— Estamos procurando nosso filho — começou a dizer meu pai —, e temos motivos para acreditar...

Antes mesmo que ele terminasse a frase, minha mãe já avançava em minha direção.

— *Aqui* está ele! Querido, nós estávamos *morrendo* de preocupação!

— Você está bem encrencado, rapazinho — disse meu pai.

Corta! Corta! Corta!, fazia a tesoura preta, e o trecho irregular de tecido que a velha sra. Hempstock estava recortando caiu na mesa.

Meus pais ficaram paralisados. Pararam de falar, pararam de se mexer. A boca do meu pai ainda estava aberta, minha mãe ficou apoiada em uma perna só, tão imóvel quanto um manequim na vitrine de uma loja.

— O quê... o que a senhora fez com eles?

Não sabia ao certo se deveria ficar chateado ou não.

— Eles estão bem. Só um recortezinho, depois uma costurinha, e tudo ficará na mais perfeita ordem — falou

Ginnie Hempstock, e esticou o braço na direção da mesa, apontando para o retalho de xadrez desbotado que estava ali. — *Aqui* estão seu pai e você no corredor, e *aqui* está a banheira. Ela recortou isso. Portanto, sem essas partes, não há motivo nenhum para seu pai estar zangado com você.

Eu não tinha contado nada a elas sobre a banheira. Nem tentei imaginar como Ginnie sabia.

A senhora estava agora enfiando a linha vermelha na agulha. Ela deu um suspiro dramático.

— Vista cansada — comentou. — Vista cansada. — De qualquer jeito, ela lambeu a ponta da linha e enfiou-a pelo buraco da agulha sem qualquer dificuldade aparente. — Lettie. Você precisa descobrir como é a escova de dentes dele.

Então começou a costurar as bordas do roupão dando pontos pequenos e cuidadosos.

— Como é a sua escova de dentes? — perguntou Lettie. — Rápido.

— É verde — respondi. — Bem verde. Um verde-maçã. Não é muito grande. Só uma escova de dentes verde, para crianças.

A descrição não tinha sido muito boa, eu sabia. Por isso a imaginei na minha cabeça, tentei encontrar mais alguma coisa para falar, para diferenciá-la de todas as outras escovas de dentes. Não consegui. Eu pensava nela e a via na minha cabeça, junto das outras escovas dentro do copinho de bolinhas vermelhas e brancas na pia do banheiro.

— Entendi! — exclamou Lettie. — Bom trabalho.

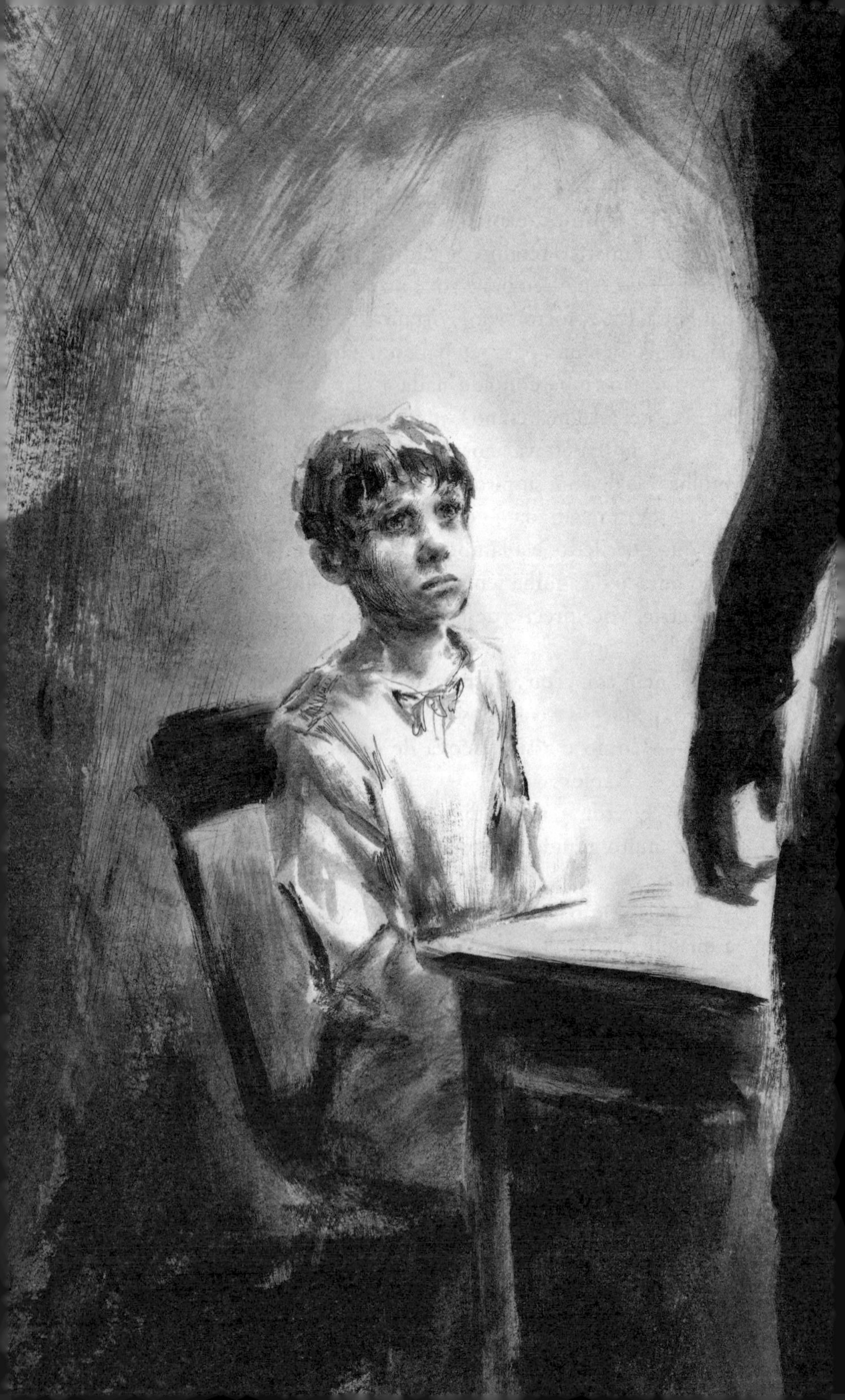

— Estou quase terminando aqui — disse a velha sra. Hempstock.

Ginnie Hempstock abriu um sorriso largo, que iluminou seu rosto redondo e corado. A velha sra. Hempstock pegou a tesoura e cortou uma última vez, e um pedaço de linha vermelha caiu na mesa.

O pé da minha mãe tocou o chão. Ela deu um passo, mas depois parou.

— Hum — disse meu pai.

E Ginnie emendou:

— ... e nossa Lettie ficou muito feliz por seu menino ter vindo passar a noite aqui. Aqui as coisas são um pouco antiquadas, infelizmente.

— Temos um banheiro aqui dentro agora. Não sei o que poderia ser mais moderno que isso. As casinhas com privada do lado de fora da casa e os penicos já eram bastante bons para mim — falou a senhora.

— Ele jantou bem — disse Ginnie, e virou-se para mim: — Não foi?

— Teve torta — contei a meus pais. — De sobremesa.

A testa do meu pai estava franzida. Ele parecia confuso. Então colocou a mão no bolso do sobretudo e tirou de lá uma coisa comprida e verde com papel higiênico enrolado na ponta.

— Você esqueceu sua escova de dentes — disse ele. — Achei que poderia precisar dela.

— Bem, se ele quiser voltar para casa, não tem problema — disse minha mãe para Ginnie Hempstock. — Ele foi dormir nos Kovacs uns meses atrás, e às nove horas já estava ligando para irmos buscá-lo.

Christopher Kovacs era dois anos mais velho e uma cabeça mais alto que eu, e morava com a mãe num grande chalé em frente à entrada da nossa rua, ao lado da antiga torre d'água verde. A mãe dele era divorciada. Eu gostava dela. Era engraçada e tinha um Fusquinha, o primeiro que eu vi na vida. Christopher tinha muitos livros que eu ainda não tinha lido e era sócio do Clube do Livro da Puffin, e eu só podia ler seus livros da Puffin se fosse à casa dele. Christopher nunca me deixaria pegá-los emprestados.

Tinha um beliche no quarto do Christopher, mesmo ele sendo filho único. Fiquei com a cama de baixo na noite em que fui dormir lá. Quando estávamos deitados, depois que a mãe dele nos deu boa-noite, apagou a luz do quarto e fechou a porta, ele se pendurou na borda da cama e começou a atirar em mim com uma pistola d'água que tinha escondido debaixo do travesseiro. Fiquei sem saber o que fazer.

— Essa não é igual àquela vez que eu fui para a casa do Christopher Kovacs — falei para a minha mãe, constrangido. — Eu *gosto* daqui.

— O que é *isso* que você está usando?

Ela ficou olhando o camisolão à la Wee Willie Winkie, sem entender absolutamente nada.

— Foi um pequeno acidente — explicou Ginnie. — Ele está usando isso enquanto o pijama não seca.

— Ah. Entendi — comentou minha mãe. — Bem, boa noite, querido. Divirta-se com sua nova amiga. — Ela olhou para Lettie. — Qual é mesmo o seu nome, querida?

— Lettie — respondeu Lettie Hempstock.

— É uma abreviação de Letitia? — perguntou minha mãe. — Eu conheci uma Letitia na faculdade. É claro que todos a chamavam de Lentilha.

Lettie apenas abriu um sorriso, mas não disse nada.

Meu pai colocou minha escova de dentes na mesa à minha frente. Tirei o papel higiênico que estava enrolado na ponta.

Era, sem sombra de dúvida, a minha escova de dentes verde. Por baixo do sobretudo, meu pai estava com uma camisa branca limpinha, e nada de gravata.

— Obrigado — falei.

— Então — começou minha mãe —, a que horas devemos voltar para buscá-lo de manhã?

O sorriso de Ginnie se alargou ainda mais.

— Ah, Lettie vai levá-lo de volta para casa. Podemos deixá-los brincar um pouco amanhã de manhã. Agora, antes de vocês irem embora, assei uns scones esta tarde...

Ginnie colocou alguns em uma sacola de papel, que minha mãe pegou educadamente, e depois conduziu meus pais até a porta. Fiquei sem respirar até ouvir o barulho do Rover voltando pela estrada.

— O que você fez com eles? — perguntei. E, em seguida: — Essa é mesmo a minha escova de dentes?

— Esse — disse a velha sra. Hempstock, com satisfação — foi um excelente trabalho de corte e recorte, se quer saber. — Ela segurou meu roupão no alto, exibindo-o: não dava para ver de onde ela havia tirado um pedaço ou onde tinha feito a nova costura. Não se viam os pontos, o remendo era imperceptível. Sentada à mesa, ela empurrou na minha direção o retalho de tecido que cortara. — Aqui está a sua noite — falou. — Pode ficar com isso, se quiser. Mas, se eu fosse você, eu o queimaria.

A chuva tamborilava na janela e o vento sacudia as molduras.

Peguei o pedaço irregular de tecido, que estava úmido. Levantei-me, acordando a gatinha, que pulou e desapareceu nas sombras. Fui até a lareira.

— Se eu queimar isso — perguntei a elas —, aquilo vai ter acontecido de verdade? Meu pai vai ter me segurado debaixo da água da banheira? Eu vou esquecer o que aconteceu?

Ginnie Hempstock já não sorria. Parecia preocupada agora.

— O que *você* quer? — perguntou ela.

— Eu *quero* me lembrar — falei. — Porque aconteceu comigo. E ainda sou a mesma pessoa.

Joguei o retalho de tecido na lareira.

Ouvimos um crepitar e o tecido fumegou, e então começou a queimar.

Eu estava debaixo d'água. Segurava a gravata do meu pai. Achei que ele fosse me matar...

Gritei.

Eu estava deitado no piso de lajotas da cozinha das Hempstock, rolando e berrando. Meu pé doía como se eu tivesse pisado descalço em uma brasa. A dor era intensa. E tinha também outra dor, no fundo do peito, mais fraca, não tão aguda: um desconforto, não uma ardência.

Ginnie estava ao meu lado.

— O que está acontecendo?

— Meu pé. Está queimando. Dói muito.

Ela o examinou, em seguida lambeu o próprio dedo e tocou o buraco na sola do pé de onde eu havia extraído o verme dois dias antes. Ouvi um chiado, e a dor começou a diminuir.

— Nunca vi um negócio desses na vida — disse Ginnie Hempstock. — Como foi que cê arrumou isso?

— Tinha um verme dentro de mim — respondi. — Foi assim que a criatura veio com a gente lá do lugar com o céu cor de laranja. Dentro do meu pé. — E aí olhei para Lettie, que tinha se agachado ao meu lado e agora segurava a minha mão, e completei: — Eu trouxe aquela coisa comigo. A culpa foi minha. Desculpe.

A velha sra. Hempstock foi a última a se aproximar de mim. Ela se curvou e puxou a sola do meu pé para cima, perto da luz.

— Malvada — disse ela. — E muito esperta. Ela deixou isso em você para poder usar o buraco de novo. Ela poderia se esconder aí dentro, se precisasse, e usar isso como uma porta para ir para casa. Não é de se surpreender que ela queria prender você no sótão. Então. Vamos atacar enquanto o ferro ainda está quente, como disse o soldado quando entrou na lavanderia.

Ela cutucou o buraco no meu pé com o dedo. Ainda doía, mas um pouco menos. Agora parecia que eu tinha uma dor de cabeça latejante dentro do pé.

Algo tremulou em meu peito, como uma pequena mariposa, e depois parou.

A velha sra. Hempstock perguntou:

— Você acha que consegue ser corajoso?

Eu não sabia. Não achava que conseguiria. Minha sensação era de que tudo o que eu tinha feito naquela noite até aquele momento era fugir das coisas. A mulher pegou a agulha que usara no meu roupão, e agora a segurava não como se fosse costurar com ela, mas como se planejasse me furar.

Puxei o pé.

— O que a senhora vai fazer?

Lettie apertou minha mão.

— Ela vai fazer o buraco sumir. Vou segurar a sua mão. Não precisa olhar se não quiser.

— Vai doer — falei.

— Que bobagem sem sentido — disse a velha senhora.

Ela puxou meu pé para si, com a sola para a frente, e enfiou a agulha... não no meu pé, constatei, mas no buraco.

Não doeu.

Então ela girou e puxou a agulha. Eu vi, perplexo, quando algo que cintilava — à primeira vista pareceu preto, depois translúcido, depois brilhante como o mercúrio — foi sendo puxado para fora da sola do meu pé, na ponta da agulha.

Deu para sentir a coisa saindo da minha perna — parecia percorrer todo o meu corpo, subindo pela perna, passando pela virilha e pelo estômago, e chegando ao peito. Senti aquilo saindo de mim com alívio: a ardência diminuiu, e também meu pânico.

Meu coração batia de um jeito estranho.

Fiquei observando a velha sra. Hempstock enrolar a coisa, e de certa forma eu ainda não conseguia entender completamente o que via. Era um buraco com nada em volta, com mais de sessenta centímetros de comprimento, mais fino que uma minhoca, feito a pele descartada de uma cobra transparente.

E então ela parou de enrolar.

— Não quer sair — falou. — Está se segurando.

Senti um frio no coração, como se uma pedrinha de gelo tivesse se alojado lá dentro. A senhora fez um movimento rápido e experiente com o punho, e então a coisa reluzente estava pendurada na agulha, e não mais no meu pé (eu me peguei pensando não em mercúrio, mas nas trilhas brilhosas de gosma que os caracóis deixam no jardim).

A velha me largou, e eu puxei o pé para trás. O buraquinho redondo havia desaparecido completamente, como se nunca tivesse existido.

A velha sra. Hempstock gargalhou de satisfação.

— Ela pensa que é muito esperta, deixando o caminho para casa dentro do garoto. Isso lá é esperteza? Não acho que seja. Eu não daria dois centavos por uma coisa dessas.

Ginnie Hempstock apareceu com um vidro vazio de geleia, e a velha colocou ali dentro a ponta inferior da coisa pendurada, para depois erguer o vidro, guardando aquilo lá dentro. Por fim, fez o negócio invisível e reluzente deslizar para fora da agulha e tampou o vidro de geleia com um giro rápido e decidido do punho magro.

— Rá! — exclamou. E de novo: — Rá!

— Posso ver? — perguntou Lettie.

Ela pegou o vidro de geleia e o segurou contra a luz. Lá dentro, a coisa tinha começado a se desenroscar lentamente. Parecia estar flutuando, como se o vidro estivesse cheio d'água. E mudava de cor conforme a luz batia em diferentes ângulos, às vezes preta, às vezes prata.

Uma experiência que eu tinha encontrado em um livro de coisas que os meninos podiam fazer, e que, obviamente, eu fiz: se você pegar um ovo, escurecê-lo com a chama de uma vela e depois colocá-lo num pote transparente cheio de água salgada, o ovo vai flutuar e parecer prateado, um prateado diferente, artificial, fruto de nada mais que um truque de luz. Pensei no ovo naquele momento.

Lettie parecia fascinada.

— A senhora tem razão. Ela deixou um caminho para casa dentro dele. Não espanta ela não querer deixar o menino sair de lá.

— Desculpe por eu ter soltado a sua mão, Lettie.

— Ah, pare com isso — disse ela. — É sempre tarde demais para pedir desculpas, mas eu agradeço. E, da próxima vez, você vai segurar a minha mão, não importa o que ela atire em nós.

Fiz que sim com a cabeça. A pedrinha de gelo no meu coração pareceu se aquecer naquele momento, e derreter, e comecei a me sentir inteiro e a salvo de novo.

— Então — disse Ginnie. — Nós capturamos o caminho dela para casa. E colocamos o garoto em segurança. Se isso não é uma boa noite de trabalho, não sei o que poderia ser.

— Mas ela está com os pais do menino — disse a velha sra. Hempstock. — E com a irmã dele. E nós não podemos simplesmente deixar a criatura solta por aí. Lembra o que aconteceu na época de Cromwell? E antes até? Quando Guilherme, o Ruivo, corria por aqui? Pulgas atraem pragas.

Ela disse aquilo como se fosse uma lei da natureza.

— Isso pode esperar até amanhã — disse Ginnie. — Agora, Lettie, leve o rapaz e encontre um quarto onde ele possa dormir. O dia dele foi longo.

A gata preta estava toda enroscada na cadeira de balanço ao lado da lareira.

— Posso levar a gatinha comigo?

— Se não levar — disse Lettie —, ela vai acabar indo atrás de você.

Ginnie apareceu com dois castiçais, daqueles com alças grandes, com um montinho disforme de cera branca no alto de cada um. Ela acendeu um cone de madeira na lareira da cozinha e passou a chama primeiro para um pavio e depois para o outro. Entregou uma vela para mim e a outra para a Lettie.

— Vocês não têm luz? — perguntei.

Tinha luz elétrica na cozinha, lâmpadas grandes e antigas penduradas no teto, os filamentos brilhando.

— Não naquela parte da casa — respondeu Lettie. — A cozinha é nova. Relativamente. Ponha a mão na frente da vela quando andar, senão a chama se apaga.

Ela colocou a mão em concha ao redor da chama ao dizer aquilo, e eu a imitei, seguindo atrás dela. A gatinha preta nos acompanhou para fora da cozinha, passamos por uma porta de madeira pintada de branco, descemos um degrau e entramos ainda mais na casa.

Estava escuro, e nossas velas faziam sombras enormes, dando a impressão, para mim, enquanto andávamos, de que todas as coisas se mexiam, empurradas e moldadas pelas sombras — o relógio de pêndulo, animais e aves empalhados (estavam *mesmo* empalhados?, perguntei-me. Aquela coruja se mexeu ou

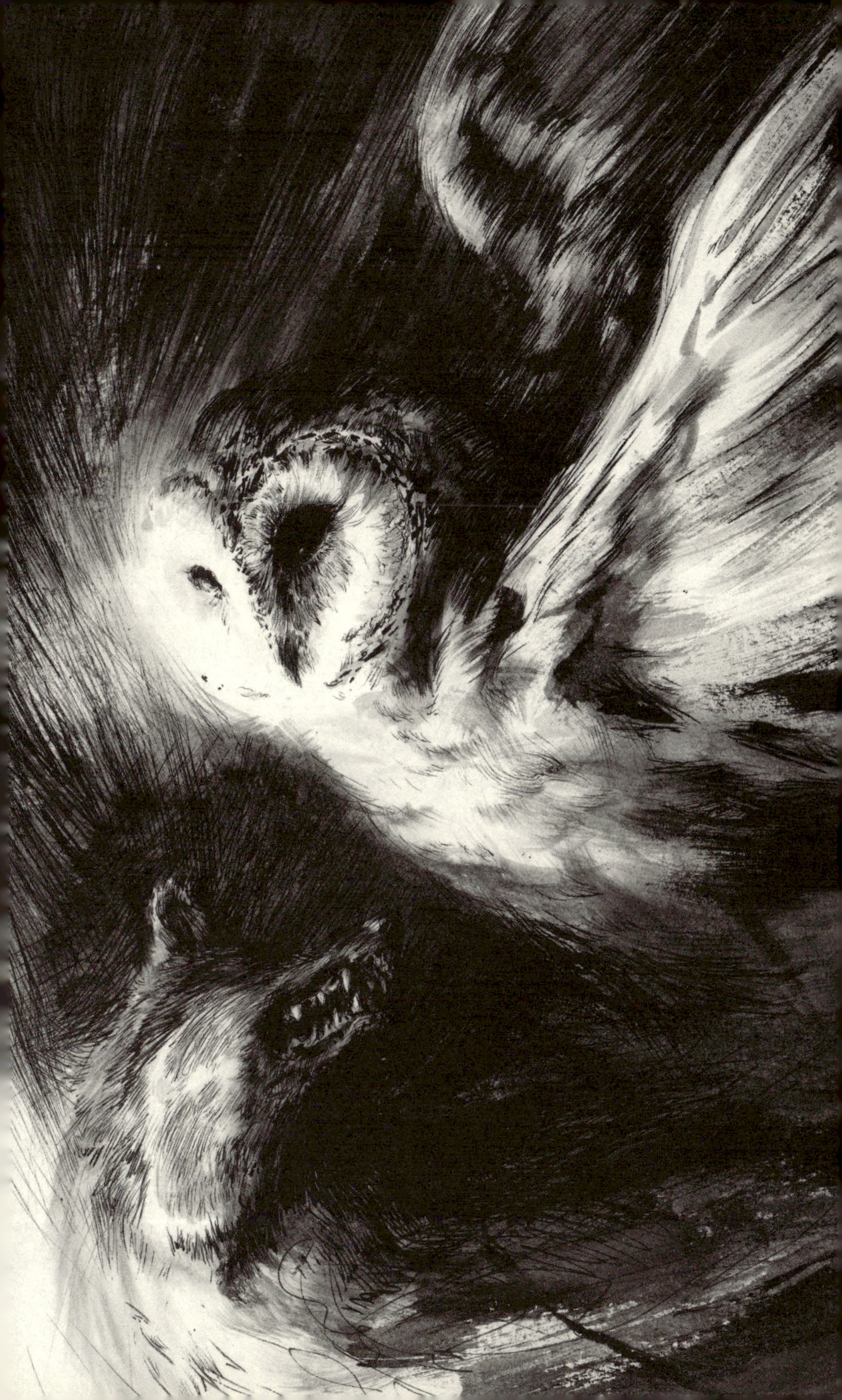

foi só a vela que me fez achar que ela virou a cabeça quando passamos?), a mesinha no corredor, as cadeiras. Todos se mexeram, e todos estavam perfeitamente imóveis. Subimos um lance de escada, depois mais alguns degraus, e passamos em frente a uma janela aberta.

O luar banhava os degraus, mais claro que a chama das nossas velas. Olhei pela janela e vi a lua cheia. O céu sem nuvens estava salpicado de estrelas, incontáveis de tantas que eram.

— É a lua — falei.

— A vovó gosta dela assim — disse Lettie Hempstock.

— Mas ontem mesmo a lua estava crescente. E agora está cheia. E estava chovendo. *Está* chovendo. Mas agora não está.

— A vovó gosta da lua cheia sempre desse lado da casa. Diz que é repousante, e que faz com que ela se lembre de quando era pequena — disse Lettie. — E evita que a gente tropece nos degraus.

A gatinha nos seguiu escada acima com uma sequência de saltos. Isso me fez sorrir.

O quarto da Lettie ficava na parte de cima da casa, e ao lado havia outro quarto. Foi nesse que entramos. O fogo crepitava na lareira, iluminando o cômodo com tons de laranja e amarelo. A temperatura estava agradável e convidativa. A cama tinha postes nos quatro cantos e sua própria cortina. Já tinha visto algo parecido nos desenhos animados, mas nunca ao vivo e a cores.

— Tem umas roupas separadas para você vestir de manhã — disse Lettie. — Eu vou dormir no quarto ao lado, se precisar de mim. É só gritar ou bater se quiser alguma coisa, que eu venho. A vovó disse para você usar o banheiro de dentro, mas ele fica lá do outro lado e você pode se perder, então, se quiser fazer suas necessidades, tem um penico embaixo da cama, como sempre teve.

Apaguei minha vela com um sopro, afastei as cortinas e subi na cama.

O quarto estava quente, mas os lençóis, frios. A cama balançou quando algo aterrissou nela, e então patinhas delicadas andaram por cima das cobertas, e uma presença quentinha e peluda encostou em meu rosto. A gatinha começou a ronronar baixinho.

Ainda havia um monstro na minha casa, e, em um fragmento de tempo que talvez tivesse sido recortado da realidade, meu pai tinha me jogado na banheira cheia d'água e talvez tivesse tentado me afogar. Eu correra vários quilômetros pela escuridão. Vira meu pai beijar e tocar a criatura que se dizia Ursula Monkton. O pavor ainda não tinha abandonado minha alma.

Mas havia uma gatinha no meu travesseiro e ela ronronava em meu rosto e vibrava suavemente a cada ronronar, e logo eu adormeci.

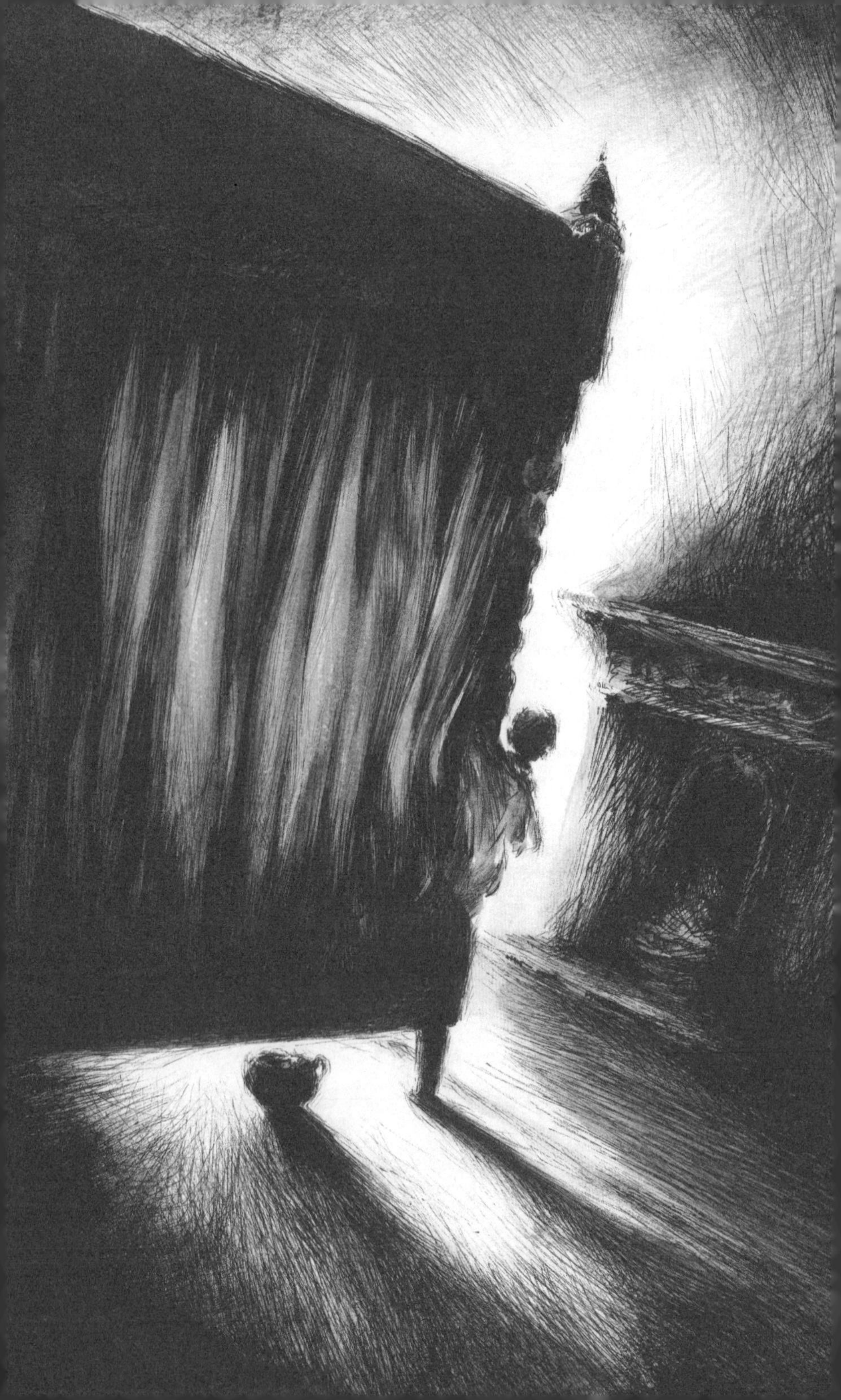

X

Tive sonhos estranhos naquela casa, naquela noite. Acordei no escuro, e só o que eu sabia era que fora tão apavorante que as opções eram acordar ou morrer, e mesmo assim, por mais que eu tentasse, não conseguia me lembrar de nada. O sonho me assombrava: parado às minhas costas, presente e invisível, como a parte de trás da minha cabeça, ao mesmo tempo ali e não ali.

Sentia saudade do meu pai e da minha mãe, e falta da minha cama em casa, a mais ou menos um quilômetro dali apenas. Estava com saudade do dia anterior, antes de Ursula Monkton, antes da ira do meu pai, antes da banheira. Queria aquele ontem de volta, e queria isso com todo o meu ser.

Tentei trazer à mente o sonho que me perturbara tanto, mas não consegui. Houve traição nele, eu sabia, e perda, e tempo. O sonho me deixou com medo de voltar a dormir: a lareira já estava quase totalmente apagada, apenas a incandescência vermelho-escura das brasas comprovavam que já estivera acesa, que já emitira alguma luz.

Desci da cama de dossel e tateei embaixo dela até encontrar o penico pesado de porcelana. Levantei o camisolão e usei o penico. Em seguida, fui até a janela e olhei para fora. A lua continuava cheia, mas agora estava baixa no céu, a cor um laranja-escuro: a que minha mãe chamava de Lua da Colheita. Mas as colheitas eram no outono, eu sabia, não na primavera.

Sob o luar alaranjado, vi uma idosa — tinha quase certeza de que era a velha sra. Hempstock, embora fosse difícil identificar o rosto — andando de um lado para o outro. Ela escorava-se num pedaço comprido de pau, como um cajado. Isso me fez lembrar dos guardas do desfile militar que eu tinha visto em uma viagem a Londres, do lado de fora do Palácio de Buckingham, marchando para a frente e para trás.

Fiquei olhando para ela, e isso me acalmou.

Subi de novo na cama, no escuro, deitei a cabeça no travesseiro vazio e pensei: *Não vou mais conseguir dormir, não agora.* E então abri os olhos e vi que já era de manhã.

Havia roupas que eu não conhecia em uma cadeira perto da cama. E duas jarras de porcelana com água — uma bem quente, outra fria, ao lado de uma tigela também de porcelana que,

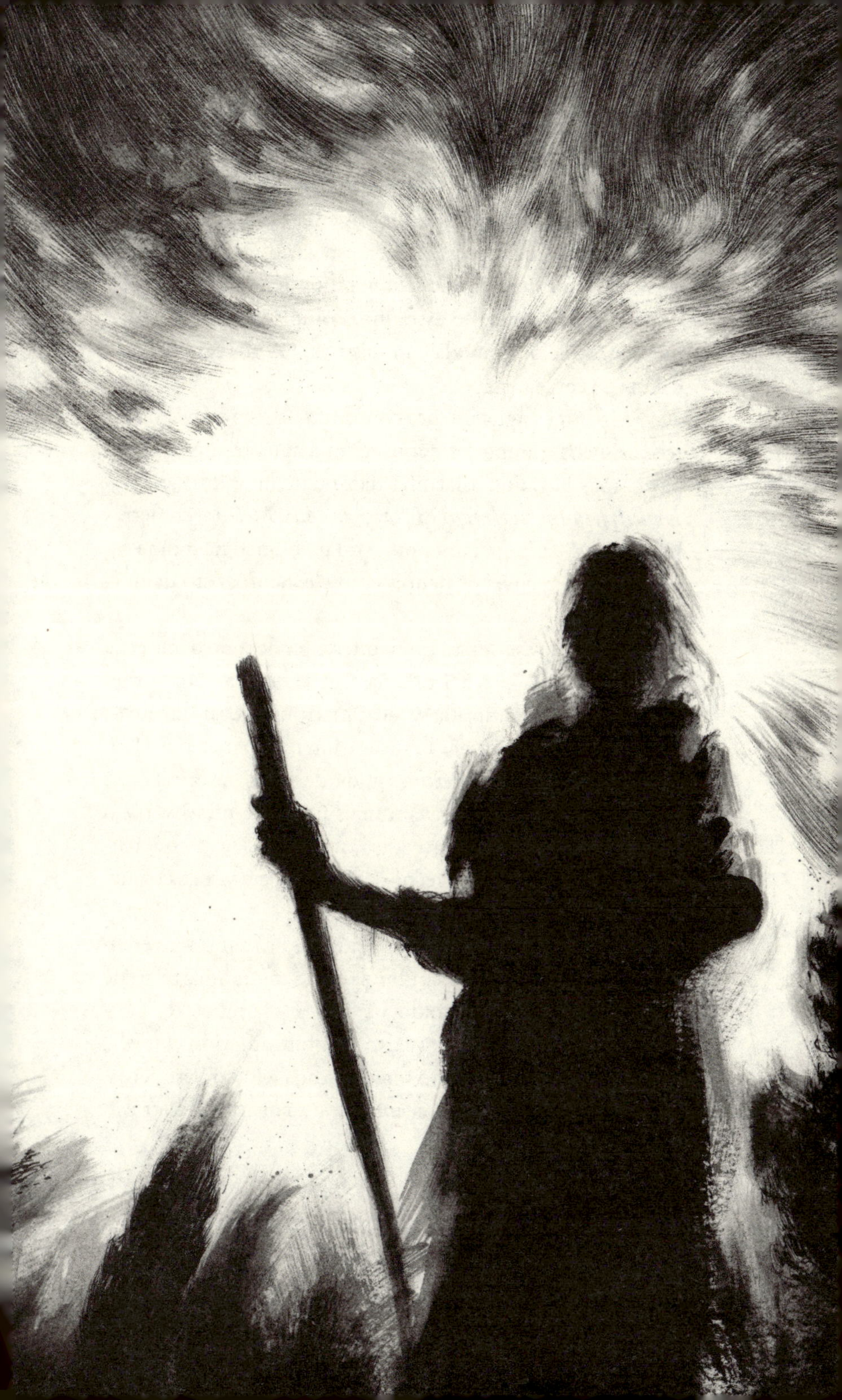

percebi, era o lavatório — dispostas em uma mesinha de madeira. Uma gatinha preta peluda estava ao pé da cama. Ela abriu os olhos quando me sentei: olhos de um intenso azul-esverdeado, artificial e estranho, como o mar no verão, e miou uma melodia aguda e inquisitiva. Fiz um carinho nela e desci da cama.

Misturei a água quente com a fria na bacia, lavei o rosto e as mãos. Limpei os dentes com a água fria. Não tinha pasta, mas havia uma latinha redonda com a inscrição *Pó Dentifrício Incrivelmente Eficaz de Max Melton*, em letras rebuscadas. Coloquei um pouco do pó branco na minha escova verde e escovei os dentes com ele. Senti gosto de hortelã e limão.

Examinei as roupas. Eram diferentes de tudo o que eu já usara. Não tinha cueca. Era uma camisa branca, sem botões mas com cauda comprida. Calças marrons que iam só até os joelhos, meias compridas brancas e um paletó marrom-claro com as costas em V, feito a cauda de uma andorinha. As meias marrom-claras estavam mais para sete-oitavos. Fiz o melhor que pude para conseguir vestir aquelas peças, querendo que tivessem zíper ou fechos de pressão, em vez de colchetes e botões com casas estreitas.

Os sapatos tinham fivelas prateadas na frente, mas eram enormes e não serviram em mim, então saí do quarto só de meias, a gatinha me seguindo.

Para chegar ao meu quarto na noite anterior, eu tinha subido alguns degraus e, no fim da escada, virado à esquerda. Agora virei à direita e passei em frente ao quarto de Lettie (a porta estava entreaberta, o quarto, vazio) e segui para a escada, que não estava no lugar onde eu lembrava. O corredor terminava numa parede vazia e numa janela que dava vista para bosques e campos de pastagem.

A gatinha preta de olhos azul-esverdeados miou bem alto, como se quisesse atrair minha atenção, e voltou pelo corredor num movimento aprumado, o rabo para o alto. Ela me guiou por ali, virando num canto e seguindo por uma passagem que eu não tinha visto antes, até chegar a uma escadaria. Então saltitou com leveza pelos degraus abaixo, e eu a segui.

Ginnie Hempstock estava parada no pé da escada.

— Você dormiu muito e bem — disse ela. — Já ordenhamos as vacas. Seu café da manhã está na mesa e tem um pires com leite do lado da lareira para a sua amiga.

— Onde está a Lettie, sra. Hempstock?

— Saiu numa missão, para conseguir alguns itens de que talvez precise. Ela tem que ir embora, a criatura na sua casa, senão vamos ter problemas e coisas piores podem acontecer. A Lettie já a prendeu uma vez e a coisa escapou, e por isso ela precisa mandar a criatura de volta para casa.

— Eu só quero que a Ursula Monkton vá embora — falei. — Eu odeio ela.

Ginnie Hempstock esticou um dedo e passou-o pelo meu paletó.

— Não se usa mais essa roupa aqui por essas bandas — disse ela. — Mas minha mãe acrescentou um toque de magia a ela, então ninguém vai reparar. Você pode andar por aí com isso o quanto quiser e ninguém vai achar estranho. E os sapatos?

— Ficaram grandes.

— Vou deixar algo que caiba em você perto da porta dos fundos, então.

— Obrigado.

— Eu não a odeio — disse ela. — Ela faz o que faz porque é da sua natureza. Ela estava dormindo e acordou, e está tentando dar a todos o que eles querem.

— Ela não me deu nada que eu quero. E diz que quer me trancar no sótão.

— Pode ser. Você foi o caminho dela até aqui, e ser uma porta é perigoso. — Ginnie cutucou meu peito, na altura do coração, com o indicador. — E ela estava melhor no lugar de antes. Podíamos tê-la mandado para casa em segurança. Já fizemos isso com outras como ela uma dezena de vezes. Mas é cabeça-dura essa aí. Não aprende a lição. Certo. Seu café da manhã está na mesa. Vou ficar no campo de nove acres, se alguém precisar de mim.

Havia uma tigela de mingau de aveia na mesa da cozinha e, ao lado, um pires com um naco dourado de favo de mel e uma jarra de creme de leite fresco.

Tirei um pedaço do favo de mel e o misturei ao mingau grosso, depois despejei um pouco do creme de leite.

Havia torrada também, preparada na grelha, do jeito que meu pai fazia, com geleia caseira de amora. E a melhor xícara de chá que já tomei na vida. Ao lado da lareira, a gatinha bebia o leite cremoso do outro pires e ronronava tão alto que dava para ouvir do outro lado do cômodo.

Queria saber ronronar também. Eu teria ronronado naquele momento.

Lettie entrou carregando uma sacola de compras, daquelas que idosas costumavam usar no passado, bolsas grandes e trançadas que eram quase cestas, de trama de ráfia por fora, forradas com tecido e alças de corda. Aquela estava quase cheia. A bochecha de Lettie estava arranhada e tinha sangrado, o sangue estava coagulado. Ela parecia mal-humorada.

— Oi — falei.

— Bem — começou ela —, deixa eu só dizer uma coisa: se você acha que foi divertido, não foi nada divertido, nem um pouquinho. As mandrágoras gritam demais quando você as tira da terra, e eu não estava com protetores de ouvido, e troquei as plantas por uma garrafa de sombras, uma daquelas antigas, cheia de sombras diluídas em vinagre... — Ela passou manteiga em uma torrada, espalhou um naco de favo de mel e começou a mastigar ruidosamente. — E isso foi só para chegar ao bazar, e não é nem para eles estarem abertos a essa hora ainda. Mas consegui a maioria das coisas de que eu precisava por lá.

— Posso ver?
— Se quiser.

Espiei o interior da cesta. Estava repleta de brinquedos quebrados: olhos, cabeças e mãos de bonecas, carros sem rodas, bolas de gude olho de gato lascadas. Lettie esticou o braço e pegou o vidro de geleia do parapeito da janela. Lá dentro, o buraco de minhoca transparente e prateado se deslocava, se contorcia, se enroscava e revirava. Lettie colocou-o na sacola de compras com os brinquedos quebrados. A gatinha dormia, ignorando completamente nós dois.

— Você não precisa ir comigo nessa parte. Pode ficar aqui enquanto vou e converso com ela.

Pensei a respeito.

— Eu vou me sentir mais seguro do seu lado — disse para ela.

Lettie não pareceu feliz com aquilo.

— Vamos até o oceano — falou.

A gatinha abriu os olhos exageradamente azuis e nos espiou enquanto saíamos, sem demonstrar qualquer interesse.

Botas de couro pretas, como as usadas para montaria, esperavam por mim na porta dos fundos. Pareciam velhas, mas bem-cuidadas, e eram do meu número. Calcei-as, embora me sentisse mais confortável de sandália. Juntos, Lettie e eu fomos até o oceano dela, e, com isso, quero dizer o lago.

Nós nos sentamos no velho banco e ficamos olhando para a superfície marrom e plácida da água, e para as ninfeias, e para a espuma de lentilhas-d'água na margem.

— Vocês não são gente — falei.

— Somos, sim.

Fiz que não com a cabeça.

— Aposto que essa não é sua aparência de verdade — falei. — Não exatamente.

Lettie deu de ombros.

— Ninguém se parece por fora com o que é de fato por dentro. Nem você. Nem eu. As pessoas são muito mais complicadas que isso. É assim com todo mundo.

— Você é um monstro? Como a Ursula Monkton?

Lettie jogou uma pedra no lago.

— A meu ver, não — respondeu. — Existem monstros de todos os formatos e tamanhos. Alguns deles são coisas de que as pessoas têm medo. Alguns são coisas que se parecem com outras das quais as pessoas costumavam ter medo muito tempo atrás. Algumas vezes os monstros são coisas das quais as pessoas deveriam ter medo, mas não têm.

— As pessoas deveriam ter medo da Ursula Monkton — falei.

— Talvez sim, talvez não. Do que você acha que a Ursula Monkton tem medo?

— Sei lá. Por que você pensa que ela tem medo de alguma

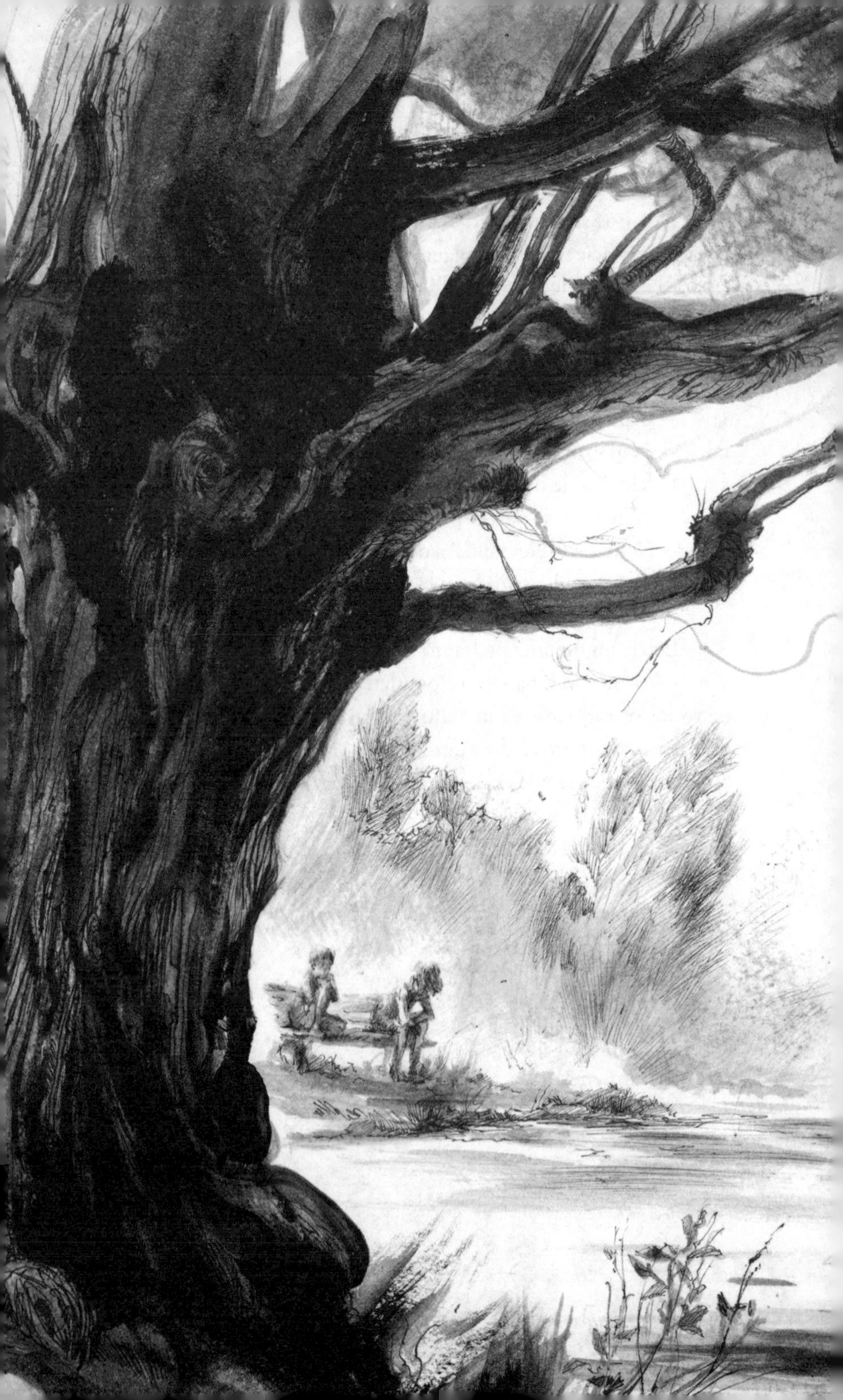

coisa? Ela é adulta, não é? Os adultos e os monstros não têm medo de nada.

— Ah, os monstros têm medo — disse Lettie. — E os adultos... — Ela parou de falar, coçou o nariz sardento com o dedo. — Vou dizer uma coisa importante para você. Os adultos também não se parecem com adultos por dentro. Por fora, são grandes e insensíveis, e sempre sabem o que estão fazendo. Por dentro, eles se parecem com o que sempre foram. Com o que eram quando tinham a sua idade. A verdade é que não existem adultos. Nenhum, no mundo inteirinho.

— Ela pensou por um instante. Então sorriu. — Tirando a vovó, claro.

Ficamos sentados ali, lado a lado no velho banco de madeira, sem dizer nada. Pensei nos adultos. E me perguntei se aquilo era verdade: se todos eram mesmo crianças presas em corpos de adultos, como livros infantis escondidos no meio dos livros chatos e grossos dos adultos. Daqueles sem ilustrações nem diálogos.

— Eu amo o meu oceano — disse Lettie, depois de um tempo.

— É só faz de conta, na verdade — falei, sentindo como se estivesse acabando com o encanto da infância ao admitir aquilo. — Seu lago. Não é um oceano. Não pode ser. Oceanos são maiores que mares. Seu lago é só um lago.

— Ele é do tamanho que precisa ser — disse Lettie Hempstock, exasperada. E suspirou. — Melhor andarmos logo com isso de mandar a Ursula sei-lá-de-quê de volta para o lugar de onde veio. Eu sei do que ela tem medo. E quer saber? Tenho medo deles também.

A gatinha não estava em canto nenhum da cozinha quando voltamos, mas a gata cinzenta estava sentada no peitoril da janela, olhando o mundo lá fora. As coisas do café da manhã tinham sido arrumadas e guardadas, e meu pijama vermelho e meu roupão, cuidadosamente dobrados, esperavam por mim em cima da mesa, dentro de uma sacola de papel grande, assim como minha escova de dentes verde.

— Você não vai deixar ela me pegar, vai? — perguntei a Lettie.

Ela fez que não com a cabeça, e andamos juntos pela estrada de pedra sinuosa que levava até a minha casa e até a coisa que se dizia Ursula Monkton. Eu carregava a sacola de papel com meu pijama e meu roupão dentro, e Lettie carregava a sacola de compras de ráfia grande demais para ela, repleta de brinquedos quebrados, que tinha conseguido em troca de uma mandrágora estridente e sombras diluídas em vinagre.

As crianças, como eu já disse, seguem rotas alternativas e secretas, ao passo que os adultos vão por ruas e caminhos predeterminados. Saímos da estrada e pegamos um atalho que Lettie conhecia, cruzamos alguns campos de pastagem, atravessamos amplos jardins abandonados da casa caindo aos pedaços de um homem rico, e depois voltamos para a estrada. Saímos logo depois do lugar onde eu havia pulado a cerca de arame.

Lettie farejou o ar.

— Nada de pragas ainda — comentou. — Isso é bom.

— O que *são* pragas?

Só o que ela respondeu foi:

— Você vai saber quem elas são assim que aparecerem na sua frente. E eu espero que nunca apareçam na sua frente.

— Nós vamos entrar escondidos?

— Por quê? Vamos subir pela entrada de carros e usar a porta da frente, como reis.

Começamos a caminhar pela entrada. Perguntei:

— Você vai fazer um feitiço e mandar a Ursula embora?

— Nós não fazemos feitiços — respondeu ela. Pareceu um pouco frustrada ao admitir aquilo. — Nós seguimos algumas receitas, às vezes. Mas nada de feitiços nem bruxaria. A vovó não aprova nada disso. Ela diz que é *muito comum*.

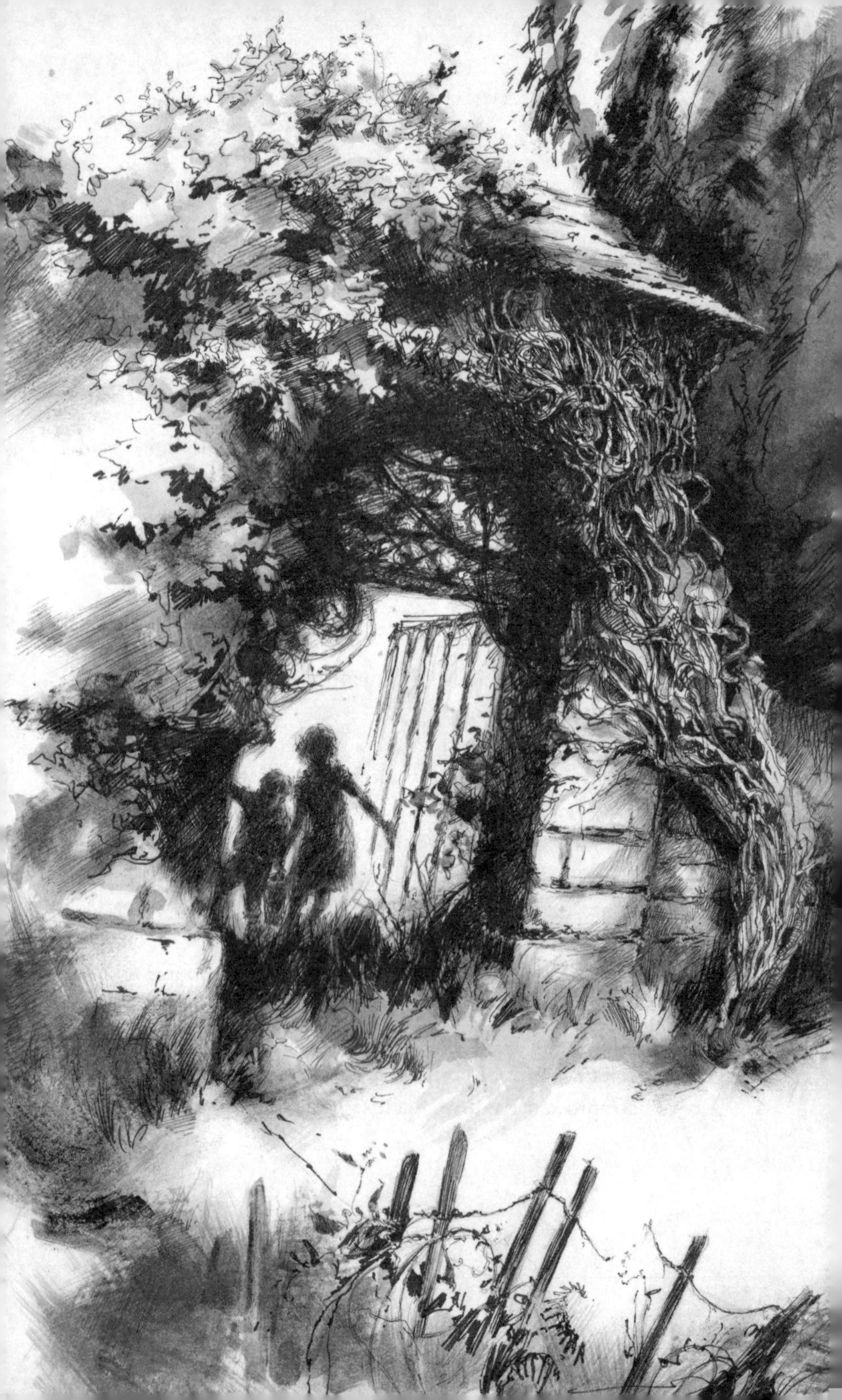

— Então para que serve isso tudo na sacola de compras?

— Serve para evitar que as coisas vão embora quando você não quer que elas saiam do lugar. Para demarcar limites.

À luz do sol da manhã, minha casa parecia muito acolhedora e convidativa. Tijolos de um vermelho caloroso e telhas também vermelhas. Lettie enfiou a mão na sacola. Tirou dela uma bola de gude e a enfiou no solo ainda úmido. Depois, em vez de entrar na casa, virou à esquerda, caminhando pela beira do terreno. Ao chegarmos à horta do sr. Woellery nós paramos, e ela tirou mais um item da sacola: o corpo cor-de-rosa de uma boneca sem cabeça, sem pernas, com mãos bastante mastigadas. Enterrou-a ao lado das ervilhas.

Pegamos algumas vagens, abrimos as cascas e comemos as ervilhas que estavam dentro. Ervilhas me deixavam perplexo. Eu não conseguia entender por que os adultos pegavam coisas que tinham um gosto tão maravilhoso cruas, e as enlatavam e as tornavam repugnantes.

Lettie pegou um lobo, daqueles pequenos, de plástico, que vemos nos zoológicos ou em arcas de brinquedo, e o colocou embaixo de uma pedra grande de carvão no depósito. O lugar cheirava a umidade, escuridão e florestas antigas devastadas.

— Essas coisas vão fazer com que ela vá embora?

— Não.
— Então servem para quê?
— Para impedir que ela vá embora.
— Mas nós *queremos* que ela vá embora.
— Não. Nós queremos que ela volte *para casa*.

Fiquei olhando para Lettie: para seu cabelo castanho e curto, o nariz arrebitado, as sardas. Ela parecia três ou quatro anos mais velha que eu. E poderia ser três ou quatro mil anos mais velha, ou mil vezes mais que isso. Eu confiaria nela para ir até os portões do Inferno e voltar. Mas mesmo assim...

— Eu só queria que você explicasse direito — falei. — Você fala em enigmas o tempo todo.

Mas eu não estava com medo, e não saberia lhe dizer por quê. Confiava em Lettie, da mesma forma que confiei quando saímos à procura da criatura de farrapos tremulantes naquele céu alaranjado. Eu acreditava nela, e isso significava que nada de ruim me aconteceria enquanto estivesse ao seu lado. Eu sabia disso do mesmo jeito que sabia que a grama era verde, que as rosas tinham espinhos afiados e lenhosos, que cereal matinal era açucarado.

Entramos na casa pela porta da frente. Não estava trancada — a menos que viajássemos de férias, não me lembro de jamais tê-la visto trancada —, e simplesmente entramos.

Minha irmã estava estudando piano na sala de estar. Adentramos o cômodo. Ela ouviu o barulho, parou de tocar "O bife" e virou-se para nós.

Ela me olhou com uma expressão estranha.

— O que aconteceu ontem de noite? — perguntou. — Achei que você estivesse encrencado, mas aí a mamãe e o papai voltaram e você simplesmente ia dormir na casa de amigos. Por que eles diriam que você ia dormir na casa de amigos? Você não tem amigos. — Nessa hora, ela reparou na presença de Lettie Hempstock. — Quem é essa?

— Minha amiga — respondi. — Onde está aquele monstro horroroso?

— Não fale assim dela — disse minha irmã. — Ela é *legal*. E foi descansar um pouco.

Minha irmã não fez qualquer comentário a respeito das minhas roupas.

Lettie Hempstock pegou um xilofone quebrado na sacola de compras e largou-o em cima da montanha de brinquedos entre o piano e o baú azul com a tampa quebrada.

— Pronto — disse ela. — Agora é hora de ir e dizer oi.

Os primeiros sinais tênues de medo em meu peito, em minha mente.

— Quer dizer, ir até o quarto dela?

— É.

— O que ela está fazendo lá em cima?

— Ainda está dando dinheiro para as pessoas — respondeu Lettie. — Até agora, só para o povo da região. Ela descobre as coisas de que as pessoas acham que estão precisando e tenta dar para elas. E faz isso para tornar o mundo um lugar onde ela será mais feliz. Um lugar mais confortável para ela. Um lugar mais limpo. E não está mais tão preocupada em encher as pessoas de dinheiro. Agora está interessada no sofrimento das pessoas.

Conforme subíamos a escada, Lettie colocava um brinquedo em cada degrau: uma bolinha de gude de vidro transparente com uma espiral verde lá dentro; uma das pequenas peças de metal que usávamos para jogar bugalha; uma conta; um par de olhos de boneca azul-claros unidos pela parte de trás com um plástico branco para ficarem abertos ou fechados; um pequeno ímã de ferradura; uma pedra preta; um broche daqueles que vinham presos em cartões de feliz aniversário com os dizeres *Tenho Sete Anos*; uma caixa de fósforos; uma joaninha de plástico com um ímã preto embaixo; um carro de brinquedo meio achatado e sem rodas; e, por último, um soldadinho de chumbo. Ele não tinha uma das pernas.

Chegamos ao alto da escada. A porta do quarto estava fechada.

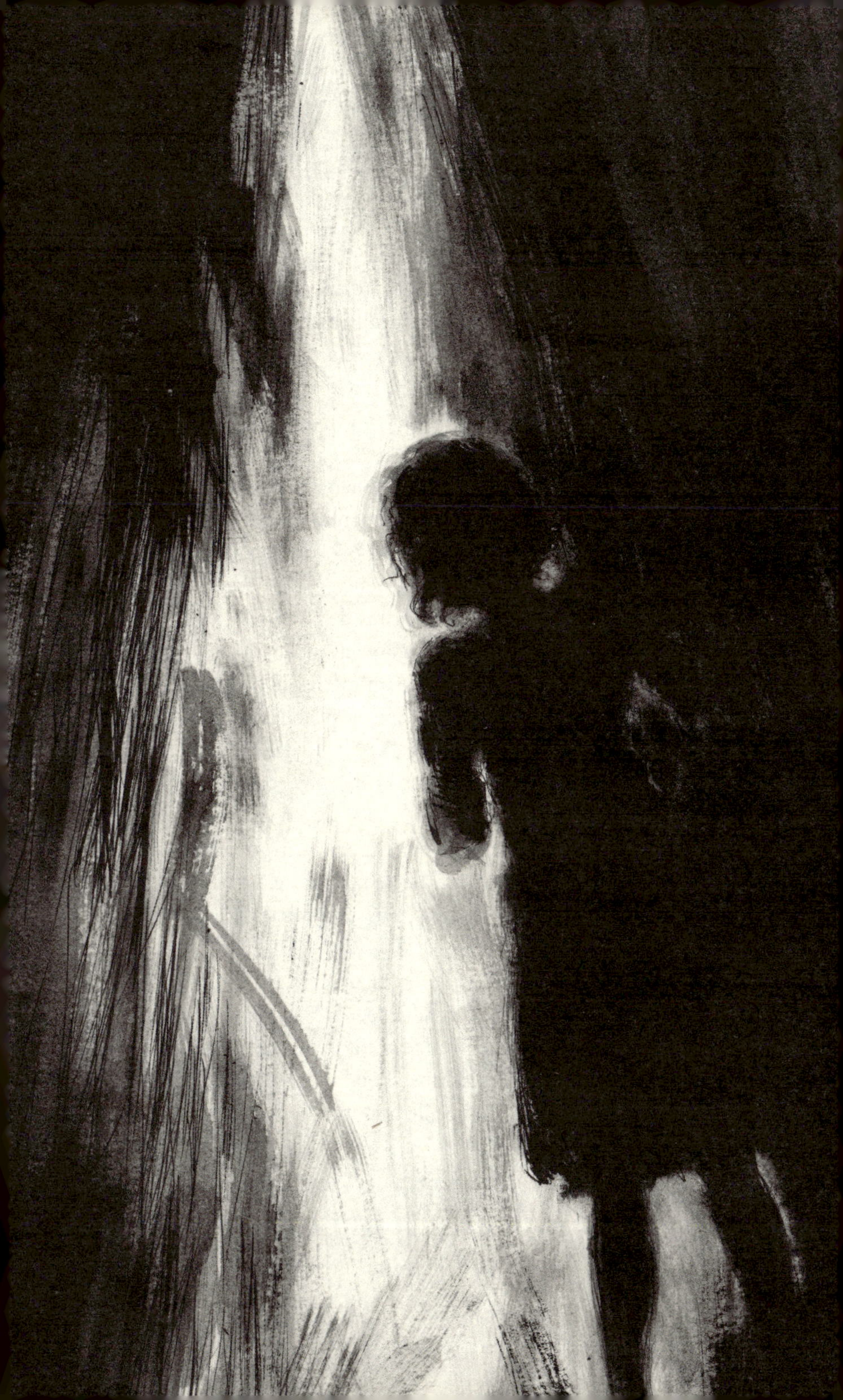

— Ela não vai colocar você no sótão — disse Lettie.

E então, sem bater, abriu a porta e entrou no quarto que um dia foi meu, e eu, relutante, fui atrás.

Ursula Monkton estava deitada de olhos fechados na cama. Era a primeira mulher adulta que eu via nua sem ser a minha mãe, e olhei para seu corpo de rabo de olho, curioso. Mas o quarto despertou mais meu interesse que Ursula.

Era meu antigo quarto, mas não era. Não mais. Lá estava a pequena pia amarela, do tamanho certo para mim, e as paredes ainda eram do azul do ovo do tordo-americano, como quando o quarto me pertencia. Mas agora tinha tiras de pano penduradas no teto, tiras de pano retalhado, cinza, como ataduras, algumas com apenas uns trinta centímetros de comprimento, outras que iam quase até o chão. A janela estava aberta e o vento agitava e empurrava as tiras, que balançavam cinzamente, dando a sensação de que o quarto talvez estivesse em movimento, como uma barraca ou como um veleiro no mar.

— Você precisa ir embora agora — disse Lettie.

Ursula Monkton sentou-se na cama e então abriu os olhos, do mesmo cinza dos panos pendurados. Ela falou, a voz ainda sonolenta:

— Eu tentei imaginar o que precisava fazer para trazer vocês dois aqui, e, vejam só, vocês vieram.

— Você não nos trouxe aqui — disse Lettie.

— Viemos porque quisemos. E eu vim para dar a você uma última chance de ir embora.

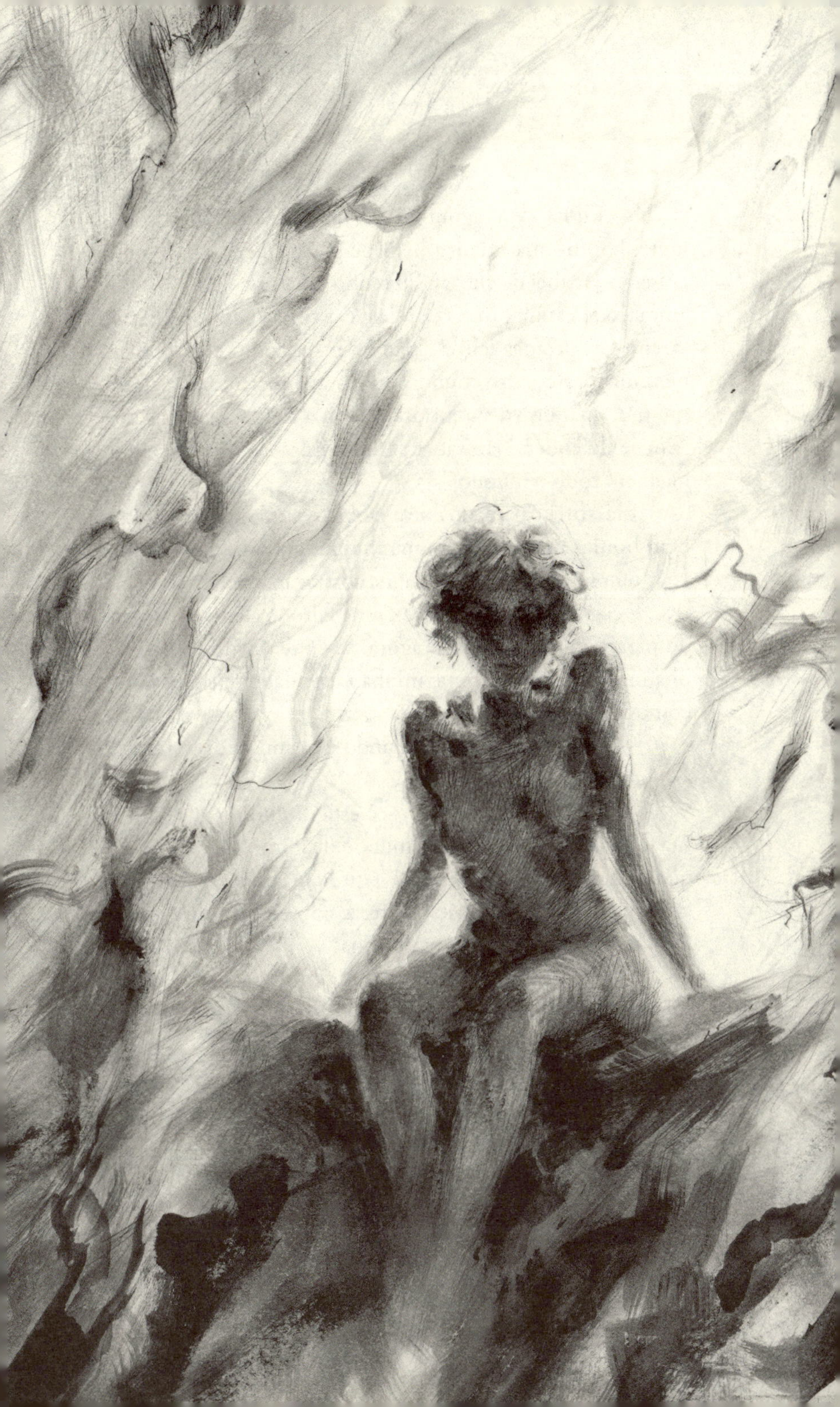

— Eu não vou agora. — Ursula Monkton soou petulante, como uma criança bem pequena querendo alguma coisa. — Acabei de chegar. Eu tenho uma casa agora. Tenho animais de estimação. O pai dele é a coisa *mais fofa*. Estou fazendo as pessoas felizes. Não há nada como eu em lugar nenhum deste vasto mundo. Eu estava procurando agora mesmo, quando vocês entraram. Sou a única. Eles não podem se defender. Não sabem como. Então este é o melhor lugar em todo o mundo.

Ela sorriu para nós, um sorriso resplandecente. Era bem bonita mesmo, para uma mulher adulta, mas quando você tem sete anos a beleza é uma abstração, não um imperativo. Fico imaginando o que eu teria feito se ela tivesse sorrido para mim daquele jeito agora: se eu teria entregado minha mente, meu coração e minha identidade se ela pedisse, como fez meu pai.

— Você acha que este mundo é assim — disse Lettie. — Acha que é fácil. Mas num é.

— Claro que é. O que você está dizendo? Que você e sua família vão defender este mundo de mim? Você é a única que sai dos limites da fazenda. E tentou me prender sem nem saber meu nome. Sua mãe não teria sido tão ingênua assim. Não tenho medo de você, garotinha.

Lettie enfiou a mão bem fundo na sacola de compras. Tirou de lá o vidro de geleia com o buraco de minhoca e segurou-o à frente do corpo.

— Aqui está o seu caminho de volta — disse ela. — Estou sendo gentil, e estou sendo legal.

Pode acreditar. Aceite. Não acho que você vá conseguir ir muito mais perto de casado que o lugar onde a encontramos, com o céu alaranjado, mas isso já é longe o bastante. Não posso levar você de lá para o lugar de onde veio. Perguntei à vovó, e ela disse que ele nem existe mais. Mas, assim que voltar, nós podemos procurar outro lugar para você, um parecido. Onde você vai ser feliz. Onde vai ficar em segurança.

Ursula Monkton saiu da cama. Ela ficou em pé e nos olhou de cima. Não havia raios se espiralando a seu redor, não mais, mas ela estava ainda mais assustadora parada ali, nua, naquele quarto, do que quando pairava em meio à tempestade. Ela era adulta — não, mais que adulta: era *velha*. E nunca me senti tão criança na vida.

— Sou muito feliz aqui — respondeu ela. — Muito, muito feliz. — E depois completou, quase num lamento: — Você não é.

Ouvi um barulho, um ruído baixo, rouco, tremulante. As tiras de pano cinza começaram a se desprender do teto, uma a uma. Elas caíam, mas não em linha reta. Caíam em nossa direção, de todos os cantos do quarto, como se fôssemos ímãs atraindo aquilo. A primeira tira pousou no dorso da minha mão esquerda, e lá ficou. Eu a segurei com a outra mão e puxei: ela ficou colada à pele por um instante e se soltou com um som de sucção. A região mudou de cor para um vermelho intenso, como se eu a tivesse chupado por muito, mas muito tempo, mais tempo e com mais força do que jamais tinha feito, e estava coberta de gotículas de sangue.

Uma umidade vermelha e pinicante se espalhou quando encostei o dedo, e então um tecido-atadura comprido começou a se grudar nas minhas pernas, e eu me esquivei quando um pano pousou no meu rosto e na minha testa, e outro vendou meus olhos. Eu não enxergava e puxei o pano que tapava minha visão, mas nessa hora outra tira se enrolou nos meus punhos, prendendo-os juntos, e meus braços ficaram atados ao meu corpo. Eu tropecei e caí no chão.

Se puxasse os panos, eles me machucavam.

Meu mundo estava todo cinza. Naquele instante, desisti. Fiquei deitado ali, sem me mexer, concentrado apenas em respirar pela fresta que as tiras de pano haviam deixado para o meu nariz. Elas me prendiam e pareciam ter vida própria.

Fiquei deitado ali, escutando. Não havia nada mais que eu pudesse fazer.

Ursula falou:

— Preciso do garoto inteiro. Prometi que iria deixá-lo no sótão, então que seja o sótão. Mas você, garotinha da fazenda. O que devo fazer com você? Algo apropriado. Talvez deva virar você do avesso, de modo que seu coração, seu cérebro e sua carne fiquem do lado de fora, e a pele, dentro. Então vou deixá-la amarrada aqui no meu quarto, com seus olhos para sempre encarando a escuridão dentro de você. Posso fazer isso.

— Não — disse Lettie.

Havia tristeza em sua voz, pensei.

— Na verdade, você não pode. E já dei a sua chance.

— Você me ameaçou. Ameaças vazias.

— Eu num faço ameaças. Queria mesmo que você tivesse uma chance — disse Lettie, e completou: — Quando você vasculhou esse mundão procurando criaturas da sua laia, não chegou a se perguntar por que não viu muitas outras criaturas antigas por aí? Não, você nunca se perguntou isso. Ficou tão feliz por ser só você aqui, que nem parou para pensar.

"A vovó sempre chama coisas tipo você de *pulgas*, Scáthach da Torre de Menagem. Quer dizer, ela poderia chamar vocês de qualquer coisa. Acho que ela pensa que *pulga* é engraçado... Ela num dá importância à sua laia. Diz que vocês são inofensivas. Só um pouquinho burras. E isso porque existem criaturas que comem pulgas nessa parte da criação. *Pragas*, como a vovó diz. Ela num gosta *nadinha* delas. Diz que são más e que é difícil se livrar delas. E que estão sempre com fome."

— Não estou com medo — disse Ursula Monkton. Ela parecia estar com medo. E então perguntou: — Como descobriu meu nome?

— Saí procurando por ele hoje de manhã. Fui procurar outras coisas também. Alguns demarcadores de limites, para impedir que você fuja para muito longe e arrume ainda mais problemas. E uma trilha de migalhas de pão que vem direto para cá, este quarto. Agora, abra o vidro, pegue o portal e volte para casa.

Esperei uma contra-argumentação de Ursula Monkton, mas ela não disse nada. Não houve resposta. Só o som de uma porta batendo e de passos, rápidos e ruidosos, descendo depressa os degraus.

Ouvi a voz de Lettie bem perto de mim dizendo:

— Teria sido melhor para ela ficar aqui e aceitar minha oferta.

Senti suas mãos puxando os panos do meu rosto. Eles se soltaram com um ruído úmido, como o de uma ventosa, mas não pareciam mais vivos, e, quando se soltaram, caíram no chão e lá ficaram, imóveis. Dessa vez não havia sangue frisado na minha pele. A pior coisa que aconteceu foi que meus braços e pernas ficaram dormentes. Lettie me ajudou a ficar em pé.

Ela não parecia feliz.

— Para onde ela foi? — perguntei.

— Seguiu a trilha para fora da casa. E está com medo. Pobre coitada. Está com muito medo.

— Você também.

— Um pouco, é verdade. Pelos meus cálculos, nesse exato instante ela vai descobrir que está presa nos limites que eu coloquei — disse Lettie.

Saímos do quarto. No lugar em que o soldadinho de chumbo estivera, no topo da escada, havia agora uma fenda. É a melhor maneira de descrever aquilo: como se alguém tivesse tirado uma foto da escada e depois arrancado o soldadinho da imagem. Não tinha nada no lugar do boneco, apenas um tom de cinza que fazia meus olhos doerem quando eu o encarava fixamente.

— Do que ela tem medo?

— Você ouviu. Pragas.

— Você tem medo das pragas, Lettie?

Ela hesitou por mais tempo que o normal. Depois disse apenas:

— Tenho.

— Mas você não tem medo dela. Da Ursula.

— Não posso ter medo dela. É como a vovó diz. Ela é como uma pulga, toda cheia de si de tanto orgulho, poder e luxúria, como uma pulga inchada de sangue. Mas não ia conseguir me causar nenhum mal. A vida inteira já mandei embora dezenas assim. Um deles apareceu na época de Cromwell. Agora, aquilo, sim, deu o que falar. Ele fez o povo todo se sentir solitário. Eles se feriam só para acabar com a solidão. Arrancavam os próprios olhos ou se atiravam nos poços, e o tempo todo aquela coisa grande e preguiçosa ficou sentada na adega do pub Duke's Head, parecendo um sapo acocorado do tamanho de um buldogue.

Terminamos de descer a escada e seguimos pelo corredor.

— Como você sabe para onde ela foi?

— Ah, ela não vai conseguir ir a lugar nenhum fora do caminho que eu deixei.

Na sala de estar, minha irmã ainda tocava "O bife" no piano.

Ta ta TUM ta ta
   ta ta TUM ta ta
      ta ta TUM ta TUM ta TUM ta ta...

NEIL GAIMAN

Saímos pela porta da frente.
— Ele era mau, aquele, na época de Cromwell. Mas nós tiramos ele de lá um pouco antes de os pássaros vorazes chegarem.
— Pássaros vorazes?
— O que a vovó chama de pragas. Os faxineiros.
Eles não me pareceram tão ruins. Eu sabia que a Ursula tinha medo deles, mas eu não tinha. Por que ia ter medo de faxineiros?

XI

Nós encontramos Ursula Monkton no gramado do jardim, perto do arbusto de rosas. Ela segurava o vidro de geleia com o buraco de minhoca flutuante. Parecia estranha. Ela tentou abrir a tampa, e então parou e olhou para cima, para o céu. Depois desviou o olhar mais uma vez para o vidro.

Ela correu até a minha faia, a árvore com a escada de corda, e jogou o vidro de geleia no tronco com toda a força. Se a ideia era quebrá-lo, não funcionou. O vidro simplesmente bateu e voltou, caiu no musgo espalhado no emaranhado de raízes e lá ficou, intacto.

Ursula Monkton lançou um olhar ferino para Lettie.

— Por quê? — perguntou.

— Você sabe por quê — respondeu Lettie.

— Por que você deixaria eles entrarem?

Ela chorava, e aquilo me deixou constrangido. Eu não sabia o que fazer quando os adultos choravam. Era algo que eu só tinha visto duas vezes na vida: eu vi meus avós chorarem quando minha tia morreu, no hospital, e vi minha mãe chorar. Eu sabia que adultos não deveriam chorar. Eles não tinham mães que os consolassem.

Fiquei me perguntando se Ursula Monkton algum dia teve mãe. Seu rosto e os joelhos estavam sujos de lama, e ela chorava aos soluços.

Ouvi um som a distância, estranho e bizarro: uma vibração grave, como se alguém tivesse dado um puxão em uma corda esticada.

— Não sou eu quem vai dar permissão para eles entrarem — respondeu Lettie Hempstock. — Eles vão aonde querem. Normalmente não vêm aqui porque não há nada para comer. Agora tem.

— Me mande de volta — implorou Ursula Monkton.

E agora eu não via nada de humano nela. De algum jeito, seu rosto não parecia correto: era um conjunto acidental de traços que apenas lembravam um rosto humano, como as espirais e os nodos cinzentos do tronco da minha faia ou os padrões da cabeceira da cama na casa da minha avó, que, se você olhasse meio de lado, ao luar, formavam o rosto de um velho com a boca bem aberta, como se estivesse gritando.

Lettie pegou o vidro de geleia que estava no musgo verde e desatarraxou a tampa.

— Você apertou demais — falou.

Lettie andou até a trilha de pedras, virou o vidro de cabeça para baixo e bateu com a tampa no chão apenas uma vez, confiante. Desvirou o vidro e girou a tampa. Dessa vez ela saiu na sua mão.

Lettie passou o vidro de geleia para Ursula Monkton, que enfiou a mão nele e tirou a coisa translúcida que um dia tinha sido um buraco no meu pé. A coisa se contorceu, remexeu e dobrou, parecendo satisfeita com o toque dela.

Ursula a jogou no chão. Ela caiu na grama e cresceu. Só que não cresceu. *Mudou:* como se estivesse mais perto do que eu pensava. Dava para ver através dela, de uma extremidade à outra. Eu poderia ter corrido por dentro dela, se o fim daquele túnel não desembocasse num implacável céu alaranjado.

E, enquanto eu olhava detidamente para a coisa, senti de novo uma pontada no peito. Uma sensação congelante, como se eu tivesse comido tanto sorvete que minhas entranhas esfriaram.

Ursula Monkton andou para a boca do túnel. (Como aquilo podia ser um túnel? Eu não conseguia entender. Ainda era uma minhoca prateada e preta, translúcida e cintilante, na grama, com uns trinta e poucos centímetros de comprimento no máximo. Era como se eu tivesse dado *zoom* nela, acho. Mas ainda assim era um túnel, e dava para uma casa inteira passar por ele.)

Então ela parou, e urrou.

— O caminho de volta.

Só isso.

— Incompleto. Está interrompido. A última parte do portal não está aqui... — Olhou em volta, ansiosa e perplexa.

Ela voltou sua atenção para mim. Não para o meu rosto, mas para o peito. E abriu um sorriso.

Então *tremeu* inteira. Em um instante era uma mulher adulta, nua e enlameada; no outro, como se fosse um guarda--chuva bege se abrindo, ela se desfraldou.

E, ao se desfraldar, se esticou, me pegou e carregou para cima, bem longe do chão, e eu, por minha vez, estiquei o braço num reflexo de pânico e me segurei nela.

Eu estava segurando carne. A cinco metros ou mais do chão, da altura de uma árvore.

Eu não estava segurando carne.

Segurava um pano velho, uma lona morta, apodrecida, e por baixo dela pude sentir madeira. Não madeira boa, sólida, mas o tipo de madeira velha que eu encontrava em lugares com árvores quebradas, que sempre estava úmida, que dava para esmigalhar com os dedos, madeira com pequenos besouros e tatuzinhos-de-jardim e repleta de fungos feito teias.

Aquilo rangia e oscilava, me segurando.

VOCÊ BLOQUEOU A PASSAGEM, disse a criatura para Lettie Hempstock.

— Eu não bloqueei nada — retrucou Lettie. — Você está com meu amigo. Coloque o garoto no chão.

Lettie estava muito longe de mim, lá embaixo, e eu tinha medo de altura e da criatura que me segurava.

O CAMINHO ESTÁ INCOMPLETO. A PASSAGEM ESTÁ BLOQUEADA.

— Coloque meu amigo no chão. Agora. Em segurança.

ELE COMPLETA O CAMINHO. O CAMINHO ESTÁ DENTRO DELE.

Naquele momento, tive certeza de que iria morrer.

Eu não queria morrer. Meus pais me disseram que eu não morreria de verdade, não o meu eu real: que ninguém que morre morre de verdade, que meu gatinho e o minerador de opala tinham apenas adquirido um novo corpo e logo, logo voltariam a viver. Eu não sabia se isso era assim mesmo ou não. Só sabia que estava acostumado a ser eu, e que gostava dos meus livros e dos meus avós e da Lettie Hempstock, e que a morte ia tirar todas essas coisas de mim.

VOU ABRI-LO. A PASSAGEM SE PARTIU. CONTINUA DENTRO DELE.

Eu teria chutado, mas não havia o que chutar. Puxei com os dedos o braço que me segurava, mas minhas unhas só se cravaram em madeira mole e pano apodrecido, e abaixo, madeira dura como osso; e a coisa me segurava bem colado a ela.

— Tire as mãos de mim! — gritei. — Tire! As mãos! De mim!

NÃO.

— Mamãe! — gritei. — Papai! — E em seguida: — Lettie, faça ela me botar no chão.

Meus pais não estavam lá. Lettie, sim. Ela disse:

— Scáthach. Coloque meu amigo no chão. Eu já dei uma alternativa. Mandar você para casa vai ser mais difícil com o fim do seu túnel dentro dele. Mas podemos dar um jeito, e vovó pode fazer isso se eu e a mamãe não conseguirmos. Então coloque o menino no chão.

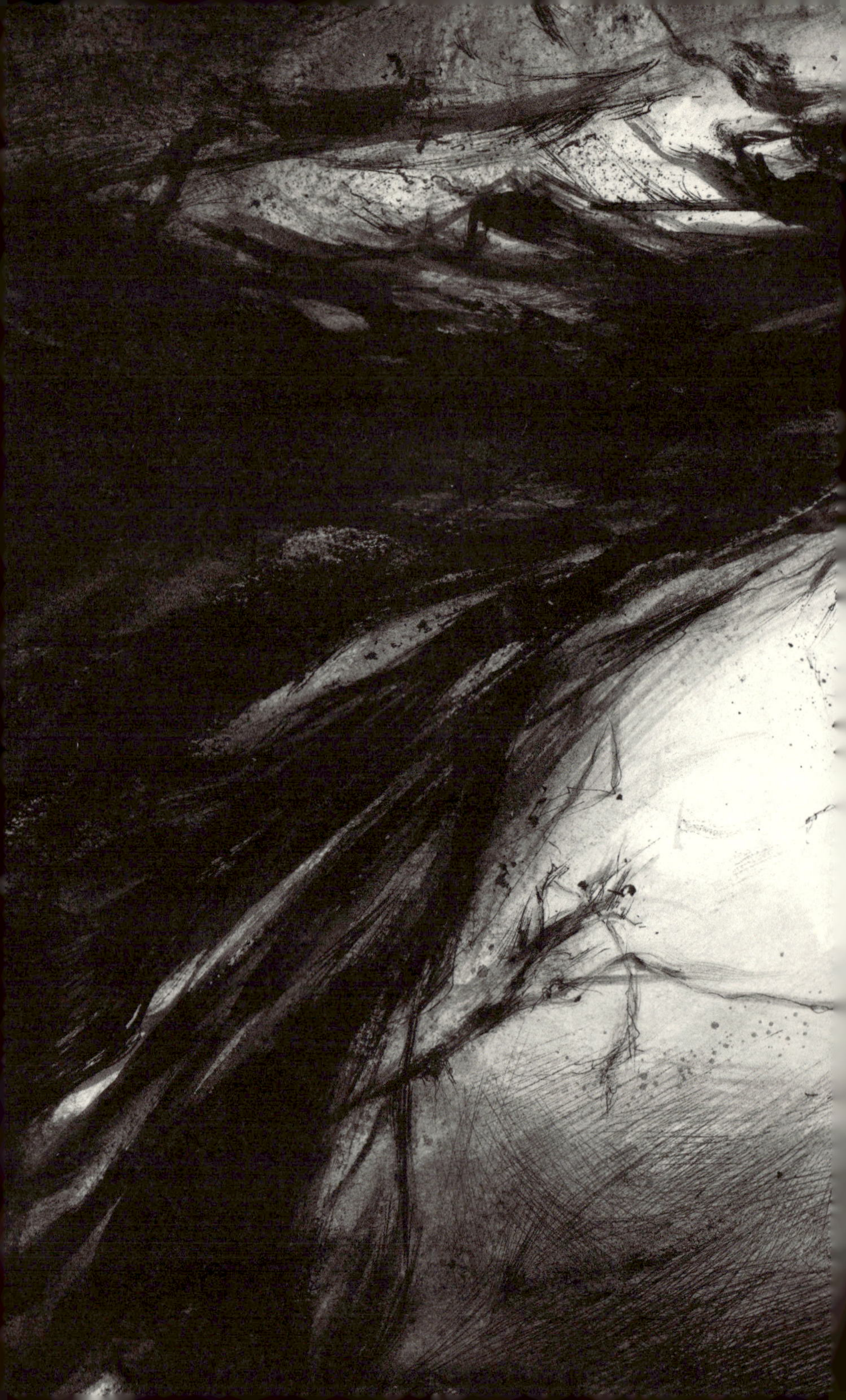

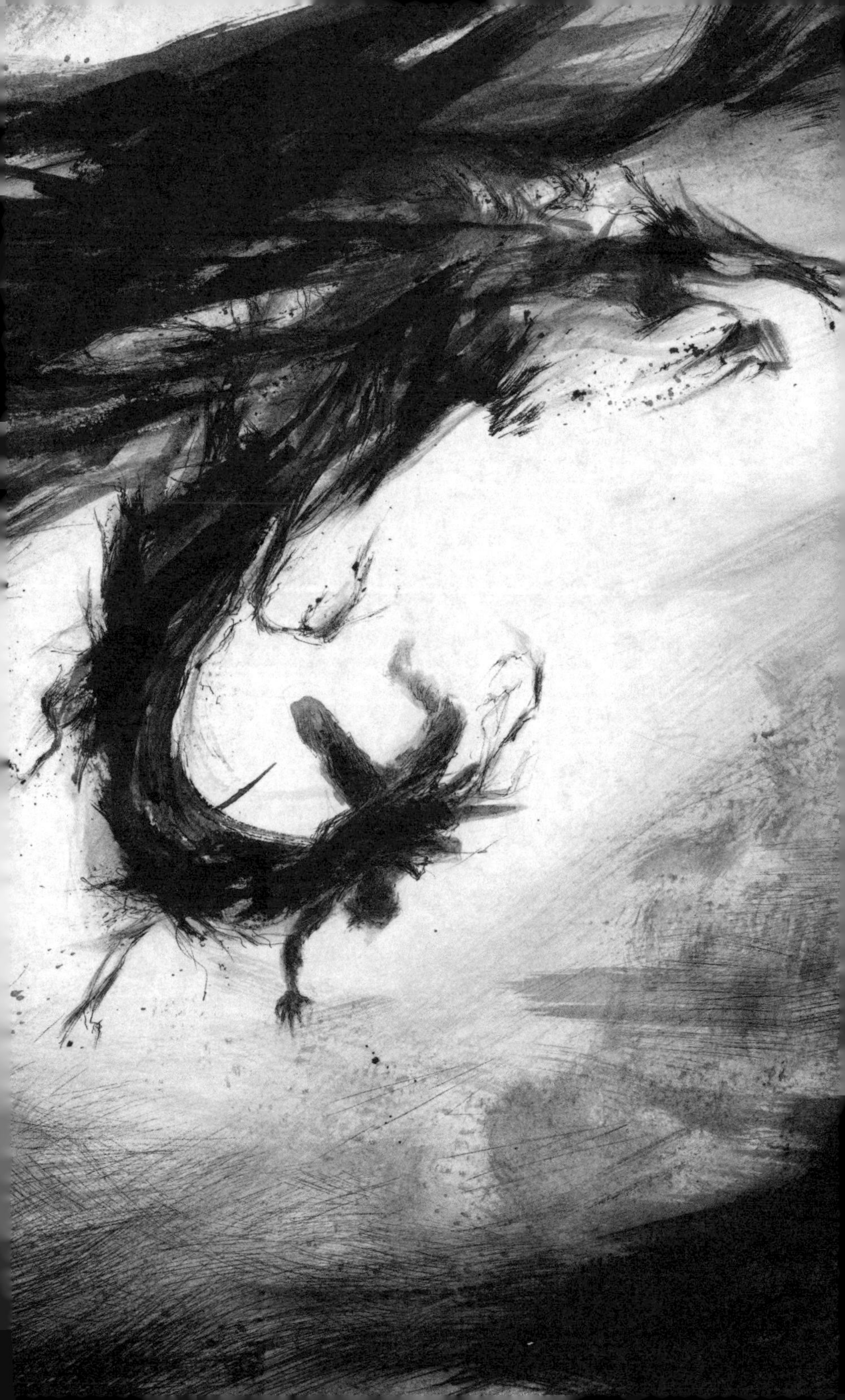

ESTÁ DENTRO DELE. NÃO É UM TÚNEL. NÃO MAIS. É UMA PORTA. É UM PORTÃO. A PASSAGEM ESCAPULIU E AGORA ESTÁ DENTRO DELE. TUDO O QUE PRECISO FAZER PARA IR EMBORA DAQUI É ENFIAR A MÃO NO PEITO DELE, ARRANCAR SEU CORAÇÃO AINDA BATENDO E COMPLETAR O CAMINHO.

Ela falava sem palavras, a criatura tremulante e sem rosto falava diretamente na minha cabeça, e mesmo assim havia algo nas palavras dela que me lembrava a voz bonita e melodiosa de Ursula Monkton. Eu sabia que ela falava sério.

— Você já desperdiçou todas as suas chances — disse Lettie, como se nos dissesse que o céu era azul.

Ela levou dois dedos à boca e, de um jeito agudo, curto e penetrante, assoviou.

Eles vieram.

Estavam bem alto no céu, da cor do azeviche, tão escuros que pareciam manchas nos meus olhos, e de jeito nenhum seres reais. Tinham asas, mas não eram aves. Eram mais antigos que aves, e voavam em círculos verticais e horizontais, e em espirais, dezenas, centenas deles talvez, e cada um dos seres que não eram aves desceu devagar, muito devagar, batendo as asas.

Eu me peguei imaginando um vale repleto de dinossauros, há milhões de anos, que morreram em confrontos ou por causa de alguma doença: imaginava primeiro as carcaças em estado de putrefação dos apatossauros, maiores que ônibus, e então os abutres daquele éon, cinza-escuros, depenados, com asas mas sem penas; rostos de pesadelos — focinhos que lembravam bicos cheios de dentes afiados como agulhas, feitos para dilacerar, rasgar e devorar, e olhos vermelhos famintos. Essas criaturas voadoras teriam mergulhado até os cadáveres dos grandes apatossauros, sem deixar nada além de ossos.

Gigantescos, eles eram, e elegantes, e anciãos, e olhar para eles fazia meus olhos doerem.

— Agora — disse Lettie Hempstock para Ursula Monkton. — Coloque o meu amigo no chão.

A criatura que me segurava não deu qualquer indício de que ia obedecer. Não disse nada, só se movimentou rapidamente, como um veleiro grande e esfarrapado, cruzando a grama em direção ao túnel.

Eu vi a raiva no rosto de Lettie Hempstock, os punhos tão cerrados que os nós dos dedos estavam brancos. Eu vi sobre nós os pássaros vorazes voando em círculos, nos rodeando...

E então um deles mergulhou do céu, mais rápido do que parecia possível. Senti uma lufada de ar súbita ao meu lado, vi uma mandíbula preta, mas muito preta, repleta de dentes-agulhas, e olhos que queimavam como jatos de gás, e ouvi o ruído de algo rasgando, como uma cortina sendo retalhada.

A criatura voadora se ergueu nos céus novamente com um pedaço de pano cinza preso entre os dentes.

Escutei uma voz, urrando dentro da minha cabeça e fora dela, e a voz era de Ursula Monkton.

Eles mergulharam, naquele momento, como se todos estivessem só esperando o primeiro do grupo fazer um movimento. Caíram do céu em cima da criatura que me segurava, pesadelos dilacerando um pesadelo, puxando tiras de pano,

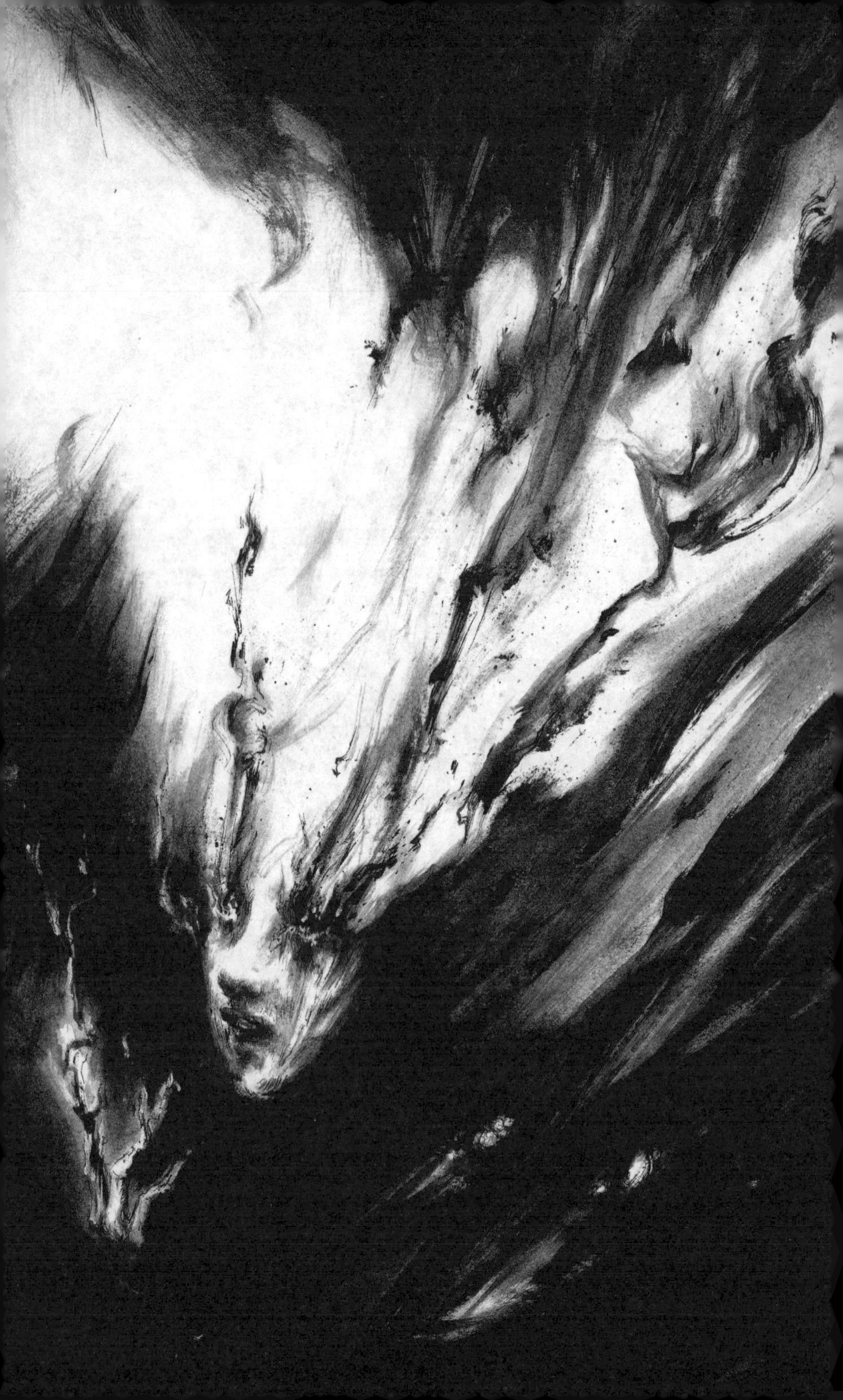

e durante todo o tempo eu ouvia Ursula Monkton gritando.

EU SÓ DEI A ELES O QUE DESEJAVAM, dizia, petulante e com medo. EU OS FIZ FELIZES.

— Você fez meu pai me machucar — falei, enquanto a coisa que me segurava se debatia contra os pesadelos que rasgavam seus panos.

Os pássaros vorazes a retalhavam, cada ave arrancando tiras do tecido, em silêncio, batendo as asas vigorosamente e alçando voo, só para fazer uma curva no ar e mergulhar de novo.

EU NÃO LEVEI NENHUM DELES A FAZER NADA, disse ela.

Por um instante achei que a criatura ria de mim, então a risada virou um grito, tão alto que fez meus ouvidos e minha cabeça doerem.

Foi como se naquele momento o vento tivesse parado de soprar nas velas esfarrapadas, e então a criatura que me segurava desabou lentamente no chão.

Caí com força na grama e esfolei os joelhos e a palma das mãos. Lettie me levantou e me ajudou a sair de perto dos restos caídos e amarrotados da coisa que um dia dissera ser Ursula Monkton.

Ainda havia tecido cinza, mas não era pano: a criatura se contorcia e rolava à minha volta, no solo, soprada por nenhum vento que eu conseguisse perceber, uma confusão retorcida como larvas.

Os pássaros vorazes pousaram nela como gaivotas numa praia de peixes encalhados, e a retalharam como se não comessem há mil anos e precisassem se empanturrar agora, pois outros mil anos ou mais poderiam se passar até que conseguissem comer de novo. Eles dilaceravam a coisa cinzenta e, na minha cabeça, eu a ouvia gritando o tempo todo enquanto eles mastigavam a carne de lona apodrecida com seus dentes afiados.

Lettie segurava meu braço. Ela não disse nada.

Nós esperamos.

E, quando os gritos cessaram, eu soube que Ursula Monkton tinha ido embora para sempre.

Quando as criaturas sombrias terminaram de devorar a coisa na grama, e quando nada mais restava, nem mesmo

um retalhinho de tecido cinzento,
elas desviaram a atenção para o túnel
translúcido, que se retorcia, se contorcia e se
contraía como uma coisa viva. Algumas aves o seguraram com as garras e voaram, carregando-o para o céu
enquanto as outras o estraçalhavam, desmantelando tudo
com suas bocas famintas.

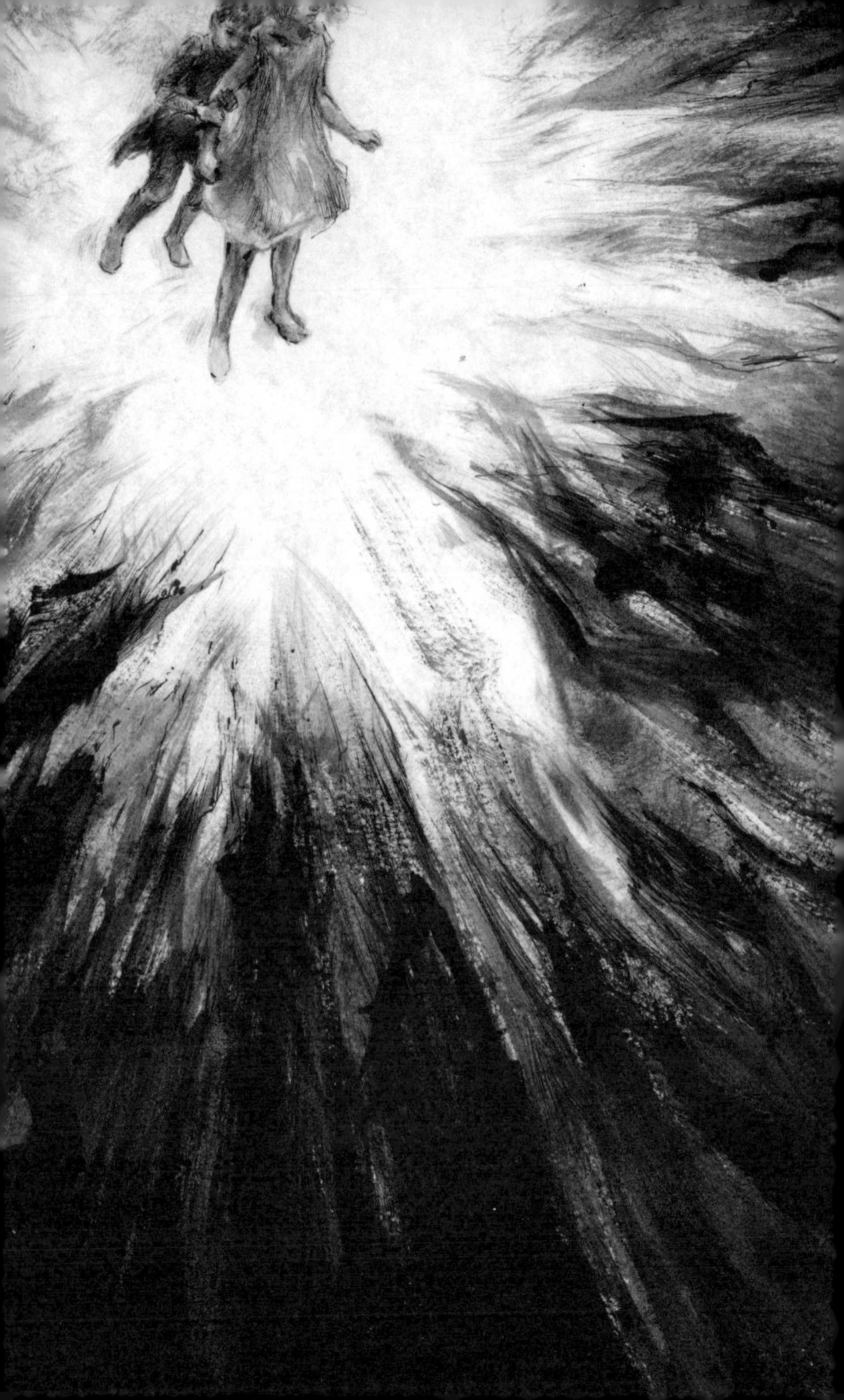

Achei que iriam embora quando terminassem, que voltariam para o lugar de onde vieram, mas não foi isso o que aconteceu. Os pássaros desceram do céu. Tentei contá-los à medida que pousavam, mas não consegui. Tive a impressão de que havia centenas, mas devia estar errado. Era possível que fossem vinte. Era possível que fossem mil. Não dava para explicar: talvez fossem de um lugar em que tais coisas não se aplicam, algum lugar alheio ao tempo e aos números.

As aves pousaram e fiquei olhando, mas não vi nada além de sombras.

Muitas sombras.

E as sombras nos encaravam.

— Vocês já completaram a tarefa que vieram realizar. Pegaram sua presa. Fizeram a faxina. Podem voltar para casa agora — disse Lettie.

As sombras não se moveram, e ela insistiu:

— Vão embora!

As sombras na grama permaneceram exatamente onde estavam. Talvez só parecessem mais escuras, mais reais que antes.

— *Você não tem poder sobre nós.*

— Talvez não — disse Lettie —, mas eu chamei vocês aqui e agora estou dizendo para voltarem para casa. Devoraram a Scáthach da Torre de Menagem. Já fizeram seu serviço. Agora vão embora.

— *Somos faxineiros. Viemos para limpar.*

— Sim, e vocês limparam a coisa que vieram eliminar. Voltem para casa.

— *Não completamente* — suspiraram o vento no arbusto de rododendros e o farfalhar da grama.

Lettie se virou para mim e me envolveu com os braços.

— Venha — disse Lettie. — Depressa.

Atravessamos o gramado bem depressa.

— Estou levando você para o anel de fadas — disse ela. — Você precisa esperar lá até que eu volte para buscá-lo. Não saia de lá. Por nada desse mundo.

— Por que não?

— Porque algo de ruim pode acontecer. Não consigo levar você de volta para a fazenda em segurança, e não sei consertar isso sozinha. Mas você vai ficar a salvo no anel. Não importa o que veja, não importa o que ouça, não saia de lá. É só não se mexer e ficará bem.

— Não é um anel de fadas de verdade — falei para ela. — É só uma brincadeira nossa. É um círculo verde feito de grama.

— Ele é o que é — disse ela. — Nada que queira fazer mal a você pode entrar nele. Agora, fique aí dentro.

Ela apertou minha mão e entrou comigo no círculo de grama. Em seguida, correu para dentro do arbusto de rodo-dendros, desaparecendo.

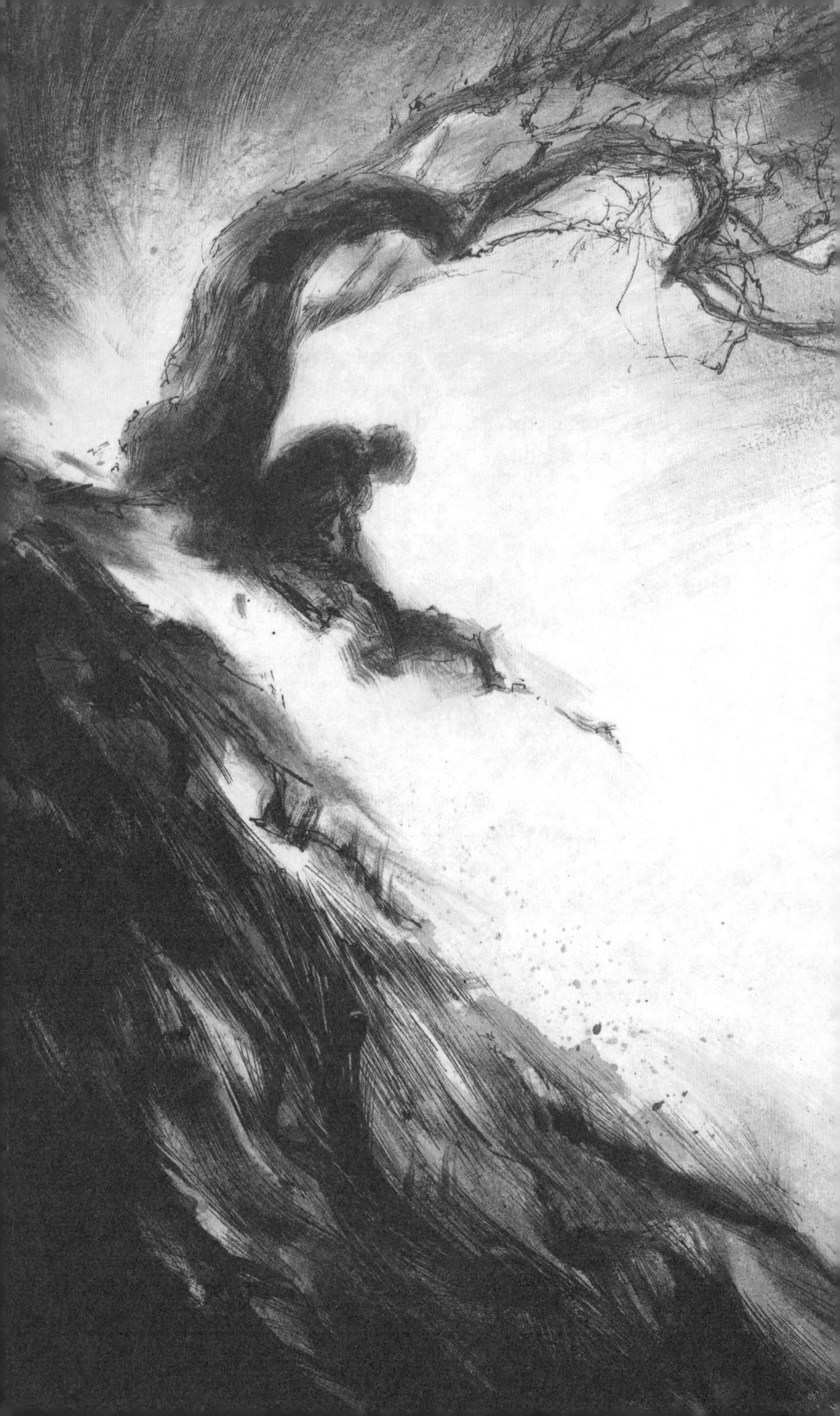

XII

As sombras começaram a se reunir em volta do círculo. Manchas disformes, somente ali, realmente ali, quando vistas pelo canto dos olhos. Era quando pareciam aves. Era quando pareciam famintas.

Nunca fiquei tão apavorado quanto estava naquele círculo de grama com a árvore morta no meio, naquela tarde. Nenhum pássaro cantava, nenhum inseto zumbia nem zunia. Nada acontecia. Eu ouvia o farfalhar das folhas e o suspirar da grama quando o vento a açoitava, mas Lettie Hempstock não estava lá, e eu não ouvia vozes na brisa. Não havia nada para me amedrontar além de sombras, e mal dava para vê-las quando eu as olhava diretamente.

O sol baixou no céu, e as sombras ficaram turvas sob o crepúsculo, tornando-se de fato mais indistintas, de modo que agora eu não tinha mais certeza nem de que havia alguma coisa ali. Mas não saí do círculo de grama.

— Ei! Garoto!

Eu me virei. Ele atravessava o gramado na minha direção. Estava com a mesma roupa que estivera da última vez que o vi: terno, camisa branca com babados, gravata-

-borboleta preta. O rosto ainda apresentava um tom vermelho-cereja alarmante, como se tivesse acabado de passar muito tempo na praia, mas as mãos estavam brancas. Ele parecia um boneco de cera, não uma pessoa, algo que seria de se esperar ver na Câmara dos Horrores. Abriu um sorriso quando notou que eu olhava para ele, e agora parecia um boneco de cera que ria, e eu engoli em seco, e desejei que o sol saísse novamente.

— Vamos, garoto — disse o minerador de opala. — Você só está adiando o inevitável.

Não respondi. Fiquei olhando para ele. Seus sapatos pretos lustrosos foram até o círculo de grama, mas não atravessaram.

Meu coração batia tão forte que tive certeza de que ele conseguia ouvir. Meu pescoço e o meu couro cabeludo formigavam.

— Vamos lá, garoto — disse ele, com seu sotaque sul-africano. — Eles têm de acabar com isso. É o que fazem: são da espécie carniceira, os abutres do vazio. É o trabalho deles. Limpar os últimos resquícios da desordem. Meticulosos e organizados. Arrancam a pessoa do mundo, e é como se ela nunca tivesse existido. Deixe-se levar. Não vai doer.

Fiquei olhando para ele. Os adultos só diziam isso quando alguma coisa ia doer muito.

O falecido de terno virou a cabeça devagar, até que seu rosto ficou em frente ao meu. Seus olhos estavam virados para dentro da cabeça, e pareciam encarar cegamente o céu acima de nós, como um sonâmbulo.

— Sua amiguinha não pode salvá-lo — disse ele. — Seu destino foi selado e definido dias atrás, quando a presa deles usou você como porta do lar dela para este aqui e prendeu o caminho no seu coração.

— Não fui eu que comecei isso! — falei para o falecido. — Não é justo. *Você* começou isso.

— Sim — disse o falecido. — Você vem?

Eu me sentei com as costas viradas para a árvore no meio do anel de fadas, e fechei os olhos, e não me mexi. Relembrei poemas para me distrair, recitei-os silenciosamente, articulando as palavras sem emitir nenhum som.

Camundongo disse Fúria não me venha com lamúria vamos já ao tribunal você vai a julgamento agora sem nenhuma demora...

Decorei este poema na escola. Era narrado pelo rato de *Alice no País das Maravilhas*, que ela conheceu enquanto nadava em suas próprias lágrimas. Em meu exemplar, as palavras do poema enrolavam e encolhiam como a cauda do roedor.

Eu recitava o poema em um fôlego só. E eu o fiz, até meu fim inevitável.

Serei eu juiz e júri disse Fúria o matreiro vou julgar o caso inteiro e traçar tim-tim por tim-tim o seu triste fim.

Quando abri os olhos e ergui a cabeça, o minerador de opala não estava mais lá.

O céu se acinzentava, e o mundo perdia profundidade e se aplainava no crepúsculo. Se as sombras ainda estavam ali, eu não conseguia mais perceber sua presença; ou então o mundo inteiro se transformara em sombras.

Minha irmã caçula saiu correndo de casa, chamando por mim. Parou antes de me alcançar e perguntou:

— O que você está fazendo?

— Nada.

— Papai está ao telefone. Disse para você ir lá falar com ele.

— Não. Não é verdade.

— O quê?

— Ele não disse isso.

— Se você não vier agora, vai ficar encrencado.

Eu não sabia se era minha irmã ou não, mas eu estava dentro do círculo de grama, e ela, fora.

Desejei ter carregado um livro comigo, embora estivesse quase escuro demais para ler. Recitei o poema da "Lagoa de Lágrimas" de novo, mentalmente. *Também não aceito recusa pois sou eu quem o acusa nada tenho a temer...*

— Cadê a Ursula? — perguntou minha irmã. — Ela foi para o quarto, mas não está mais lá. Não está na cozinha e não está no banheiro. Eu quero comer. Estou com fome.

— Você mesma pode preparar alguma coisa para comer — falei para ela. — Você não é mais um bebê.

— Cadê a Ursula?
Ela foi dilacerada por monstros abutres alienígenas e, sinceramente, acho que você é um deles ou está sendo controlada por eles ou algo parecido.
— Não sei.
— Vou contar para a mamãe e para o papai assim que eles chegarem do trabalho que você foi muito mau comigo hoje. Você vai ficar encrencado.

Fiquei me perguntando se era minha irmã de fato ou não. Definitivamente parecia ser. Mas ela não deu nenhum passo sobre o círculo de grama. Estirou a língua para mim e correu de volta para casa.

Mas o que você me diz dessa corte infeliz que não tem júri ou juiz...

A escuridão crepuscular profunda era toda sem cor e artificial. Mosquitos zumbiam em meus ouvidos e pousavam um de cada vez nas minhas bochechas e mãos. Fiquei feliz por estar usando as roupas antiquadas e estranhas do primo da Lettie Hempstock naquele momento, porque deixavam a minha pele menos exposta. Eu dava tapas nos insetos que pousavam, e alguns iam embora. Um que não voou, empanturrando-se na parte anterior do meu pulso, explodiu quando bati nele, deixando uma gota borrada do meu sangue escorrendo pelo meu antebraço.

Havia morcegos voando acima da minha cabeça. Eu gostava de morcegos, sempre gostara, mas naquela noite havia tantos deles, e eles me fizeram lembrar dos pássaros vorazes, e um calafrio percorreu meu corpo.

— NEIL GAIMAN —

O crepúsculo transformou-se em noite de súbito, e, quando percebi, estava sentado num círculo que não conseguia mais ver, nos fundos do jardim. Luzes, acolhedoras luzes elétricas, iluminavam o interior da casa.

Eu não queria ter medo do escuro. Eu não temia nada que fosse real. Só não queria ficar mais ali, esperando na escuridão pela minha amiga que havia corrido para bem longe de mim e não parecia que ia voltar.

Serei eu juiz e júri disse Fúria o matreiro vou julgar o caso inteiro e traçar tim-tim por tim-tim o seu triste fim.

Fiquei exatamente onde estava. Eu vira Ursula Monkton sendo rasgada e os trapos devorados por faxineiros que não faziam parte do universo de coisas que eu compreendia. Se eu saísse do círculo, tinha certeza, eles fariam o mesmo comigo.

Passei de Lewis Carroll para Gilbert e Sullivan.

Deitado insone na cama a enxaqueca se assoma, acordado de tanta ansiedade, creio que possa usar a língua que desejar sem qualquer impropriedade...

Eu adorava a sonoridade das palavras, mesmo não tendo muita certeza do significado de todas elas.

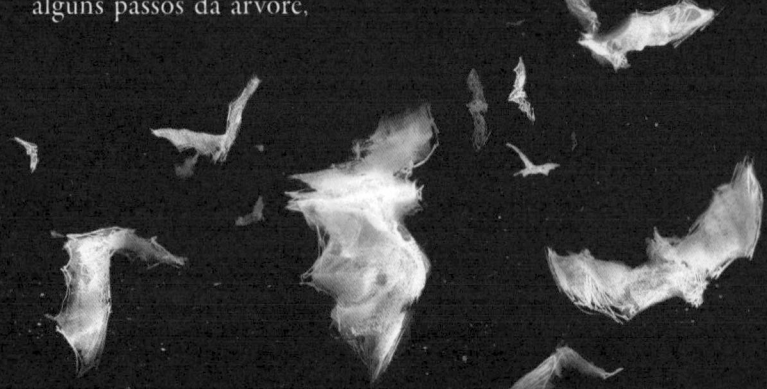

Precisava fazer xixi. Eu me virei de costas para a casa, afastei-me alguns passos da árvore, com medo de dar um passo a mais do que deveria e acabar fora do círculo. Urinei na escuridão. Tinha acabado de terminar quando o facho de luz de uma lanterna me cegou, e a voz do meu pai perguntou:

— O que diabos você está fazendo aqui?
— Eu... Eu só estou aqui — respondi.
— É. Foi o que sua irmã disse. Bem, hora de voltar para casa. Seu jantar está na mesa.

Continuei onde estava.
— Não — falei, e balancei a cabeça.
— Não seja bobo.
— Não estou sendo bobo. Vou ficar aqui.
— Vamos. — E então, mais animado: — Vamos, George, o Gracioso.

Esse foi o apelido bobo que meu pai me deu quando eu era bebê. E tinha até uma música, que ele cantava enquanto eu pulava em seu colo. Era a melhor música do mundo.

Não falei nada.

— Não vou levar você no colo para casa — disse meu pai. A tensão começou a permear sua voz. — Você já está muito grandinho para isso.

É, pensei. *E você teria que transpor o anel de fadas para me pegar.*

Mas o anel de fadas parecia uma bobagem agora. Esse era meu pai, não um boneco de cera qualquer que os pássaros vorazes criaram para tentar me enganar. Era noite. Meu pai já tinha chegado do trabalho. Estava na hora.

Falei:

— A Ursula Monkton foi embora. E não vai voltar nunca mais.

Sua voz transpareceu irritação naquele momento.

— O que você fez? Disse alguma coisa horrível para ela? Foi grosseiro?

— Não.

Ele projetou o facho da lanterna em meu rosto. A luz quase me cegou. Ele parecia estar se controlando para não perder a cabeça. Falou:

— Conte o que você disse para ela.

— Eu não disse nada. Ela simplesmente foi embora.

O que era verdade, ou quase.

— Volte para casa, agora.

— Por favor, pai. Eu preciso continuar aqui.

— Volte para casa agora mesmo! — gritou meu pai, a plenos pulmões.

Eu não consegui evitar: meu lábio inferior tremeu, meu nariz começou a escorrer, e lágrimas brotaram em meus olhos. As lágrimas embaçavam a minha visão e ardiam, mas não caíam, e tive que piscar para me livrar delas.

Não sabia se estava falando com meu pai mesmo.

Mas disse:

— Eu não gosto quando você grita comigo.

— E eu não gosto quando você age como um animalzinho! — gritou ele, e então eu comecei a chorar de verdade, as lágrimas escorrendo pelo meu rosto, e desejei estar em qualquer lugar no mundo menos ali naquela noite.

Eu enfrentara coisas piores que ele nas últimas horas. E, de repente, tudo ficou claro: eu não me importava mais. Ergui o rosto para o contorno escuro que estava atrás e acima do facho de luz, e indaguei:

— Você se sente o maioral quando faz um garotinho chorar?

E soube, ao terminar de falar, que aquilo era exatamente o que eu nunca deveria ter dito.

O rosto dele, o pouco que eu conseguia ver sob a luz refletida da lanterna, enrugou-se, e pareceu chocado. Ele abriu a boca para falar, e então a fechou novamente. Eu não conseguia me lembrar de meu pai jamais ter ficado sem palavras, nem antes nem depois. Só naquele momento. Eu me senti péssimo. *Vou morrer aqui em breve,* pensei. *Não quero morrer com essas palavras na minha boca.*

Mas o facho de luz da lanterna desviou-se de mim. Meu pai disse apenas:

— Estaremos em casa. Vou guardar seu jantar no forno.

Observei o movimento do facho de luz da lanterna atravessar de novo o gramado, passar pelos arbustos de rosas e seguir na direção da casa, até que a luz se apagou e sumiu de vista. Ouvi a porta dos fundos sendo aberta e fechada.

Você repousa de leve, um cochilo bem breve, os olhos ardendo, a cabeça doendo, mas no sono sofrível, o pesadelo é tão terrível que estaria melhor acordado...

Alguém riu. Parei de cantar e olhei ao redor, mas não vi ninguém.

— "A canção do pesadelo" — disse uma voz. — Bastante apropriada.

Ela se aproximou um pouco mais, até que pude ver seu rosto. Ainda estava completamente nua e sorria. Eu a vira sendo despedaçada algumas horas antes, agora estava inteira. Ainda assim, parecia menos sólida que qualquer uma das outras pessoas que eu vira naquela noite; dava para ver as luzes da casa bruxuleando atrás dela, através dela. Seu sorriso não mudara.

— Você está morta — falei.

— Estou. Fui devorada — disse Ursula Monkton.

— Você está morta. Você não é real.

— Fui devorada — repetiu ela. — Sou um nada. E eles me deixaram sair, só por pouco tempo, do lugar no âmago deles. É frio lá dentro, e muito vazio. Eles prometeram você para mim, para que eu tenha algo com que brincar; algo para me fazer companhia no escuro. E depois que você for devorado, também será um nada. Mas o que quer que sobre desse nada ficará comigo, devorados e juntos, meu brinquedo e minha distração, até o fim dos tempos. Nós vamos nos divertir *tanto*.

Uma mão fantasmagórica se ergueu e encostou no sorriso, soprando para mim o fantasmagórico beijo de Ursula Monkton.

— Estarei à sua espera — disse aquela coisa.
Um farfalhar nos rododendros atrás de mim, e uma voz, animada, feminina e jovem disse:
— Está tudo bem. A vovó deu um jeito. Já foi tudo resolvido. Vamos.
A lua estava visível agora, acima do arbusto de azaleias, uma lua crescente iluminada parecendo um pedaço grosso de unha cortada.

Sentei-me ao lado da árvore morta e não me mexi.

— Vamos, bobinho. Já falei. Eles foram embora — disse Lettie Hempstock.

— Se você é mesmo Lettie Hempstock — falei para ela —, venha até aqui.

Ela permaneceu onde estava, uma garota escondida nas sombras. Então riu, e se esticou e se sacudiu, e era apenas mais uma sombra, uma sombra que preenchia a noite.

— Você está com fome — disse uma voz na noite, e não era mais a voz de Lettie, não mais. Podia ter sido a voz dentro da minha própria cabeça, mas falava alto. — Você está cansado. Sua família o odeia. Você não tem amigos. E Lettie Hempstock, sinto dizer, não vai voltar nunca mais.

Desejei poder ver quem falava. Quando se tem algo a temer, em vez de algo que não se sabe o que é, tudo fica mais fácil.

— Ninguém se importa — disse a voz, tão resignada, tão objetiva. — Agora, saia do círculo e venha até nós. Só é preciso dar um passo. Basta colocar um pé sobre a borda do círculo e faremos com que toda a dor se vá para sempre: a dor que sente agora e a dor que ainda virá. Ela nunca acontecerá.

Não era uma voz, não mais. Eram duas pessoas falando em uníssono. Ou cem pessoas. Não dava para dizer. Tantas vozes.

— Como você pode ser feliz neste mundo? Tem um buraco no seu coração. Você possui um portal aí dentro para terras além do mundo conhecido. Elas o chamarão, durante toda a sua vida. Não haverá um instante em que você as esquecerá, quando não estará, em seu coração, buscando algo que não pode ter, algo que não consegue nem imaginar direito, algo cuja falta atrapalhará seu sono, seu dia e sua vida, até você fechar os olhos pela última vez, até que seus entes queridos o envenenem e o vendam para a *anatomia*, e mesmo nessa hora você morrerá carregando um buraco, e vai se lamentar e amaldiçoar uma vida mal vivida. Mas você pode não crescer. Você pode sair, e nós vamos acabar com isso, de um jeito limpo, ou pode morrer aí, de fome e de medo. E, quando estiver morto, seu círculo não significará nada, e vamos arrancar seu coração e levar sua alma como *souvenir*.

— Talvez aconteça assim — falei, para a escuridão e para as sombras —, talvez não. E, se acontecer, teria sido assim de qualquer jeito. Não me importo. Ainda vou esperar aqui pela Lettie Hempstock, e ela vai voltar para me buscar. E, se eu morrer aqui, então ainda morro esperando por ela, e é melhor morrer assim do que com vocês, coisas estúpidas e horríveis, me dilacerando porque tenho algo dentro de mim que nem *quero* ter.

Fez-se o silêncio. As sombras pareciam ter se tornado mais uma vez parte da noite. Pensei no que acabara de dizer, e soube que era verdade. Naquele momento, pela primeira vez na minha infância, eu não estava com medo do escuro, e *estava mesmo* disposto a morrer (tão disposto quanto qualquer criança de sete anos, certa de sua imortalidade, pode ficar) se morresse esperando por Lettie. Porque ela era minha amiga.

O tempo passou. Esperei que a noite começasse a conversar comigo de novo, que as pessoas viessem, que todos os fantasmas e monstros da minha imaginação se postassem do lado de fora do círculo e me chamassem para sair, mas nada mais aconteceu. Não naquele momento. Eu simplesmente esperei.

A lua ia alta. Meus olhos haviam se adaptado à escuridão. Cantei, sussurrando, declamando as palavras repetidas vezes.

Você é um corpo quebrado, o pescoço entortado,
não admira seu ronco a pender pelo tronco,
e tudo formiga, dos pés à bexiga,
o arrepio ardente, a perna dormente,
uma cãibra no dedo, uma mosca voando,
o pulmão chiando, a língua fervente,
uma sede premente, e a sensação aparente
de não estar dormindo nada bem...

Cantei para mim mesmo, a música inteira, do início ao fim, duas ou três vezes, e fiquei aliviado por me lembrar da letra toda, mesmo sem compreender o significado de tudo.

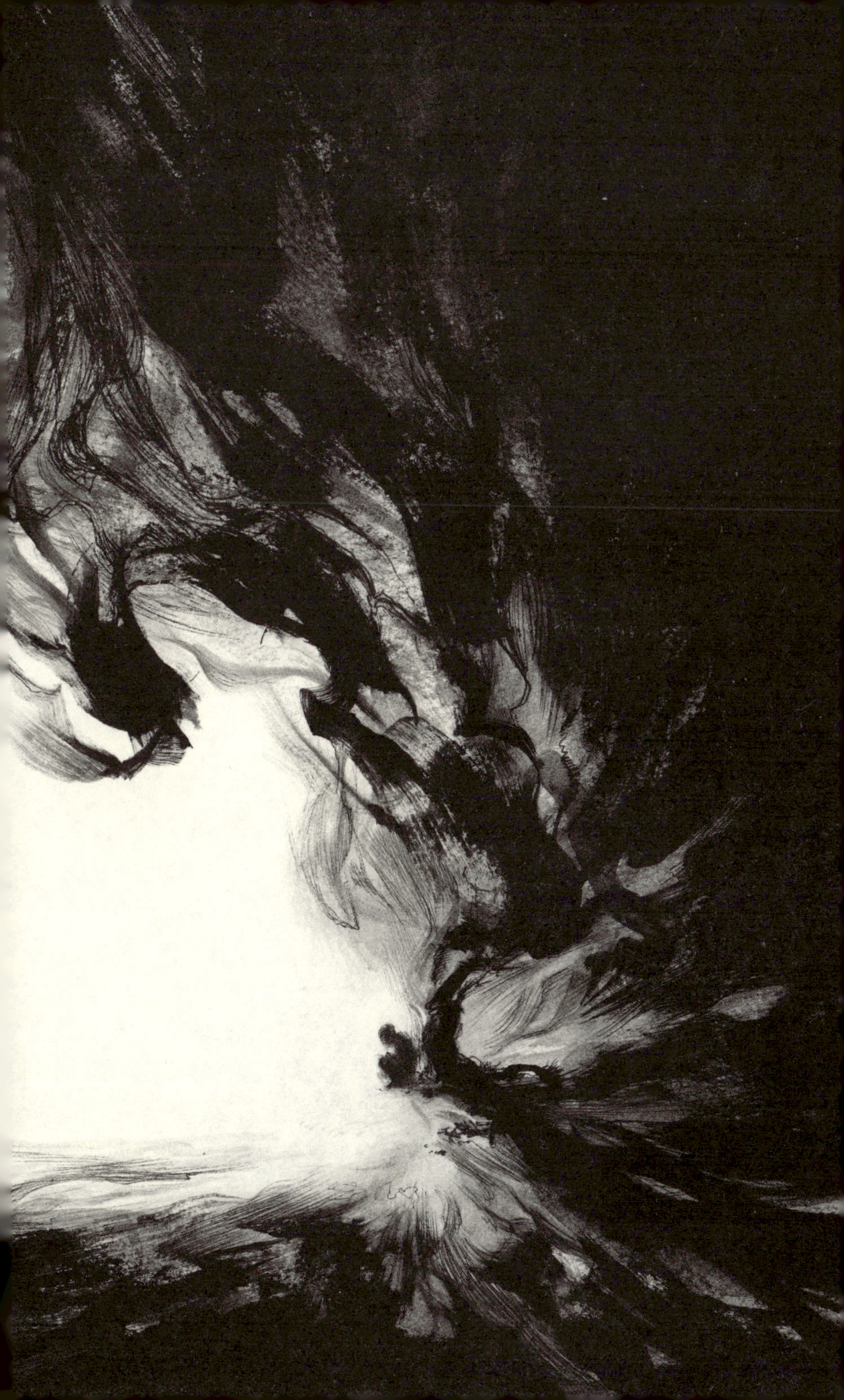

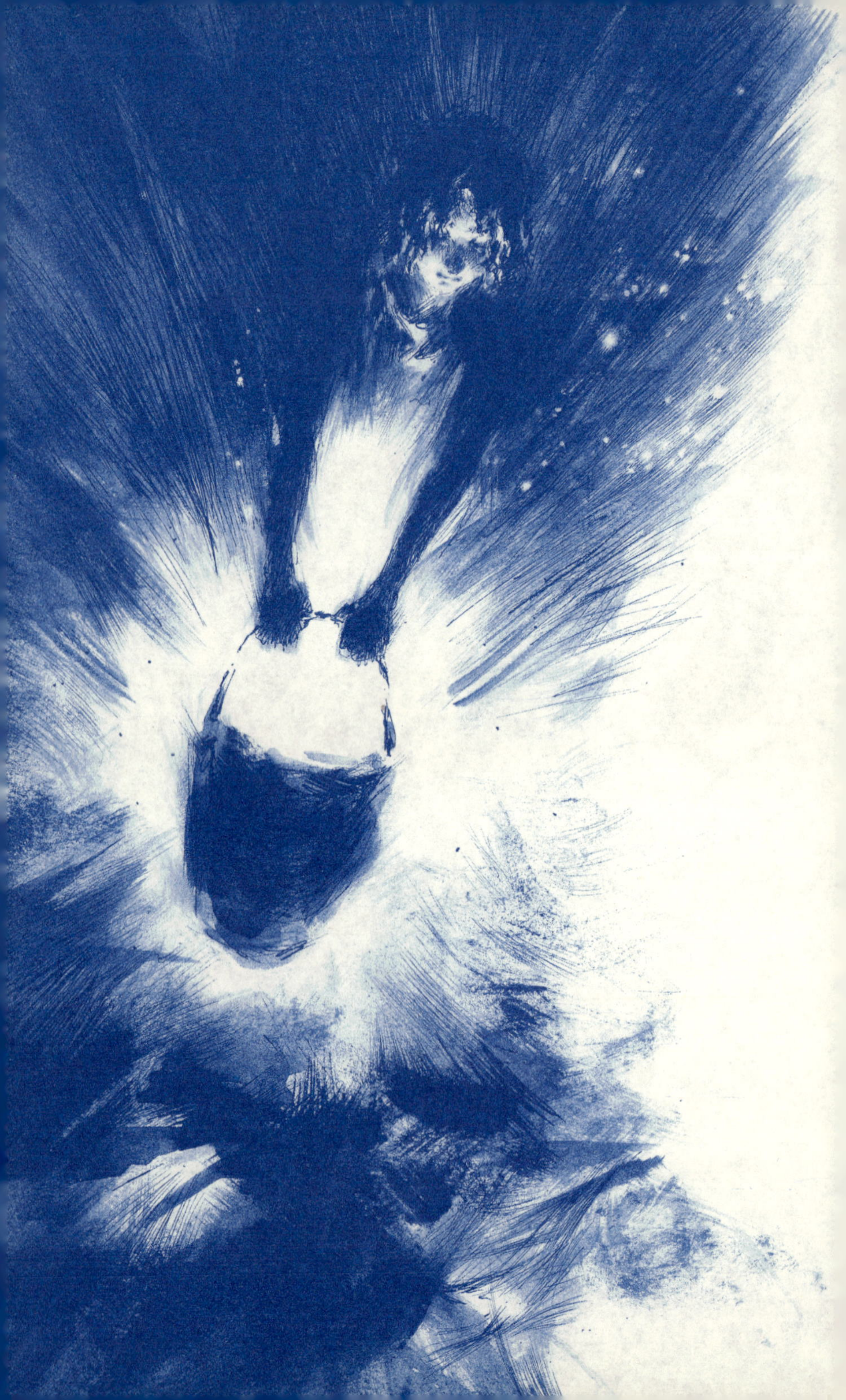

XIII

Quando Lettie chegou, a verdadeira Lettie desta vez, carregava um balde de água. Devia estar pesado, a julgar pelo modo como o carregava. Ela deu um passo sobre o ponto em que a borda do anel na grama devia estar e veio direto até mim.

— Perdão — disse ela. — Demorou muito mais do que eu tinha imaginado. Ele também não queria cooperar e, no fim das contas, eu e a vovó tivemos que trabalhar juntas. Ela acabou carregando a maior parte do peso. Ele não ia discutir com ela, mas não ajudou, e não é fácil...

— O quê? — perguntei. — Do que você está falando?

Ela colocou o balde de metal na grama ao meu lado sem derramar uma gota.

— O oceano — respondeu. — Ele não queria ir embora. Ofereceu tanta resistência à vovó que, quando terminou, ela disse que teria que entrar em casa e se deitar um pouco. Mas mesmo assim nós acabamos conseguindo colocar o oceano no balde.

A água no balde luzia, emitindo um brilho azul-esverdeado. Dava para ver o rosto de Lettie refletido nela. Dava para ver as ondas e as marolas na superfície da água, observar a crista se elevar e se quebrar nas paredes do balde.

— Eu não entendo.

— Eu não podia levar você até o oceano — disse ela. — Mas nada me impedia de trazer o oceano até você.

— Estou com fome, Lettie. E não estou gostando nada disso — reclamei.

— A mamãe já preparou o jantar. Mas você precisará ficar com fome mais um pouquinho. Você ficou com medo, aqui sozinho?

— Fiquei.

— Eles tentaram fazer você sair do círculo?

— Tentaram.

Lettie segurou minhas mãos e as apertou.

— Mas você ficou onde tinha que ficar e não deu ouvido a eles. Bom trabalho. Isso é qualidade, isso sim.

Ela parecia orgulhosa de mim.

Naquele instante, esqueci minha fome e esqueci meu medo.

— O que faço agora? — perguntei.

— Agora — disse Lettie —, você entra no balde. Não precisa tirar os sapatos nem nada. É só entrar.

Aquilo nem pareceu um pedido estranho. Ela soltou uma das minhas mãos e continuou segurando a outra. Pensei: *Não vou largar sua mão de jeito nenhum, só se você mandar.* Botei um pé na água reluzente, elevando seu nível quase até o topo. Meu pé pousou no fundo de estanho do balde. Senti a água fresca em meu pé, não fria. Coloquei o outro e submergi, como uma estátua de mármore, e as ondas do oceano de Lettie Hempstock se fecharam sobre a minha cabeça.

Foi a mesma sensação de surpresa que você sentiria se tivesse andado para trás, sem olhar, e caído numa piscina. Fechei os olhos por causa da ardência causada pela água e os mantive bem, mas muito bem fechados.

Eu não sabia nadar. Não sabia onde estava, ou o que acontecia, porém mesmo debaixo d'água eu podia sentir que Lettie ainda segurava a minha mão.

Eu prendia a respiração.

Prendi até não poder mais, então inspirei, pensando que ia engasgar, tossir, morrer.

Não engasguei. Sentia o gelado da água — se aquilo era água — entrar pelo meu nariz e pela minha garganta, senti-a encher meus pulmões, mas foi só o que ela fez. Não me causou nenhum dano físico.

Esse é o tipo de água debaixo da qual é possível respirar, pensei. *Talvez haja um segredo para se respirar dentro d'água, algo simples que qualquer um poderia fazer, se ao menos soubesse como.* Foi tudo o que pensei.

E foi o meu primeiro pensamento.

Meu segundo pensamento foi o de que eu sabia tudo. O oceano de Lettie Hempstock fluiu dentro de mim e preencheu o universo inteiro, do Ovo à Rosa. Eu soube. Soube o que era o Ovo — onde o universo se iniciou, ao som de vozes incriadas cantando no vácuo — e eu soube onde estava a Rosa — a dobra peculiar do espaço em dimensões, como em um origami, florescendo como orquídeas estranhas, e que marcaria a última época boa antes do consequente fim de tudo e do próximo Big Bang, que não seria, agora eu sabia, nada do gênero.

Eu soube que a velha sra. Hempstock estaria aqui para esse, da mesma forma que esteve para o anterior.

Eu vi o mundo no qual andara desde o meu nascimento e compreendi sua fragilidade, entendi que a realidade que eu conhecia era uma fina camada de glacê num grande bolo de aniversário escuro revolvendo-se com larvas, pesadelos e fome. Eu vi o mundo de cima e de baixo. Vi que havia padrões, portões e caminhos além da realidade. Eu vi todas essas coisas e as compreendi, e elas me preencheram, da mesma forma que a água do oceano me preenchia.

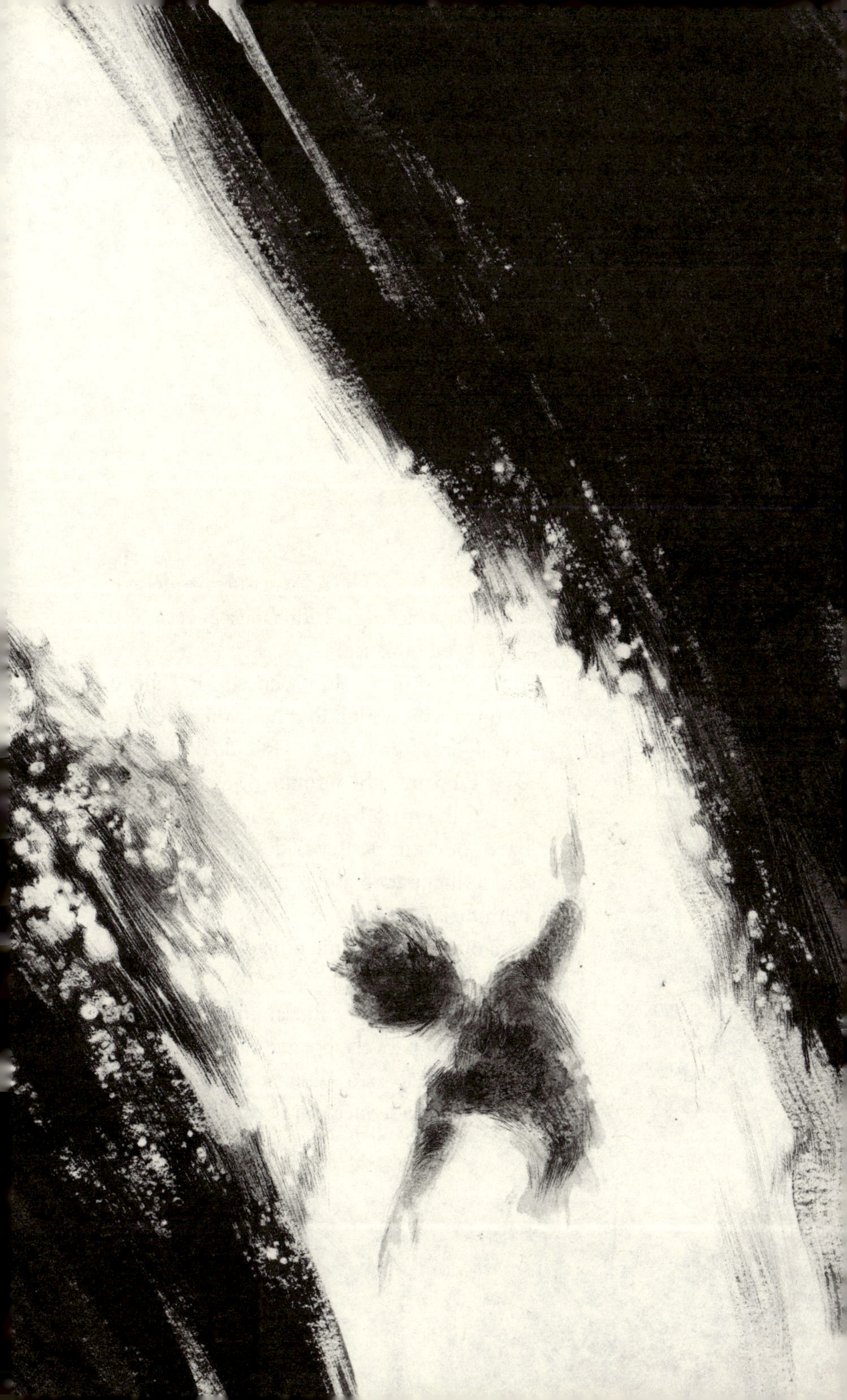

Tudo sussurrava dentro de mim. Tudo falava para tudo, e eu sabia tudo.

Abri os olhos, curioso para saber o que veria no mundo fora de mim, se seria de alguma forma igual ao mundo de dentro. Eu pairava bem fundo na água.

Olhei para baixo, e o mundo azul debaixo de mim perdia-se de vista na escuridão. Olhei para o alto, e o mundo acima de mim fazia o mesmo. Nada me puxava mais para o fundo, nada me forçava em direção à superfície.

Então virei a cabeça, um pouquinho, para olhar para ela, porque ainda segurava a minha mão, não soltara a minha mão um segundo sequer, e vi Lettie Hempstock.

Num primeiro momento, não acho que soube o que era aquilo que eu via. Não consegui compreender o que via. Enquanto Ursula Monkton fora feita de pano cinza tremulante, esfarrapado e que voara ao sabor do vento da tempestade, Lettie Hempstock era feita de lençóis de seda, da cor do gelo, repletos de pequenas chamas de velas bruxuleantes, uma miríade de chamas de velas.

Chamas de velas podiam permanecer acesas debaixo d'água? Sim. Tive certeza disso, enquanto estava no oceano, e soube até como era possível. Compreendi aquilo exatamente como entendi o conceito de Matéria Escura, a substância do universo que compõe tudo o que deve estar lá mas que não conseguimos ver. Eu imaginei um oceano correndo por baixo do universo inteiro, como a água escura do mar que ondula sob as tábuas de madeira de um velho píer: um oceano que se estende de um infinito ao outro e ainda é pequeno o suficiente para caber dentro de um balde, se você tiver a velha sra. Hempstock para ajudá-lo e pedir com jeitinho.

Lettie Hempstock parecia feita de seda branca e chamas de velas. Fiquei me perguntando qual seria minha aparência aos olhos dela, naquele lugar, e soube que, mesmo estando num lugar que era só conhecimento, aquela era a única coisa que eu não saberia. Se eu olhasse para dentro só veria espelhos infinitos, olhando para o meu interior por toda a eternidade.

A seda repleta de chamas de velas tremulou naquele instante, o tipo de movimento lento e gracioso de quando se

está dentro d'água. A corrente-
teza a deslocou, e agora a seda
tinha braços, a mão que jamais largara
a minha, e um corpo e um rosto sardento que era familiar. Ela abriu a boca e,
com a voz de Lettie Hempstock, falou:
— Eu sinto muito.
— Pelo quê?

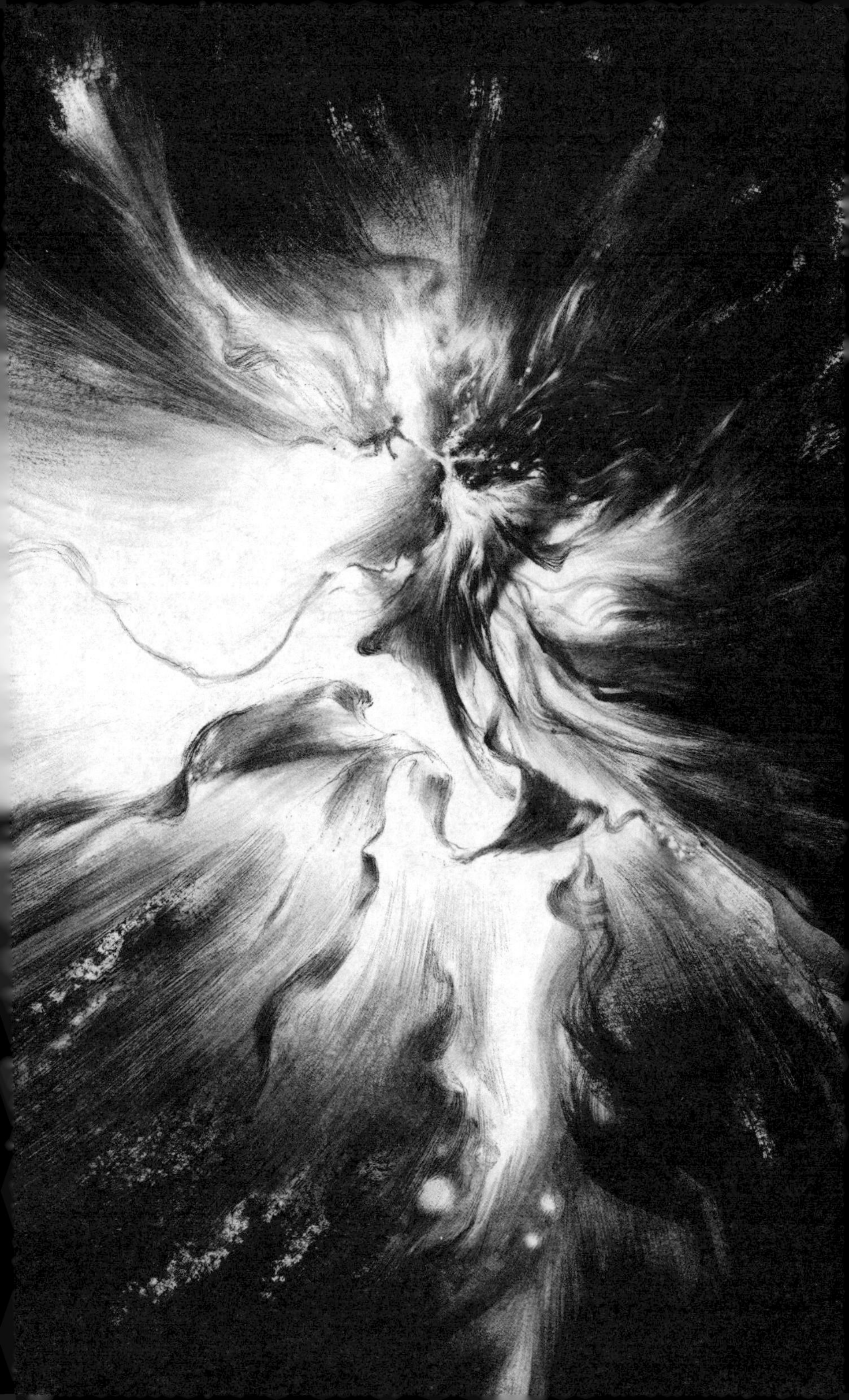

Ela não respondeu. As correntes oceânicas deslocavam meu cabelo e minhas roupas como brisas de verão. Eu não sentia mais frio, sabia tudo, não estava mais com fome e o mundo grande e complicado era simples, compreensível e fácil de desvendar. Eu ficaria aqui até o fim dos tempos, num oceano que era o universo que era a alma que era tudo o que importava. Eu ficaria aqui para sempre.

— Você não pode — disse Lettie. — Ele destruiria você.

Abri a boca para dizer a ela que nada poderia me matar, não agora, mas ela disse:

— Não matar. Destruir. Dissolver. Você não morreria aqui, nada nunca morre aqui, mas se ficasse aqui por tempo demais, um pouco de você passaria a existir em todos os lugares, todo espalhado. E isso não é uma coisa boa. Nunca o suficiente de você reunido em um só lugar, de jeito que não haveria nada que restasse e que poderia pensar em si mesmo como um "eu". Nenhum ponto de vista, não mais, porque você seria uma sequência infinita de vistas e de pontos...

Eu ia contra-argumentar. Ela estava errada, tinha que estar: eu amava aquele lugar, aquele estado, aquela sensação e nunca mais iria embora.

E então minha cabeça emergiu da água, e eu pisquei e tossi. Estava em pé, no lago nos fundos da fazenda das Hempstock, a água cobrindo a minha coxa, com Lettie Hempstock em pé ao meu lado, segurando a minha mão.

Tossi de novo, e senti a água sendo expelida do nariz, da garganta, dos pulmões. Puxei uma lufada de ar puro para encher o peito, iluminado pela enorme lua cheia, que se refletia no telhado de telhas vermelhas das Hempstock, e, por um momento final perfeito, eu ainda sabia tudo: lembro que sabia como fazer para que a lua ficasse cheia quando você precisasse, e iluminando só os fundos da casa, todas as noites.

Eu sabia tudo, mas Lettie Hempstock estava me tirando do lago. Eu ainda usava as roupas estranhas e antiquadas que haviam sido dadas a mim naquela manhã e, quando dei um passo para fora do lago, pisando na grama que o circundava, percebi que minhas roupas e minha pele estavam totalmente secas. O oceano estava de volta ao lago, e o único conhecimento que ficou em mim, como se eu tivesse acordado de um sonho num dia de verão, foi o de que não fazia muito tempo que eu sabia tudo.

Olhei para Lettie sob o luar.

— É assim que é para você? — perguntei.

— O *que* é assim para mim?

— Você ainda sabe tudo, o tempo todo?

Lettie balançou a cabeça. Ela não sorria.

— Seria chato, saber tudo. É preciso desistir de tudo aquilo quando se vai passar um tempo por aqui.

— Então você *já soube* tudo?

Ela franziu o nariz.

— Todo mundo já soube. Como disse antes. Não é nada especial, saber como as coisas funcionam. E você precisa realmente deixar tudo para trás se quiser brincar.

— Brincar de *quê*?

— Disso — respondeu Lettie.

Ela gesticulou indicando a casa, o céu, a impossível lua cheia, e os novelos, xales e aglomerados de estrelas cintilantes.

Como eu gostaria de ter entendido o que ela queria dizer com aquilo. Era como se ela falasse de um sonho que havíamos compartilhado. Por um instante, estava tão perto da minha mente que eu quase podia tocá-lo.

— Você deve estar com tanta fome — disse Lettie, e a magia do momento se desfez, e sim, eu estava com muita fome, e esta tomou conta da minha cabeça e engoliu o eco dos meus sonhos.

Havia um prato no meu lugar à mesa na enorme cozinha da fazenda. Nele havia uma porção de bolo de carne moída, o purê de batata com uma crosta dourada na superfície, a carne de carneiro moída, os legumes e o molho por baixo. Eu tinha medo de comer fora de casa, medo de querer deixar a comida de que não gostei e levar uma bronca, ou de ser forçado a sentar e comer em pequenas garfadas até acabar, como acontecia na escola, mas a comida na casa das Hempstock era sempre perfeita. Não me deixava com medo.

Ginnie Hempstock estava lá, andando de um lado para outro com seu avental, parruda e acolhedora. Comi sem falar, a cabeça baixa, empurrando o alimento bem-vindo goela abaixo. A mulher e a menina conversavam num tom de voz baixo, imperativo.

— Eles vão voltar logo — disse Lettie. — Eles não são idiotas. E não vão embora até terem levado o último pedaço do que vieram buscar.

A mãe dela fungou. Suas bochechas vermelhas estavam mais coradas ainda por causa do calor emanado pela lareira da cozinha.

— Que bobagem sem tamanho — disse ela. — Eles são só bico, isso é o que são.

Era a primeira vez que eu ouvia aquela expressão, e achei que ela estava nos dizendo que as criaturas fossem feitas só de bico e nada mais. Não pareceu improvável que as sombras fossem de fato só bico. Eu as vira engolir a coisa cinza que se dissera Ursula Monkton.

Minha avó por parte de mãe me repreendia por comer como um animal selvagem. "Você precisa *essen*, comer", dizia ela, "como faz um ser humano, não como um *chazzer*, um porco. Quando os animais se alimentam, eles *fress*. Os seres humanos *essen*." *Fressen*: foi assim que os pássaros vorazes devoraram a Ursula Monkton e seria assim também, eu não tinha a menor dúvida, que eles iriam me consumir.

— Nunca vi tantos assim — disse Lettie. — Quando vinham aqui nos velhos tempos, só tinha um punhado deles.

Ginnie me serviu um copo d'água.

— A culpa é toda sua — falou para Lettie. — Você espalhou os sinais e os chamou. Como se estivesse tocando a sineta para avisar da hora do jantar. Não é de se admirar que tenham vindo todos.

— Eu só queria garantir que *ela* fosse embora — disse Lettie.

— Essas coisas... Pulgas são como galinhas, que saem do galinheiro e ficam todas orgulhosas de si mesmas. Tão cheias de si por serem capazes de comer todas as minhocas, os besouros e as lagartas que quiserem, que nem se lembram das raposas — disse Ginnie. — Mas agora nós temos raposas. E vamos mandar todas de volta para casa, do mesmo jeito que fizemos das últimas vezes que essas criaturas invadiram nosso espaço. Já fizemos isso antes, não fizemos?

— Não exatamente — disse Lettie. — Ou nós mandamos a pulga de volta para casa, e as pragas não tinham nada o que fazer por aqui, como a pulga da adega na época do Cromwell, ou elas vinham e pegavam o que tinham vindo pegar e depois iam embora. Como a pulga gorda que realizava os sonhos das pessoas no tempo de Guilherme, o Ruivo. Elas a pegaram, voaram e foram embora. Nunca tivemos que nos livrar das pragas antes.

Sua mãe deu de ombros.

— Dá tudo na mesma. Simplesmente mandaremos as pragas de volta para o lugar de onde vieram.

— E de onde elas vieram? — perguntou Lettie.

Eu já havia diminuído o ritmo, e estava fazendo os fragmentos finais do meu bolo de carne moída durarem o máximo possível, empurrando-os pelo prato lentamente com o garfo.

— Isso não importa — disse Ginnie. — Mais cedo ou mais tarde, elas vão todas embora. Pode ser que acabem se cansando de esperar.

— Tentei empurrá-las — disse Lettie Hempstock, com naturalidade. — Mas não tive sucesso. Segurei-as com uma cúpula de proteção, mas isso não teria durado muito mais tempo. Estamos a salvo aqui, nada entra nesta fazenda sem a nossa permissão.

— Nem entra *nem* sai — disse Ginnie.

Ela tirou o meu prato vazio da mesa, substituindo-o por uma tigela contendo uma fatia fumegante de *spotted dick*, um delicioso bolo quente de frutas secas, totalmente coberto por uma camada densa de creme de ovos.

Comi com prazer.

Não tenho saudade da infância, mas sinto falta da forma como eu encontrava prazer em coisas pequenas, mesmo quando coisas maiores desmoronavam. Eu não podia controlar o mundo no qual vivia, não podia fugir de coisas nem de pessoas nem de momentos que me faziam mal, mas tinha prazer nas coisas que me deixavam feliz. O creme de ovos caiu doce e leve na minha boca, as passas-de-corinto pretas e hidratadas do *spotted dick* pungentes em meio ao sabor suave do bolo, e talvez eu fosse morrer naquela noite e talvez nunca mais voltasse para casa, mas o jantar estava excelente, e eu tinha fé em Lettie Hempstock.

O mundo do lado de fora da cozinha ainda estava à espera. A gata cinzenta da casa — acho que nunca soube o nome dela — caminhou suavemente pela cozinha. Isso me fez lembrar...

— Sra. Hempstock? A gatinha ainda está aqui? Aquela pretinha da orelha branca?

— Hoje, não — respondeu Ginnie Hempstock. — Ela está solta por aí. Ficou dormindo na cadeira da sala a tarde toda.

Desejei poder passar a mão em seu pelo macio. Queria, percebi, me despedir.

— Hum. Imagino que. Se eu *tiver*. Que morrer. Hoje — comecei, hesitante, sem saber ao certo aonde queria chegar.

Eu ia pedir alguma coisa, imagino — que elas se despedissem da minha mãe e do meu pai por mim, ou dissessem para a minha irmã que não era justo que nada de ruim acontecesse com ela: que a vida dela era encantada, segura e protegida, enquanto eu estava sempre atraindo situações desastrosas. Mas nada parecia certo, e fiquei aliviado quando Ginnie me interrompeu.

— Ninguém vai morrer hoje — afirmou ela.

Então pegou minha tigela vazia e lavou-a na pia, em seguida secou as mãos no avental. Ginnie tirou o avental, saiu para o corredor e voltou alguns instantes depois usando um sobretudo marrom liso e um par de enormes galochas verde-escuras.

Lettie parecia menos confiante que Ginnie. Mas Lettie, com toda a sua idade e sabedoria, era uma menina, enquanto Ginnie era adulta, e sua confiança me encorajou. Eu tinha fé em ambas.

— Onde está a velha sra. Hempstock? — perguntei.

— Ela foi se deitar um pouco — disse Ginnie. — Ela não é mais tão jovem quanto era antigamente.

— Quantos anos ela *tem*? — perguntei, sem esperanças de obter uma resposta.

Ginnie apenas sorriu, e Lettie deu de ombros.

Segurei a mão de Lettie quando saímos da fazenda, prometendo a mim mesmo que dessa vez eu não a soltaria.

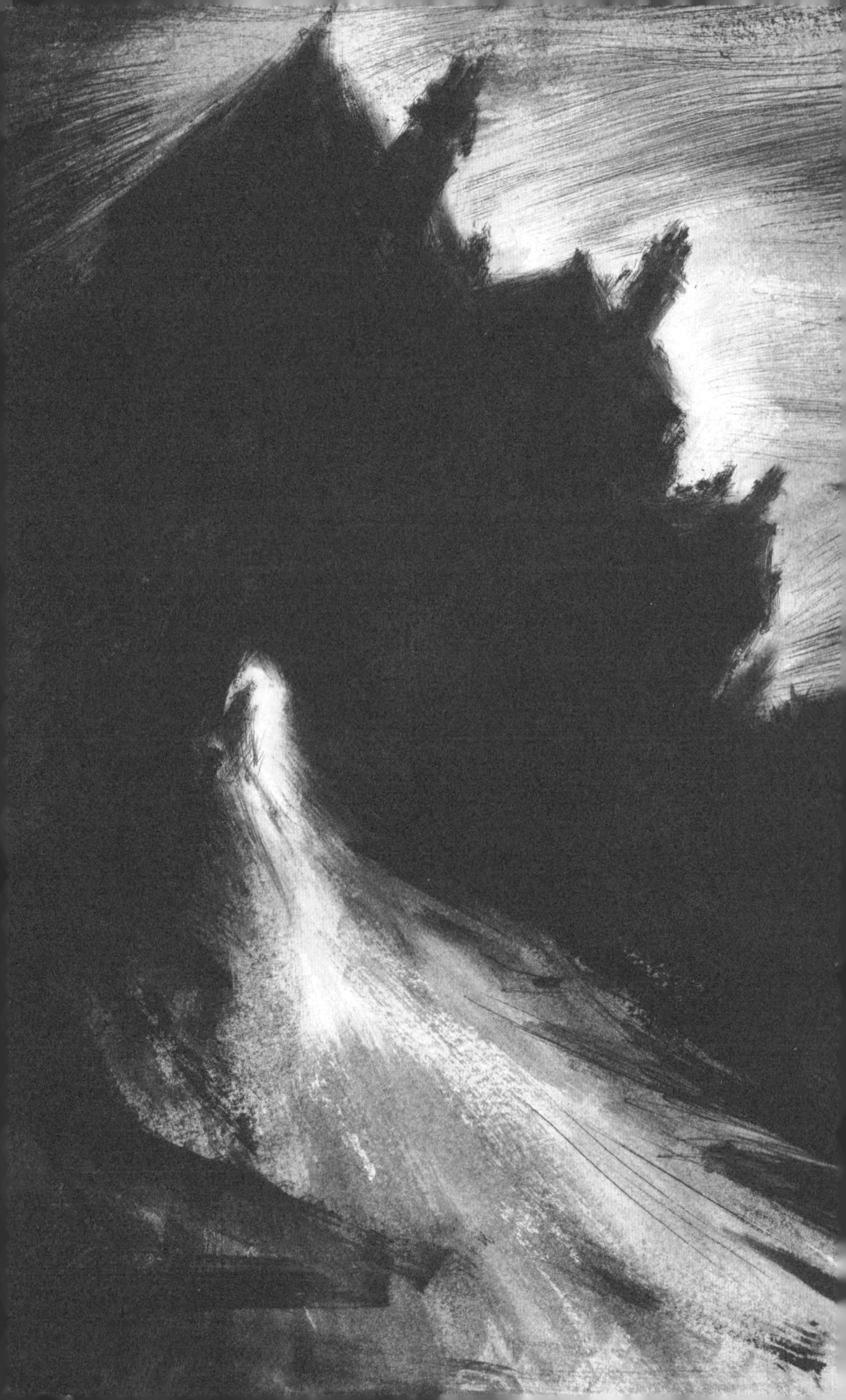

XIV

Quando entrei na casa de fazenda, pela porta dos fundos, a lua estava cheia, e era uma noite perfeita de verão. Quando saí, passei com Lettie Hempstock e sua mãe pela porta da frente, e a lua era um sorriso branco e curvado, alta num céu nublado, e a noite era agitada por brisas de primavera repentinas e indecisas, soprando primeiro de uma direção e depois de outra; de vez em quando uma rajada de vento trazia algumas gotas de chuva que não chegavam a ser nada mais que isso.

Andamos pelo pátio da fazenda, que fedia a esterco, até a estrada. Viramos numa curva. Mesmo escuro, eu sabia exatamente onde estávamos. Aquele era o lugar onde tudo começara. Era o canto em que o minerador de opala havia estacionado o Mini branco da minha família, o lugar em que ele havia morrido, sozinho, com o rosto da cor do suco de romã, sofrendo pelo dinheiro perdido, na margem das terras das Hempstock, onde as fronteiras entre a vida e a morte eram tênues.

— Acho que devíamos acordar a velha sra. Hempstock — falei.

— Não é assim que funciona — retrucou Lettie. — Quando ela se cansa, dorme até acordar por conta própria. Após alguns minutos ou cem anos. Não há como acordá-la. Seria o mesmo que tentar despertar uma bomba atômica.

Ginnie Hempstock parou e ficou plantada no meio da estrada, de costas para a casa de fazenda.

— Pois bem! — gritou ela para a noite. — Podem vir.

Nada. Um vento de chuva que soprou e depois cessou.

— Talvez eles tenham ido todos para casa...? — perguntou Lettie.

— Isso seria bom — falou Ginnie. — Todo esse rebuliço e disparate.

Eu me senti culpado. Aquilo era, eu sabia, culpa minha. Se eu tivesse continuado de mãos dadas com a Lettie, nada daquilo teria acontecido. A Ursula Monkton, os pássaros vorazes, essas coisas eram sem dúvida minha responsabilidade. Até o que havia acontecido — ou agora, talvez, não houvesse acontecido mais — na banheira fria, na noite anterior.

Tive uma ideia:

— Você não pode simplesmente recortar isso? A coisa no meu coração, que eles querem? Talvez você possa recortá-la como sua vó recortou aquelas coisas ontem à noite?

Lettie apertou minha mão no escuro.

— Talvez a vovó conseguisse, se estivesse aqui — respondeu ela. — Eu não. Não acho que mamãe conseguiria também. É muito difícil tirar as coisas do tempo: é preciso garantir que as bordas fiquem bem alinhadas, e nem mesmo a vovó acerta todas as vezes. E isso aqui seria mais difícil que aquilo. É uma coisa real. Acho que nem a vovó conseguiria removê-lo sem ferir seu coração. E você precisa do seu coração. — Em seguida, completou: — Eles estão vindo.

Mas eu sabia que algo estava acontecendo, soube antes que ela dissesse qualquer coisa. Pela segunda vez, eu vi o solo se iluminar com um clarão dourado; vi as árvores e a grama, as cercas vivas, os salgueiros-chorões e os últimos narcisos desgarrados começarem a cintilar com uma meia-luz resplandecente. Olhei em volta, em parte amedrontado, em parte admirado, e reparei que a luz era mais intensa atrás da casa e do lado oeste, onde ficava o lago.

Ouvi o bater de asas poderosas e uma série de baques surdos. Virei-me e os avistei: os abutres do vazio, da variedade carniceira, os pássaros vorazes.

Não eram mais sombras, não aqui, não neste lugar. Eram extremamente reais, e pousaram na escuridão, logo além do clarão dourado no solo. Eles pousaram no ar e nas árvores, e chegaram para a frente, o mais perto que conseguiram ficar do chão dourado da fazenda das Hempstock. Eram imensos — cada um deles era muito maior que eu.

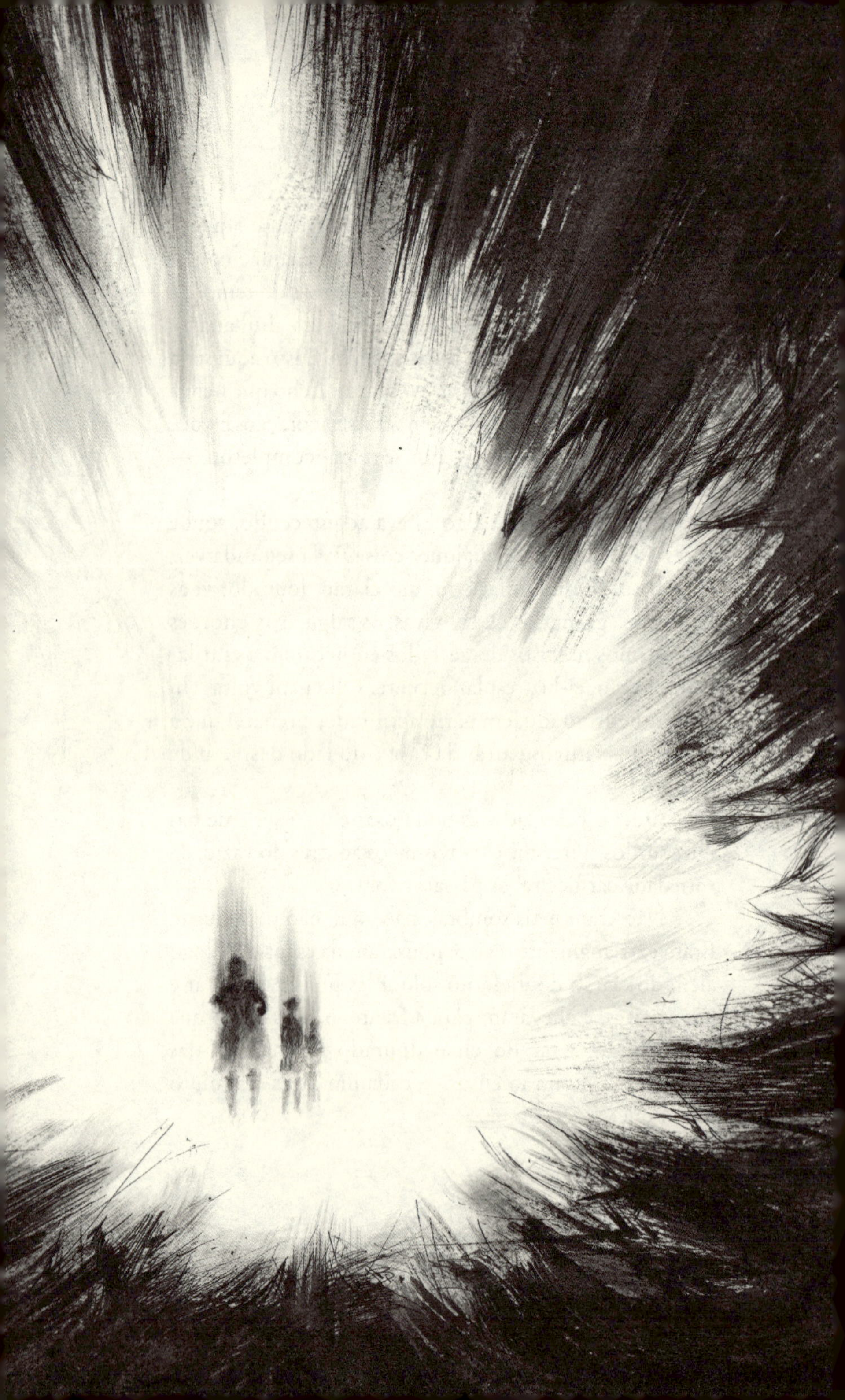

No entanto, teria sido difícil, para mim, descrever o rosto deles. Eu podia vê-los, olhar para eles, reparar em cada detalhe da fisionomia, mas no instante em que desviava o olhar eles sumiam, e não havia mais nada na minha mente onde os pássaros vorazes tinham estado, exceto na lembrança de olhos pequenos e predatórios, bicos e garras afiados ou tentáculos serpenteantes e mandíbulas peludas, quitinosas. Eu não conseguia reter a imagem do verdadeiro rosto deles na cabeça. Quando virei o rosto, as únicas informações que conservei foram que eles estiveram olhando diretamente para mim e que eram vorazes.

— Muito bem, minhas belezuras — disse Ginnie Hempstock, bem alto. Suas mãos estavam apoiadas no sobretudo marrom, na altura do quadril. — Vocês não podem ficar aqui. Sabem disso. Hora de ir embora. — Então disse simplesmente: — Fora.

Eles se mexeram, mas não saíram dali, os incontáveis pássaros vorazes, e começaram a fazer barulho. Achei que estivessem cochichando entre si, até que tive a impressão de que o som que produziam era uma risada bem-humorada.

Ouvi as vozes deles, distintas mas entrecruzadas, de um jeito que não dava para saber qual criatura falava:

— *Nós somos pássaros vorazes. Já devoramos palácios, mundos, reis e estrelas. Podemos ficar onde desejarmos.*

— *Nós executamos nossa função.*

— *Somos necessários.*

E riram tão alto que soaram como um trem se aproximando. Apertei a mão de Lettie, e ela, a minha.

— *Entregue-nos o garoto.*

— Vocês estão perdendo tempo e desperdiçando o meu — falou Ginnie. — Voltem para casa.

— *Fomos convocados. Não precisamos ir embora até que tenhamos terminado o que viemos fazer aqui. Nós restauramos a ordem das coisas. Você iria nos privar de nossa função?*

— Claro que sim — disse Ginnie. — Cês já jantaram. Agora só estão sendo inconvenientes. Vão embora. Pragas irritantes. Eu num daria dois centavos e meio por ocês tudo. Voltem para casa!

Então balançou a mão em um gesto de passa-fora.

Uma das criaturas deixou escapar um grito longo e lamurioso de fome e frustração.

Lettie, que segurava a minha mão com firmeza, disse:

— Ele está sob a nossa proteção. Ele está nas nossas terras. Um passo para dentro das nossas terras e será o fim de vocês. Então vão embora.

As criaturas pareceram se amontoar ainda mais. O silêncio tomou conta da noite de Sussex: só o farfalhar das folhas ao vento, só o piar de uma coruja distante, só o suspirar da brisa ao passar; mas naquele silêncio eu pude ouvir os pássaros vorazes conferenciando, analisando suas alternativas, planejando seu curso de ação. E naquele silêncio eu senti seus olhares sobre mim.

Algo em cima de uma árvore bateu as enormes asas e grasnou, um guincho agudo que combinava triunfo e deleite, um grito afirmativo de fome e alegria. Senti algo em meu peito reagir ao grito, como se houvesse uma pedrinha minúscula de gelo no meu coração.

— *Nós não podemos cruzar a fronteira. Isso é verdade. Não podemos tirar a criança das suas terras. Isso também é verdade. Não podemos atacar a sua fazenda nem as suas criaturas...*

— Isso mesmo. Vocês não podem. Então, fora! Vão para casa. Vocês não têm que voltar para uma guerra?

— *Nós não podemos atacar o seu mundo, verdade.*

— Mas podemos atacar este mundo aqui.

Um dos pássaros vorazes baixou o bico afiado até o chão a seus pés e começou a abrir buracos — não como uma criatura que come terra e grama, mas como se comesse uma cortina ou um cenário em que estivesse pintado o mundo. No lugar em que a criatura devorava a grama, nada restava — um nada perfeito, só uma cor que lembrava o cinza, mas um cinza amorfo, pulsante, como o chuvisco de estática da nossa televisão quando se tirava o cabo da antena e a imagem desaparecia por completo.

Esse era o vazio. Não a escuridão, não o nada. Isso era o que havia por baixo da cortina transparente e tenuamente pintada da realidade.

E os pássaros vorazes começaram a bater as asas e a se reunir em bando.

Eles pousaram num grande carvalho e o rasgaram e o devoraram, e em poucos instantes a árvore já era, assim como tudo o que havia atrás dela.

Uma raposa
esgueirou-se
por uma cerca
viva e saiu andando
pela estrada, os olhos, o
rosto e o pelo iluminados
pelo dourado da luz da fazenda.
Antes que conseguisse chegar ao
meio da pista já havia sido arrancada do

mundo, sobrando apenas o vazio atrás dela.

— Aquilo que ele disse antes — comentou Lettie. — Nós precisamos acordar a vovó.

— Ela não vai gostar disso — falou Ginnie. — Seria o mesmo que tentar acordar uma...

— Num importa. Se não conseguirmos acordar a vovó, eles vão destruir essa criação inteirinha.

— Eu não sei *como* — disse Ginnie, apenas.

Um grupo de pássaros vorazes voou para uma área do céu noturno em que se podiam ver estrelas através dos espaços abertos entre as nuvens, e eles rasgaram uma constelação em formato de pipa cujo nome eu desconhecia, e a arranharam, dilaceraram, degustaram e engoliram. Durante uma quantidade de segundos contáveis nos dedos das mãos, onde a constelação e o céu tinham estado, havia agora apenas um nada pulsante que fazia meus olhos doerem quando eu olhava diretamente para ele.

Eu era uma criança normal. O que significa dizer que eu era egoísta e não estava totalmente convencido da existência de coisas que não eram eu, e tinha certeza, uma certeza sólida e inabalável, de que eu era a coisa mais importante da criação. Não havia nada mais importante para mim do que eu.

Mesmo assim, eu compreendi o que via. Os pássaros vorazes iriam — não, eles *estavam* rasgando o mundo até o fim, dilacerando-o e transformando-o no nada. Em pouco tempo, não haveria mais mundo. Minha mãe, meu pai, minha irmã, minha casa, meus colegas de escola, minha cidade, meus avós, Londres, o Museu de História Natural, a França, a televisão, os livros, o Egito Antigo — por minha causa, tudo isso deixaria de existir e não restaria nada no lugar.

Eu não queria morrer. Mais que isso, não queria morrer da forma como a Ursula Monkton havia morrido, sob as garras e os bicos dilacerantes de coisas que talvez nem tivessem pernas ou rostos. Eu não queria morrer de jeito nenhum. Entenda isso.

Larguei a mão de Lettie Hempstock e corri, o mais rápido que pude, sabendo que hesitar, ou mesmo diminuir o passo, seria mudar de ideia, seria a coisa errada, seria salvar a minha vida.

Quão longe cheguei? Não muito, imagino, numa situação dessas. Lettie Hempstock gritava para eu parar, mas, mesmo assim, eu corri e atravessei o terreno da fazenda, onde cada folha de grama, cada pedra na estrada, cada salgueiro--chorão e cerca de aveleiras cintilava de dourado, e eu corri em direção à escuridão. Corri e me odiei por correr, do mesmo jeito que me odiei da vez que pulei do trampolim mais alto da piscina, sabendo que não tinha volta, que não havia outro jeito de aquilo acabar senão em dor.

Eles alçaram voo, os pássaros vorazes, quando corri em sua direção, como os pombos que saem voando quando você corre atrás deles. As criaturas giravam e giravam.

Fiquei parado lá na escuridão e esperei que mergulhassem. Aguardei que seus bicos rasgassem meu peito, que devorassem meu coração.

Fiquei ali durante uns dois segundos, talvez, mas pareceu uma eternidade.

E aconteceu. Algo se chocou em mim, vindo de trás, e me derrubou na lama à beira da estrada, meu rosto sendo o primeiro a bater no solo. Vi explosões de luz que não estavam lá. O chão atingiu meu estômago, e eu perdi o fôlego.

(Uma lembrança-fantasma se assoma aqui: um momento imaginário, um reflexo tremido na lagoa da lembrança. Conheço a sensação de quando eles arrancaram meu coração. Como foi quando os pássaros vorazes, só bico, rasgaram o meu peito e arrebataram meu coração, ainda bombeando, e o devoraram para chegar ao que estava escondido dentro dele. Conheço essa sensação, como se fizesse realmente parte da minha vida, da minha morte. E então a lembrança se recorta e se destaca, com destreza, e...)

— Idiota! Não se mexa. Parado aí — disse uma voz.

E a voz pertencia a Lettie Hempstock, e eu não teria conseguido me mexer nem se quisesse.

Ela estava em cima de mim, e era mais pesada que eu, e me empurrava para baixo na grama, na terra molhada, e eu não conseguia ver nada.

Mas pude senti-los.

Senti quando eles bateram nela. Lettie me segurava rente ao chão, fazendo-se de barreira entre mim e o mundo.

Ouvi Lettie urrar de dor.

Senti Lettie se estremecer e se contorcer.

— Isto é inaceitável — disse uma voz.

Era familiar, mas, mesmo assim, não consegui identificá-la, nem me mexer para ver quem falava.

Lettie estava em cima de mim, ainda tremendo, mas quando a voz falou ela parou de se mexer. A voz continuou:

— Com que autoridade você fere a minha criança?

Uma pausa. E então:

— *Ela estava entre nós e a presa que era nossa por direito.*

— Vocês são faxineiros. Comedores de vísceras, de sujeira, de lixo. São limpadores. Acham que podem fazer mal à minha família?

Eu sabia quem estava falando. A voz se parecia com a da avó da Lettie, a velha sra. Hempstock. Era como a dela, eu sabia, e mesmo assim tão diferente. Se a velha sra. Hempstock tivesse sido uma imperatriz, poderia ter falado daquele jeito, uma voz mais empolada, formal e no entanto mais musical que a voz de velha senhora que eu conhecia.

Algo úmido e quente ensopava minhas costas.

— Não... Não, senhora.

Foi a primeira vez que senti alguma indicação de medo ou de dúvida na voz de um dos pássaros vorazes.

— Existem pactos, e existem leis e existem tratados, e vocês violaram todos eles.

Fez-se silêncio, e foi mais ruidoso do que palavras teriam sido. Eles nada tinham a dizer.

Senti o corpo de Lettie sendo rolado para o lado, tirado de cima de mim. Ergui os olhos e vi o rosto sábio de Ginnie Hempstock. Ela sentou-se no chão à beira da estrada, e eu afundei o rosto no peito dela. Ela me pegou em um dos braços e Lettie no outro.

Das sombras, um pássaro voraz, com uma voz que não era uma voz, disse apenas:

— *Sentimos muito pela sua perda.*

— Sentem? — A palavra foi cuspida, não falada.

Ginnie Hempstock balançava de um lado para o outro, cantarolando baixinho uma música sem letra para mim e para sua filha. Os braços dela me envolviam. Ergui a cabeça e olhei para trás, para a pessoa que falava, minha visão embaçada pelas lágrimas.

Olhei detidamente para ela.

Era a velha sra. Hempstock, acho. Mas não era. Era a avó da Lettie da mesma forma que...

Quer dizer...

Ela emitia um brilho prateado. Seu cabelo ainda era comprido, ainda grisalho, mas agora ela se postava ereta como uma adolescente. Meus olhos haviam se adaptado à escuridão, e eu não conseguia olhar para o rosto dela para ver se eram as feições com as quais eu estava familiarizado: estava muito claro. Tão claro quanto um flash de magnésio. Tão claro quanto os fogos de artifício na Noite de Guy Fawkes. Tão claro quanto o sol do meio-dia refletido em uma moeda de prata.

Olhei para ela pelo máximo de tempo que consegui suportar e depois virei a cabeça, fechando bem os olhos, incapaz de ver nada além de uma imagem vestigial pulsante.

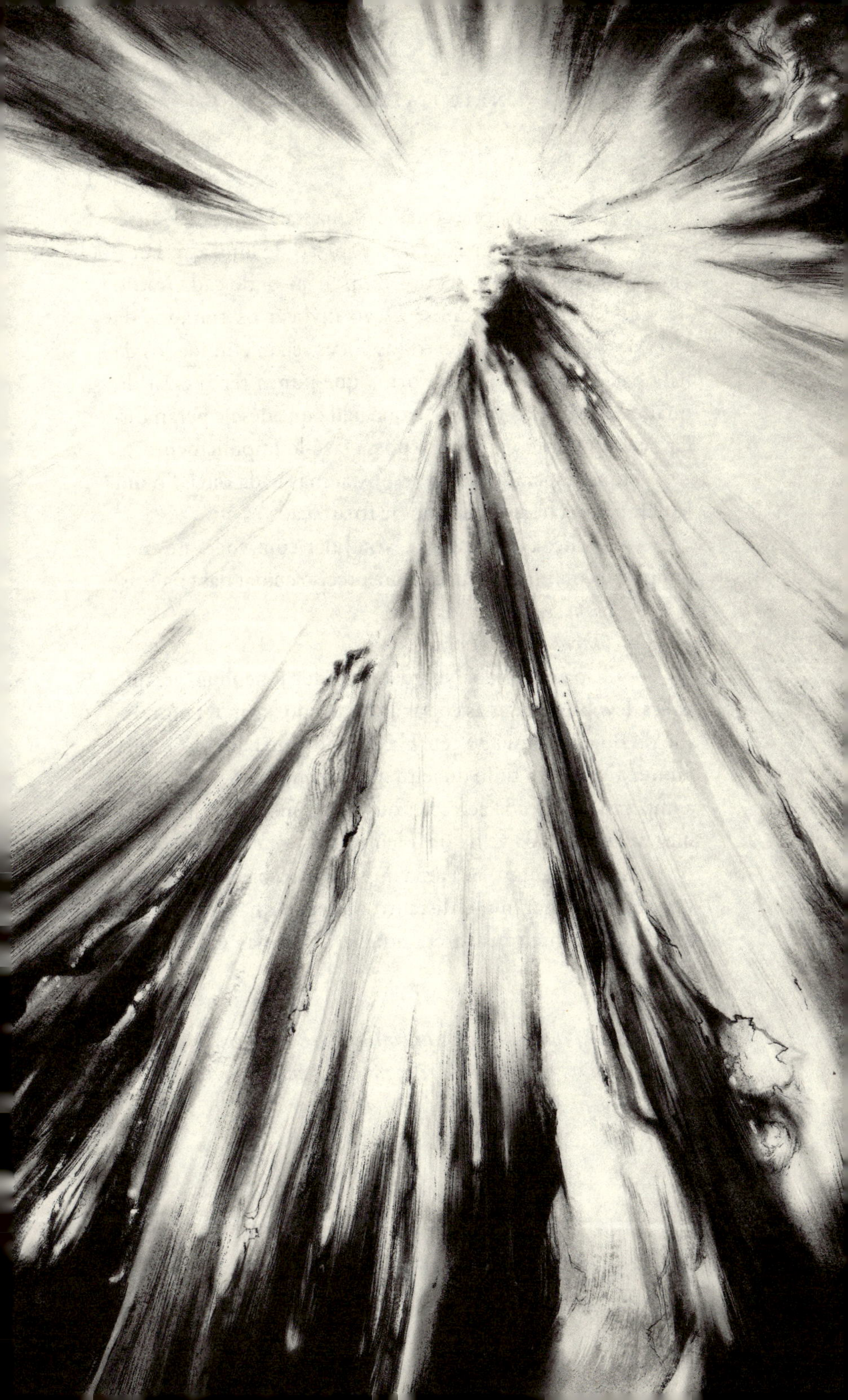

A voz que se parecia com a da velha sra. Hempstock disse:

— Devo prender vocês no coração de uma estrela escura, para que sintam sua dor num lugar onde cada fração de segundo dura mil anos? Devo invocar os tratados da Criação e cuidar para que todos vocês sejam eliminados da lista das coisas criadas, de forma que nunca terão existido quaisquer pássaros vorazes, e que nada que deseje perambular de um mundo para outro possa fazê-lo impunemente?

Fiquei esperando uma resposta, mas nada ouvi. Só um lamento, um choro de dor ou de frustração.

— Já chega de conversa. Vou lidar com vocês no meu tempo e da minha maneira. Agora preciso cuidar das crianças.

— *Sim, senhora.*

— *Obrigado, senhora.*

— Não tão rápido. Ninguém vai a lugar nenhum até que vocês devolvam todas as coisas a seu devido lugar. A constelação do Boieiro sumiu do céu. Há um carvalho faltando, e uma raposa. Devolvam tudo do jeito que encontraram. — E então a imperatriz prateada acrescentou, num timbre que agora era inegavelmente o da velha sra. Hempstock: — *Pragas.*

Alguém cantarolava uma música. Percebi, como se estivesse em um lugar muito distante, que era eu, na mesma hora que lembrei que música era aquela "Meninas e Meninos Vêm Brincar".

... clara como o dia a lua cintila. Deixem a ceia e a carne pra lá, reúnam os amigos na rua, na fila. Venham gritando com muita alegria. Ou nem participem da cantoria...

Eu me agarrava a Ginnie Hempstock. Ela cheirava a fazenda e a cozinha, a animais e a comida. O cheiro dela era bem real, e realidade era tudo de que eu precisava naquele momento.

Estiquei o braço e encostei a mão no ombro da Lettie, hesitante. Ela não se mexeu nem reagiu.

Ginnie começou a falar naquele momento, mas de início eu não entendi se ela estava falando consigo mesma, com Lettie ou comigo:

— Eles se aventuraram além da fronteira deles. Eles poderiam ter machucado você, criança, e isso não teria significado nada. Poderiam ter causado danos a este mundo sem que nada fosse dito; é só um mundo, no fim das contas, e eles são apenas grãos de areia no deserto, os mundos. Mas a Lettie é uma Hempstock. Está fora dos domínios deles, a minha pequena. E eles a feriram.

Olhei para Lettie. Sua cabeça havia tombado para a frente, escondendo o rosto. Os olhos estavam fechados.

— Ela vai ficar bem? — perguntei.

Ginnie não respondeu, só nos abraçou mais forte junto ao peito, e embalou-nos, e cantarolou uma música sem letra.

A fazenda e suas terras não brilhavam mais com uma luz dourada. Eu não conseguia sentir nada me observando nas sombras, não mais.

— Não se preocupe — disse uma voz de velha, agora familiar de novo. — Você está tão seguro quanto uma casa. Mais seguro que a maioria das casas que eu já vi na vida. Eles foram embora.

— Eles vão voltar — falei. — Eles querem o meu coração.

— Eles não voltariam a este mundo nem por todo o chá da China — disse a velha sra. Hempstock. — Não que o chá tenha qualquer utilidade para eles, ou a China, não mais que para uma gralha-preta.

Por que eu achei que ela estava de roupa prateada? Ela usava um roupão cinza bastante remendado sobre o que parecia ser uma camisola, mas uma camisola que saíra de moda havia várias centenas de anos.

A velha senhora colocou uma das mãos na testa pálida da neta, ergueu-a, e em seguida soltou-a.

A mãe de Lettie balançou a cabeça.

— Acabou — disse ela.

Naquele momento eu entendi, finalmente, e me senti um idiota por não ter compreendido antes. A garota ao meu lado, no colo da mãe, no peito da mãe, dera sua vida por mim.

— Era para eles terem me machucado, não a ela — falei.

— Eles não tinham motivo algum para atacar nenhum de vocês dois — disse a velha senhora, e fungou.

O sentimento de culpa me invadiu naquela hora, uma culpa maior que qualquer outra que eu já sentira na vida.

— Nós deveríamos levar Lettie para um hospital — falei, esperançoso. — Podemos ligar para um médico. Talvez eles possam curá-la.

Ginnie fez que não com a cabeça.

— Ela está morta? — perguntei.

— Morta? — repetiu a velha senhora de roupão. Ela pareceu ofender-se. — Acha que... — disse ela, cuspindo as palavras, como se aquela fosse a única forma de me transmitir a gravidade do que estava dizendo. — Acha que uma Hempstock seria capaz de fazer algo assim tão... *comum*...?

— Ela está ferida — disse Ginnie Hempstock, aconchegando-me. — Tão ferida quanto *pode* ficar. Está tão perto da morte que poderá morrer se não fizermos algo a respeito, e rápido. — Um último abraço, e: — Agora vá.

Saí do colo dela, relutante, e fiquei de pé.

Ginnie Hempstock levantou-se, o corpo flácido da filha em seus braços. Lettie estava toda mole e foi manipulada como uma boneca de pano quando a mãe ficou em pé, e eu só olhava para ela, em total estado de choque.

— A culpa foi minha. Sinto muito. Sinto muito mesmo — falei.

— Você não fez por mal — disse a velha sra. Hempstock.

Mas Ginnie Hempstock não disse nada.

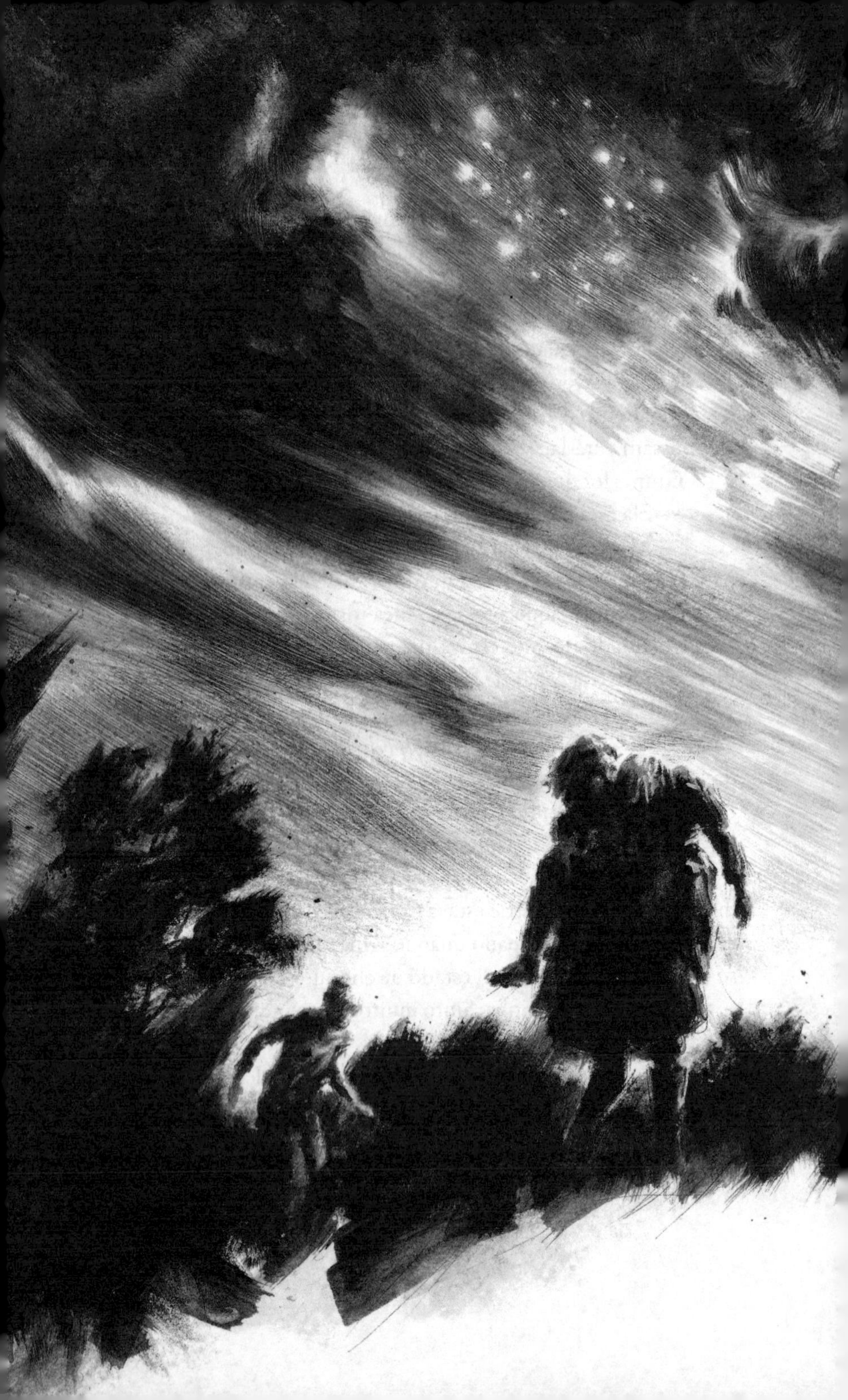

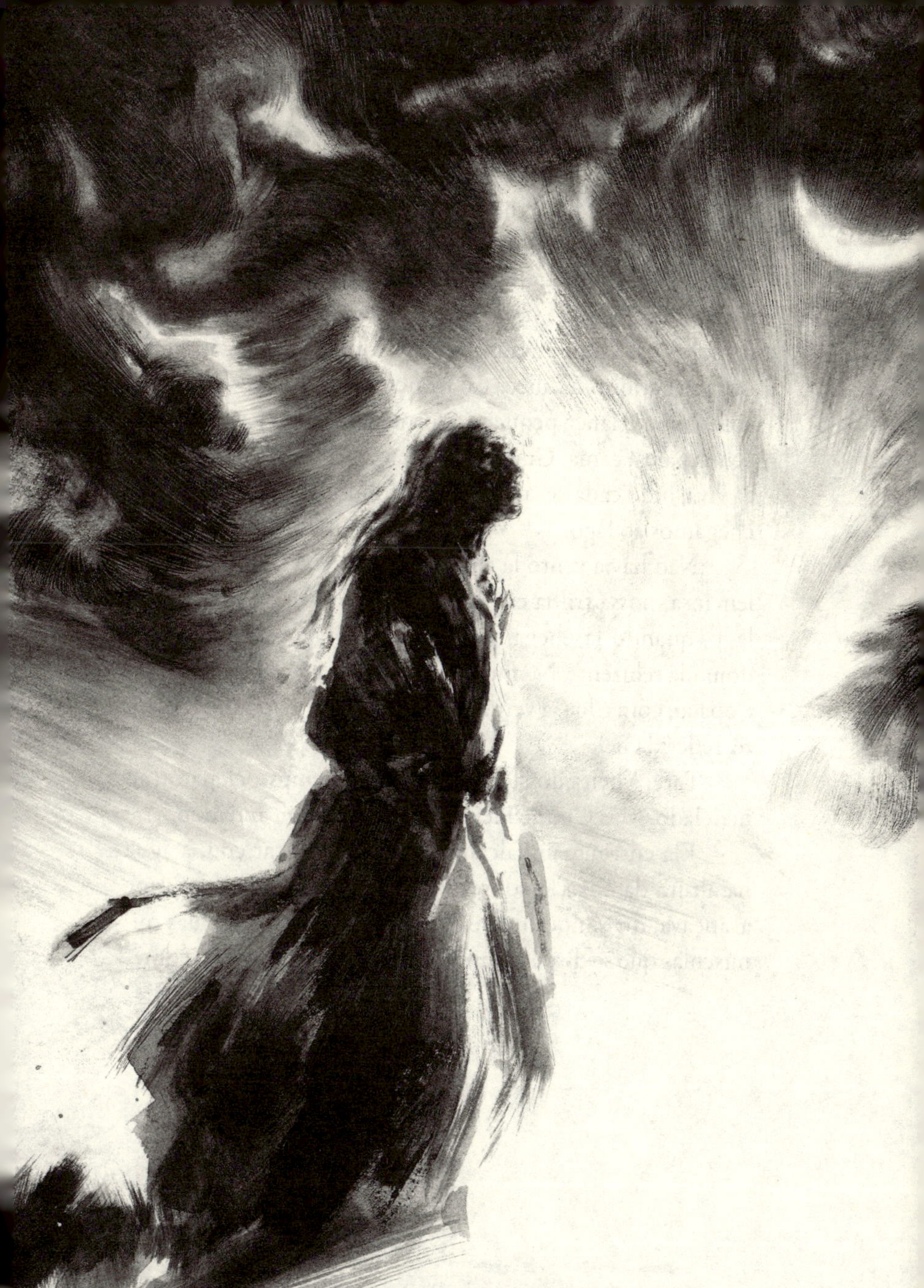

Ela caminhou pela estrada na direção da fazenda, entrando por trás do galpão da ordenha. A impressão que eu tinha era de que a Lettie era muito grande para ser carregada no colo, mas Ginnie a transportava como se não pesasse mais que um gatinho, a cabeça e o tronco apoiados em seu ombro, como uma criança pequena adormecida sendo levada escada acima para a cama. Ginnie carregou-a pela trilha, junto à cerca viva, indo cada vez mais para os fundos da fazenda, até que chegamos ao lago.

Não havia vento lá atrás e a noite estava totalmente silenciosa; nossa trilha era iluminada pelo luar e nada mais; o lago, quando lá chegamos, era só um lago. Nenhuma luz dourada reluzente. Nenhuma lua cheia mágica. Estava escuro e opaco, com a lua, a verdadeira lua, a lua em quarto crescente, refletida nele.

Parei à beira do lago e a velha sra. Hempstock parou ao meu lado. Mas Ginnie Hempstock continuou andando.

Ela entrou cambaleando no lago até ficar com a água na altura da coxa, o sobretudo e a saia boiando conforme avançava, dividindo o reflexo da lua em dezenas de luas minúsculas que se dispersavam e se reagrupavam ao seu redor.

No meio do lago, com a água escura acima dos quadris, ela parou. Ginnie Hempstock tirou Lettie do ombro e, com mãos habilidosas, sustentou o corpo da menina pela cabeça e pelos joelhos; então, devagar, muito devagar, colocou Lettie deitada na água.

O corpo da menina boiou na superfície do lago.

Ginnie deu um passo para trás, e depois outro, nunca desviando o olhar da filha.

Ouvi o som de uma rajada, como se um vento colossal viesse em nossa direção.

* * *

NEIL GAIMAN

O corpo de Lettie estremeceu.

Não havia uma brisa sequer, mas ondas oceânicas surgiram na superfície do lago. Eu vi ondas que se propagavam suavemente de início, e depois ondas maiores que se quebravam e batiam na margem do lago. Uma delas formou uma crista e quebrou perto de mim, espirrando água na minha roupa e no meu rosto. Pude sentir o gosto em meus lábios, e era salgado.

— Sinto muito, Lettie — sussurrei.

Eu devia enxergar a outra margem do lago. Eu a vira alguns momentos antes. Mas as ondas sumiram com ela, e não dava para ver nada do que estava atrás do corpo boiando de Lettie, só a vastidão do oceano solitário, e a escuridão.

As ondas ficaram maiores. A água começou a cintilar sob o luar da mesma forma que cintilara quando estava no balde, um azul-claro perfeito. A forma escura na superfície do lago era o corpo da menina que salvara a minha vida.

Dedos magros pousaram em meu ombro.

— Pelo que você está se desculpando, garoto? Por matá-la?

Fiz que sim com a cabeça, sem condições de falar.

— Ela não está morta. Você não a matou, nem os pássaros vorazes, embora tenham feito de tudo para atingir você através dela. A Lettie foi entregue a seu oceano. Um dia, no tempo dele, o oceano a devolverá.

Pensei em cadáveres e em esqueletos com pérolas no lugar dos olhos. Pensei em sereias com caudas ondulando enquanto nadavam, como a cauda do meu peixinho-dourado antes de ele parar de nadar e boiar, de barriga para cima, como a Lettie, na superfície da água.

— Ela será a mesma? — perguntei.

A velha senhora deu uma gargalhada, como se eu tivesse dito a coisa mais engraçada do universo.

— Nada nunca é o mesmo — respondeu ela. — Seja um segundo mais tarde ou cem anos depois. Tudo está sempre se agitando e se revolvendo. E as pessoas mudam tanto quanto os oceanos.

Ginnie saiu da água e parou à margem do lago, ao meu lado, com a cabeça baixa. As ondas chacoalhavam, explodiam, respingavam e recuavam. Um estrondo distante fez-se ouvir, e então transformou-se em um ribombar cada vez mais alto: algo vinha em nossa direção, cruzando o oceano. De quilômetros de distância, de centenas e centenas de quilômetros de distância ela vinha: uma tênue linha branca entalhada no azul cintilante, que se agigantava conforme chegava mais perto.

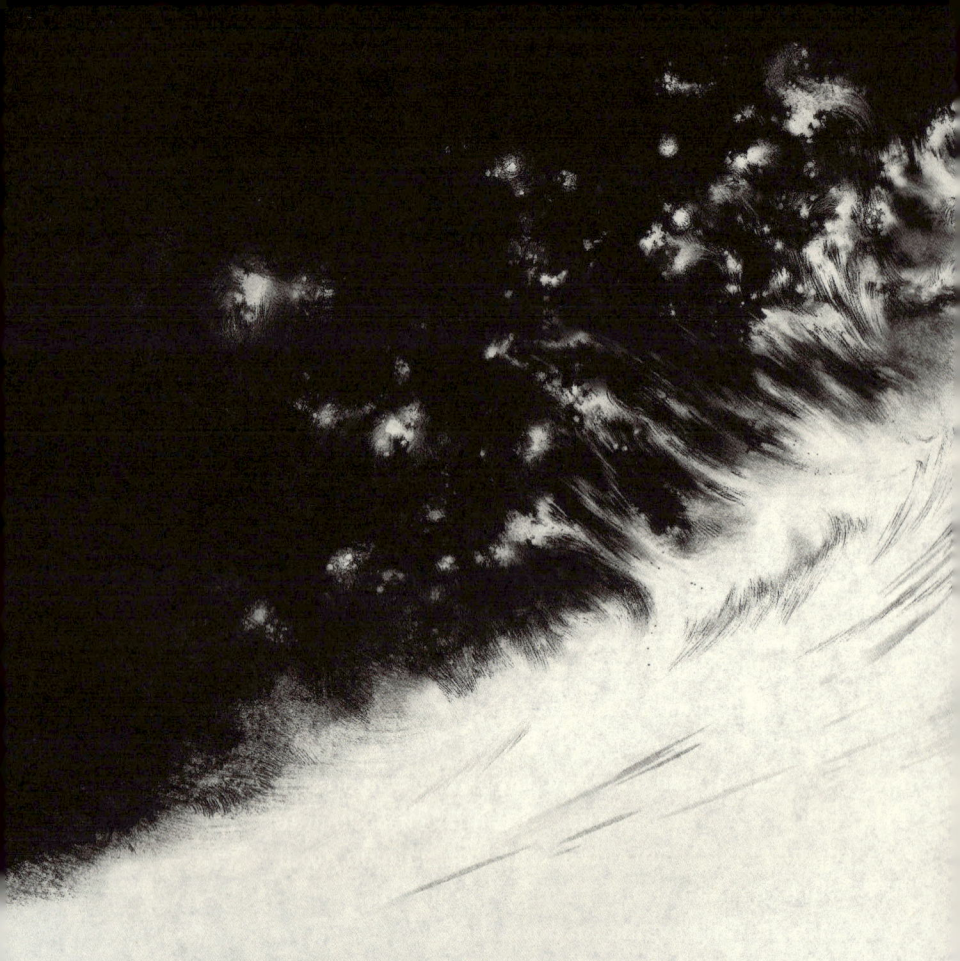

A grande onda veio, o mundo retumbou, e eu olhei para cima quando ela nos alcançou: era mais alta que as árvores, que as casas, que a mente ou os olhos podiam comportar, que o coração podia acompanhar.

Foi só quando atingiu o corpo flutuante de Lettie Hempstock que a onda monstruosa quebrou. Achei que eu ficaria encharcado, ou, pior, que seria arrebatado pela tormenta do oceano, e levantei o braço para cobrir o rosto.

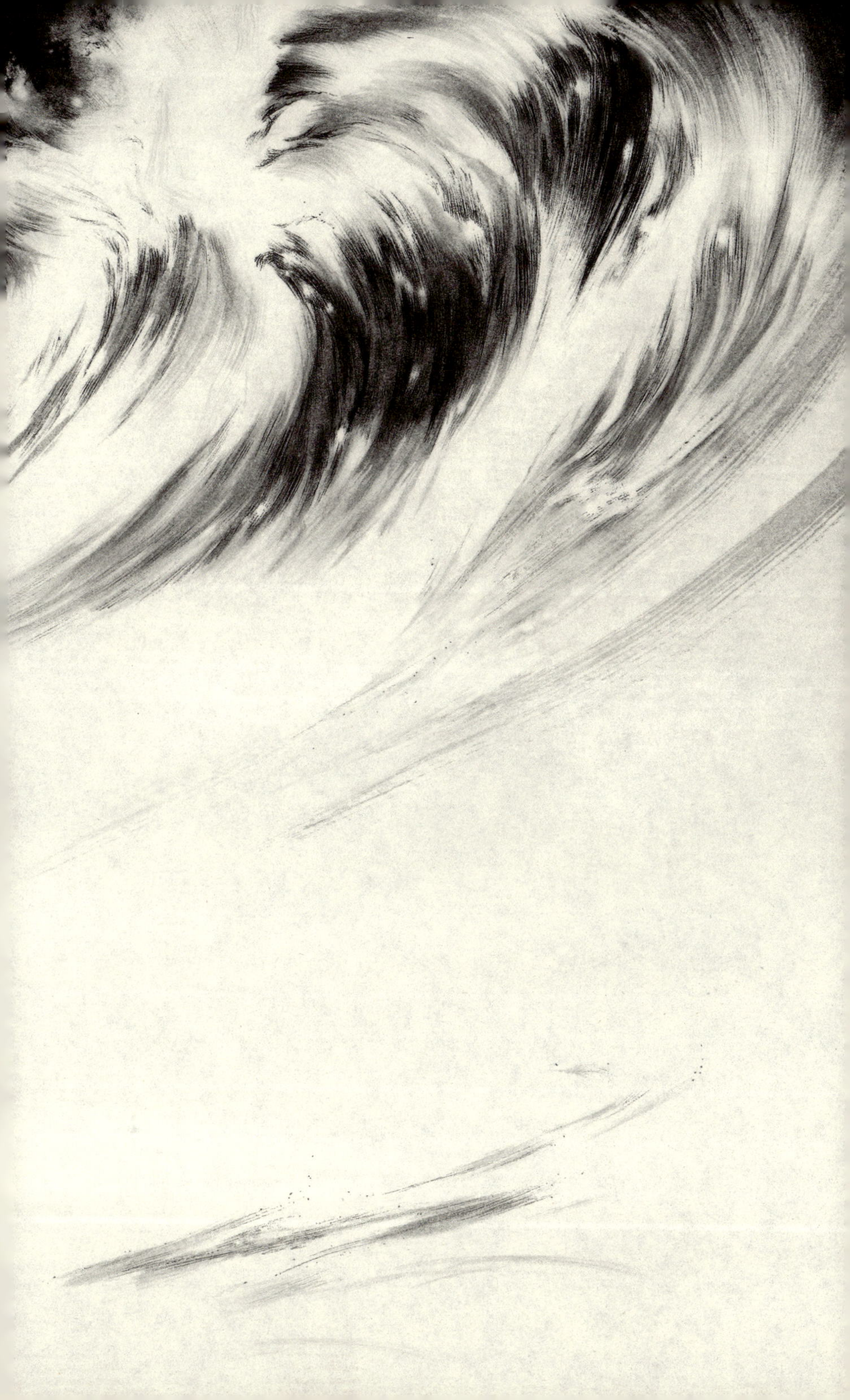

⌒ NEIL GAIMAN ⌒

Não houve explosão na arrebentação, nenhum estrondo ensurdecedor, e quando baixei o braço não vi nada além da água escura e parada de um lago no meio da noite, e nada na superfície além de um punhado de ninfeias e do reflexo pensativo e incompleto da lua.
A velha sra. Hempstock também havia desaparecido. Achei que estivesse parada ao meu lado, mas só Ginnie estava lá, ao meu lado, olhando para o espelho d'água escuro do pequeno lago.
— Certo — disse ela. — Vou levar você para casa.

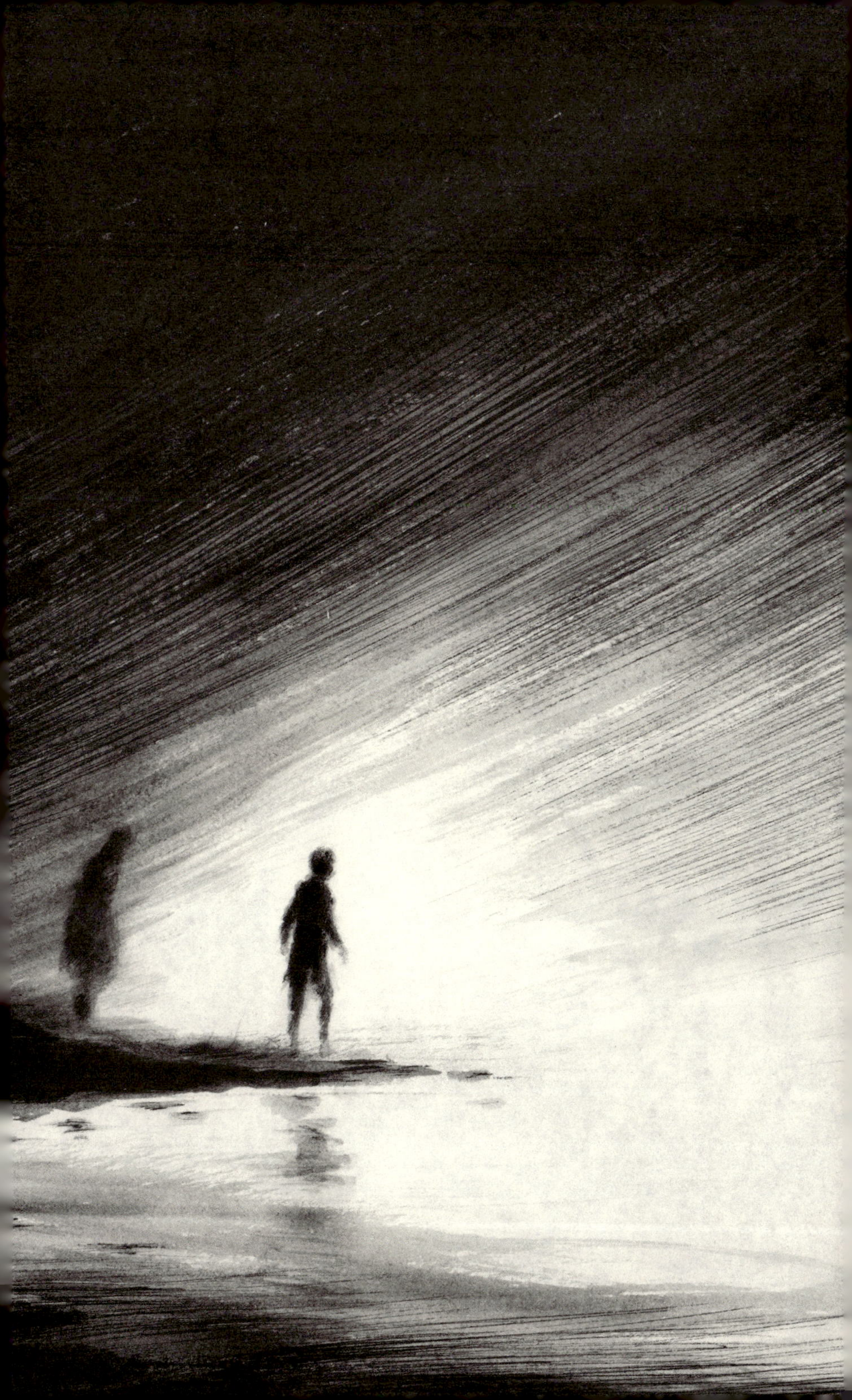

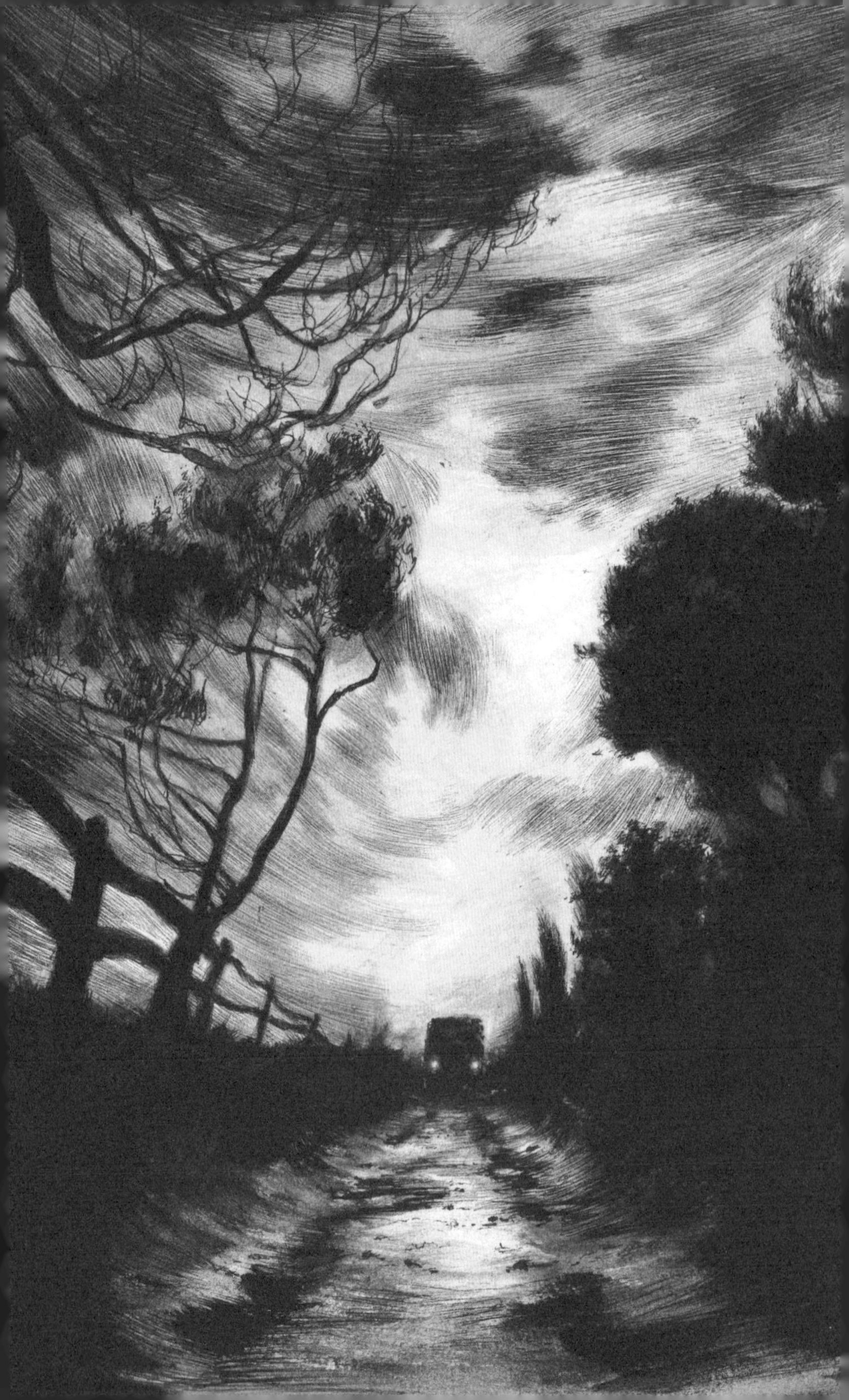

XV

Havia um Land Rover estacionado atrás do estábulo das vacas. As portas estavam abertas e a chave, na ignição. Sentei-me no banco do carona coberto de folhas de jornal e observei enquanto Ginnie Hempstock virava a chave. O motor engasgou algumas vezes antes de dar a partida.

Nem havia passado pela minha cabeça que qualquer uma das Hempstock soubesse dirigir.

— Eu não sabia que vocês tinham carro — falei.

— Tem muita coisa que você não sabe — disse a sra. Hempstock, secamente. Então olhou para mim com um jeito mais terno e disse: — Não se pode saber tudo.

Ela deu marcha à ré com o Land Rover, e ele seguiu sacolejando pelos sulcos e poças que havia nos fundos do pátio da fazenda.

Algo martelava dentro da minha cabeça.

— A velha sra. Hempstock disse que a Lettie não está morta — falei. — Mas ela parecia estar. Acho que morreu mesmo. Não acho que seja verdade isso de ela não ter morrido.

Pareceu que Ginnie ia dizer algo a respeito da natureza da verdade, mas tudo o que falou foi:

— Ela está ferida. Muito ferida mesmo. O oceano a levou. Sinceramente, não sei se ele a devolverá um dia, mas podemos ter esperança, não podemos?

— Podemos.

Cerrei os punhos e pedi com o maior fervor que consegui.

Nós sacolejávamos aos solavancos pela estrada, a vinte quilômetros por hora.

— Ela era... Ela é... sua filha de verdade? — perguntei.

Eu não sabia, ainda não sei, por que lhe perguntei aquilo. Talvez só quisesse saber um pouco mais sobre a garota que salvara a minha vida, que me socorrera mais de uma vez. Eu não sabia nada sobre ela.

— Mais ou menos — respondeu Ginnie. — Os homens Hempstock, meus irmãos, saíram pelo mundo, e tiveram filhos que tiveram filhos. Existem mulheres Hempstock por aí no seu mundo, e aposto que cada uma delas é uma maravilha à sua maneira. Mas só vovó, Lettie e eu somos a coisa de verdade.

— Ela não teve pai? — perguntei.

— Não.

— Você teve pai?

— Você está cheio de perguntas, não está? Não, meu amor. Nós nunca tomamos parte nesse tipo de coisa. Homens só são necessários quando se quer gerar outros homens.

— Você não precisa me levar para casa. Eu poderia ficar com você. Eu poderia esperar até a Lettie voltar do oceano. Eu poderia trabalhar na sua fazenda, e carregar coisas, e aprender a dirigir um trator — falei.

— Não — disse, mas havia ternura em sua voz. — Siga em frente com a sua vida. Lettie a deu para você. Agora só precisa crescer e tentar ser digno dela.

Um lampejo de ressentimento. Já é difícil o bastante estar vivo, tentando sobreviver no mundo e encontrar o seu lugar nele, fazer as coisas de que se precisa para seguir em frente, sem se perguntar se aquilo que você acabou de fazer, o que quer que tenha sido, foi o suficiente para a pessoa que, se não *morrera*, desistira da própria vida. Não era *justo*.

— A vida não é justa — comentou Ginnie, como se eu tivesse dito aquilo em voz alta.

Ela embicou o Land Rover na nossa entrada de veículos, parando em frente à porta da nossa casa. Eu saltei do carro, e ela também.

— Melhor facilitar a sua volta ao lar — disse ela.

A sra. Hempstock tocou a campainha, embora a porta nunca estivesse trancada, e ficou raspando a sola das galochas no capacho, concentrada, até a minha mãe abrir a porta. Ela estava vestida para dormir, com seu roupão cor-de-rosa acolchoado.

— Aqui está ele — disse Ginnie. — São e salvo, o soldado à casa torna. Ele se divertiu muito na festa de despedida da nossa Lettie, mas agora chegou a hora de esse rapazinho descansar.

A expressão no rosto da minha mãe era neutra — quase confusa —, e então a confusão foi substituída por um sorriso, como se o mundo tivesse acabado de se reconfigurar em algo que fazia sentido.

— NEIL GAIMAN —

— Ah, você não precisava tê-lo trazido de volta — disse minha mãe. — Um de nós poderia ter ido buscá-lo. — Nesse momento, ela olhou para mim. — Como se diz para a sra. Hempstock, querido?
— Obrigado-por-tudo — falei, no automático.
— Muito bem, querido — elogiou minha mãe. E, em seguida: — A Lettie vai se mudar?

— Para a Austrália — disse Ginnie. — Vai morar com o pai. Nós vamos sentir falta das visitas desse garotinho lá em casa, mas, bem, nós avisaremos quando Lettie voltar. Ele poderá aparecer para brincar, quando isso acontecer.

Comecei a ficar cansado. A festa tinha sido divertida, embora eu não conseguisse me lembrar de muita coisa. Mas eu sabia que não visitaria a Fazenda Hempstock de novo. Não a menos que Lettie estivesse lá.

A Austrália ficava muito, muito longe. Fiquei tentando imaginar quanto tempo levaria para que ela voltasse da Austrália com seu pai. Anos, presumi. A Austrália ficava do outro lado do mundo, do outro lado do oceano...

Uma pequena região da minha mente se lembrou de uma sequência alternativa de eventos, e então a perdeu, como se eu tivesse acordado de um sono reconfortante e olhado em volta, depois puxado a manta para me cobrir e retornado para o meu sonho.

A sra. Hempstock entrou em seu velho Land Rover, tão salpicado de lama (consegui ver então, sob a luz da lâmpada localizada acima da porta da minha casa) que quase não havia vestígios da pintura original, e deu marcha à ré com o carro, saindo da entrada de veículos e seguindo em direção à estrada.

Minha mãe não pareceu se incomodar com o fato de eu ter voltado para casa usando roupas extravagantes quase às onze horas da noite.

— Tenho uma péssima notícia, querido — falou.
— O quê?

— A Ursula precisou nos deixar. Assuntos de família. Assuntos de família urgentes. Ela já foi embora. Sei o quanto vocês, crianças, gostavam dela.

Eu sabia que não gostava dela, mas não disse nada.

Não havia mais ninguém dormindo no meu quarto no topo da escada. Minha mãe me perguntou se eu gostaria de ficar de novo no meu quarto por um tempo. Respondi que não, sem saber ao certo por que dizia não. Eu não conseguia me lembrar por que odiava tanto a Ursula Monkton — na verdade, eu me sentia levemente culpado por desgostar dela tão completa e irracionalmente —, mas eu não tinha vontade alguma de voltar para aquele quarto, apesar da pequena pia amarela do tamanho certo para mim, e continuei dividindo o quarto com a minha irmã até nossa família se mudar daquela casa, cinco anos depois (nós, crianças, protestamos, mas os adultos, acho, ficaram simplesmente aliviados com o fim das suas dificuldades financeiras).

A casa foi demolida depois que nos mudamos. Não fui ver a casa vazia, e me recusei a testemunhar a demolição. Muito da minha vida estava entranhado naqueles tijolos e telhas, naqueles tubos de escoamento e paredes.

Anos depois, minha irmã, já adulta, confessou crer que nossa mãe havia demitido Ursula Monkton (de quem ela se lembrava com carinho, como a babá legal após uma sucessão de mulheres mal-humoradas) porque nosso pai estava tendo um caso com ela. Era possível, concordei. Nossos pais ainda estavam vivos à época, e eu poderia ter perguntado a eles, mas não perguntei.

Meu pai não comentou nada sobre os acontecimentos daquelas noites, nem naquele tempo, nem depois.

A partir da minha relação com ele e das minhas experiências de infância, cheguei à decisão de não gritar com ninguém, em especial com crianças.

Com vinte e poucos anos, finalmente me aproximei do meu pai. Nós tínhamos muito pouco em comum quando eu era criança, e tenho certeza de que o deixava desapontado. Ele não pediu um menino com um livro, fechado em seu mundinho. Queria um filho que fizesse o mesmo que ele: nadar, lutar boxe, jogar rúgbi e dirigir carros velozes com impulsividade e satisfação, mas não foi isso o que ele acabou tendo.

Eu nunca ia até o fim da estrada. Não pensava no Mini branco e, quando me lembrava do minerador de opala, era no contexto das duas pedras brutas arrumadas no console da nossa lareira, e na minha memória ele sempre usava uma camisa xadrez e calças jeans. Sua pele era marrom-clara, e não tinha a cor vermelho-cereja da asfixia por monóxido de carbono, e ele não usava gravata-borboleta.

Monstro, o gato laranja que o minerador de opala deixara para nós, perambulava pelas redondezas e era alimentado por outras famílias, e ainda que nós o víssemos de vez em quando, rondando as valas e as árvores no fim da estrada, ele nunca vinha quando o chamávamos. Eu ficava aliviado com isso, acho. Ele nunca foi o nosso gato. Nós sabíamos disso, e ele também.

Uma história só é relevante, suponho, na medida em que as pessoas na história mudam. Mas eu tinha sete anos quando todas essas coisas aconteceram, e no fim de tudo eu era a mesma pessoa que era no início, não era? Todos os outros também. As pessoas não mudam.

Mas algumas coisas mudaram.

Um mês e pouco depois dos eventos relatados aqui, e cinco anos antes de o mundo dilapidado no qual eu vivia ser demolido e substituído por casinhas ordenadas e padronizadas, acomodando pessoas jovens e bem-vestidas que trabalhavam na cidade grande mas moravam na minha cidadezinha, que ganhavam dinheiro transferindo dinheiro de um lugar para outro mas que não construíam, nem cavavam, nem aravam, nem teciam, nove anos antes de eu beijar a sorridente Callie Anders...

Eu cheguei da escola. Estávamos em maio, ou talvez no início de junho. Ela estava sentada em frente à porta dos fundos como se soubesse exatamente onde estava e quem procurava: uma gata preta jovem, agora maior que um filhotinho, com uma mancha branca em uma das orelhas, e olhos de um azul-esverdeado intenso e incomum.

Ela me seguiu para dentro de casa.

Alimentei-a com uma lata de ração intocada do Monstro, na tigela empoeirada do Monstro.

Meus pais, que nunca notaram o desaparecimento do gato laranja, demoraram a reparar na chegada da nova gata-gatinha, e quando meu pai enfim comentou algo sobre a sua existência, ela já vinha morando conosco havia várias semanas, explorando o jardim até eu chegar da escola e depois ficando ao meu lado enquanto eu lia ou brincava. À noite, ela esperava embaixo da cama até que as luzes fossem apagadas, e então se acomodava no travesseiro ao meu lado, alisando meu cabelo, e ronronando bem baixinho para não incomodar a minha irmã.

Eu caía no sono com o rosto encostado em seu pelo, e com o ronronar elétrico e profundo vibrando suavemente na minha bochecha.

Seus olhos eram tão singulares. Eles me lembravam o mar, então a chamei de Oceano, e não saberia lhe dizer por quê.

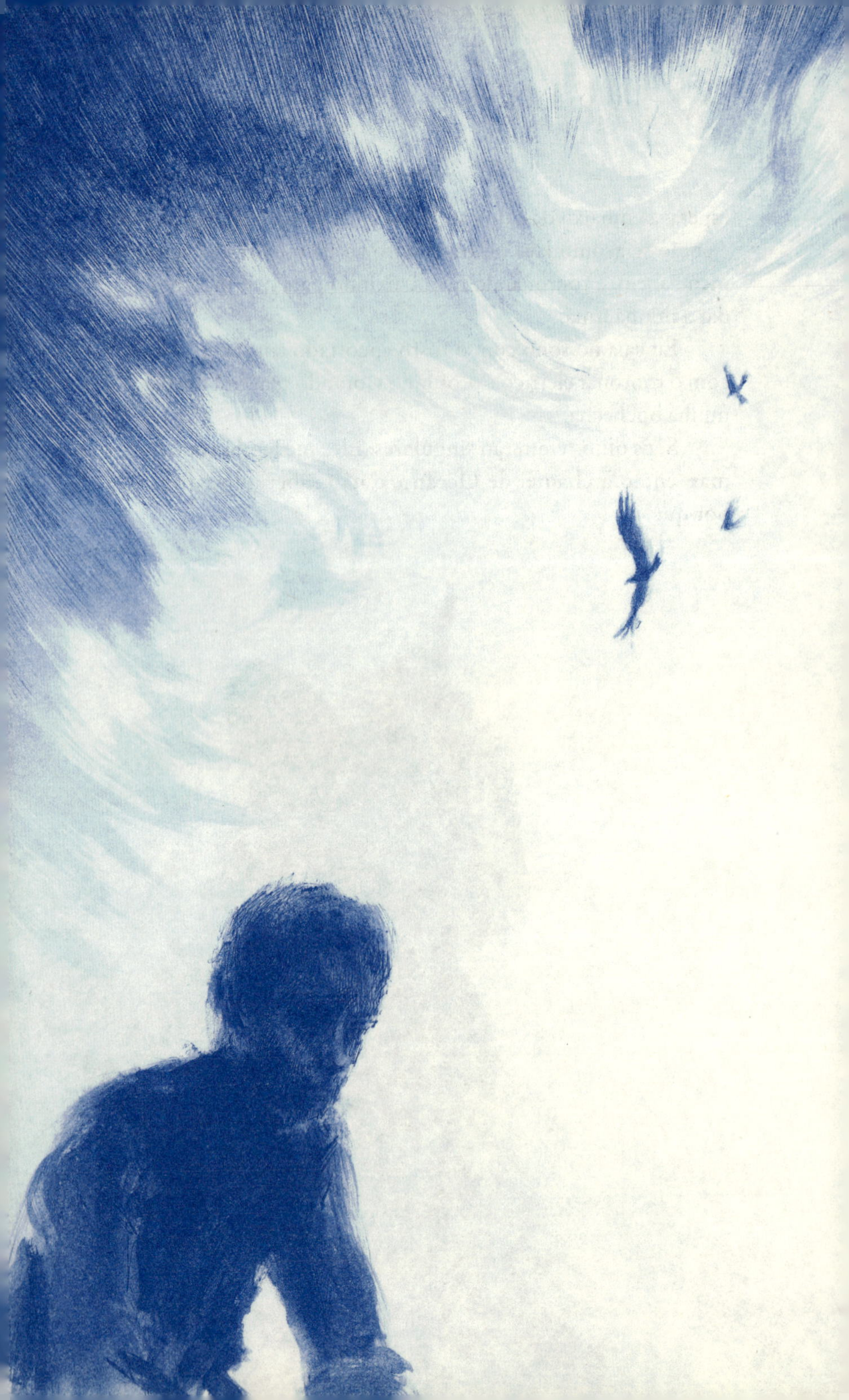

Epílogo

Sentado no banco verde castigado pelo tempo junto ao lago de patos, nos fundos da casa de fazenda de tijolos vermelhos, eu pensei na minha gatinha.

Eu só lembrava que Oceano havia crescido e se tornado uma bela gata, e que eu a adorara por vários anos. Fiquei me perguntando o que teria acontecido com ela, e então pensei:

Não importa se eu não consigo me lembrar mais dos detalhes: a morte aconteceu com ela. A morte acontece com todos nós.

Uma porta se abriu na casa de fazenda, e ouvi passos na trilha. Logo a senhora se sentou ao meu lado.

— Trouxe uma xícara de chá procê — disse ela. — E um sanduíche de queijo e tomate. Você já está aqui faz tempo. Achei que tivesse caído no lago.

— Eu meio que caí — falei para ela. E completei: — Obrigado.

Já havia escurecido, sem que eu notasse, enquanto eu estivera sentado ali.

Peguei o chá, tomei um gole, e olhei para a mulher, atentamente dessa vez. Comparei-a com minhas lembranças de quarenta anos atrás.

— Você não é a mãe da Lettie. Você é a avó dela, não é? Você é a velha sra. Hempstock? — perguntei.

— Isso mesmo — respondeu ela, impassível. — Coma seu sanduíche.

Comi um pedaço do sanduíche. Estava bom, muito bom. Pão recém-assado, queijo de sabor pungente e salgado, e o tipo de tomate que tinha gosto de verdade.

Eu estava afogado em lembranças, e quis saber o que aquilo significava, o que tudo aquilo significava.

— É verdade? — perguntei, e me senti um tolo.

De todas as perguntas que eu poderia ter feito, aquela foi a que acabei fazendo.

A velha sra. Hempstock deu de ombros.

— O que você lembrou? Provavelmente. Mais ou menos. Pessoas diferentes se lembram das coisas de jeitos diferentes, e você nunca vai ver duas pessoas se lembrando de uma coisa da mesma forma, estivessem elas juntas ou não. Se elas estiverem uma ao lado da outra ou do outro lado do mundo, isso não faz a menor diferença.

Havia outra pergunta para a qual eu precisava de resposta:

— Por que eu vim até aqui?

Ela me lançou um olhar que dizia que eu havia feito uma pergunta capciosa.

— O velório — respondeu. — Você quis se afastar de todo mundo e ficar sozinho. Então pegou o carro e foi até o lugar onde morou quando era pequeno, e como não encontrou lá aquilo de que sentia falta, veio aqui, como sempre faz.

— Como sempre faço?
Tomei mais um gole do chá. Ainda estava quente, e forte na medida certa: uma xícara perfeita de chá de verdade. *Daria para deixar uma colher em pé ali dentro*, como meu pai sempre dizia de uma xícara de chá que ele aprovasse.
— Como sempre faz — repetiu.
— Não — falei. — Eu não venho aqui desde, bem, desde que a Lettie foi para a Austrália. Desde a festa de despedida dela.
— E então completei: — Que nunca aconteceu. Você sabe o que eu quero dizer.
— Você volta, de vez em quando — disse ela. — Você esteve aqui aos vinte e quatro anos, eu me lembro. Tinha dois filhos pequenos, e estava com muito medo. Veio aqui antes de deixar estas partes: você tinha, o quê, uns trinta anos naquela época? Eu lhe servi uma boa refeição na cozinha, e você me contou sobre seus sonhos e sobre a arte que fazia.
— Eu não me lembro.
Ela tirou o cabelo da frente dos olhos.
— É mais fácil assim.
Tomei um gole do chá, e comi o último pedaço do sanduíche. A xícara era branca, assim como o prato. A interminável tarde de verão estava terminando.
Perguntei mais uma vez:
— Por que eu vim até aqui?
— Lettie quis que você viesse — respondeu alguém.
A pessoa que falou aquilo circundava o lago: uma mulher de sobretudo marrom e galochas. Olhei para ela, confuso. Parecia mais jovem do que eu era agora. Eu me lembrava

dela como uma pessoa grande, como uma mulher adulta, mas agora vi que tinha uns trinta e muitos anos. Eu me lembrava dela como uma pessoa corpulenta, mas era voluptuosa, e atraente com suas bochechas salientes e rosadas. Ainda era Ginnie Hempstock, a mãe de Lettie, e sua aparência era a mesma, eu tinha certeza, de quarenta e poucos anos atrás.

Ela sentou-se no banco ao meu lado, e eu fiquei cercado por mulheres Hempstock.

— Acho que Lettie só quer saber se valeu a pena — disse Ginnie Hempstock.

— Se valeu a pena o quê?

— Você — respondeu a senhora, secamente.

— A Lettie fez algo muito importante por você — disse Ginnie. — Acho que só quer saber o que aconteceu depois, e se tudo o que ela fez valeu a pena.

— Ela... se sacrificou por mim.

— De certo modo, querido — disse Ginnie. — Os pássaros vorazes dilaceraram seu coração. Você gritou tanto enquanto morria que deu até pena. Ela não conseguiu tolerar aquilo. Teve que fazer alguma coisa.

Tentei me lembrar daquilo.

— Não é assim que eu me lembro das coisas — falei.

A senhora fungou.

— Eu não acabei de dizer que duas pessoas nunca vão se lembrar de uma coisa da mesma forma? — perguntou ela.

— Posso falar com ela?

— Ela está dormindo — respondeu a mãe de Lettie. — Está se recuperando. Não fala ainda.

— Não até terminar o que está fazendo lá — disse a avó de Lettie, com um gesto, mas não consegui distinguir se ela apontava para o lago de patos ou para o céu.

— Quando vai ser isso?

— Quando ela estiver bem e pronta — respondeu a senhora.

Mas a filha disse, ao mesmo tempo:

— Logo.

— Bem — falei. — Se ela me trouxe aqui para me ver, deixe que me veja. — Quando disse isso, porém, percebi que já havia acontecido. Por quanto tempo eu fiquei sentado naquele banco? Enquanto eu me lembrava de Lettie, ela me observava. — Ah. Ela já fez isso, não fez?

— Sim, querido.

— E eu passei?

A expressão no rosto da senhora sentada à minha direita era indecifrável sob o céu que escurecia. À minha esquerda, a mulher mais jovem disse:

— Não existe passar ou ser reprovado em ser uma pessoa, querido.

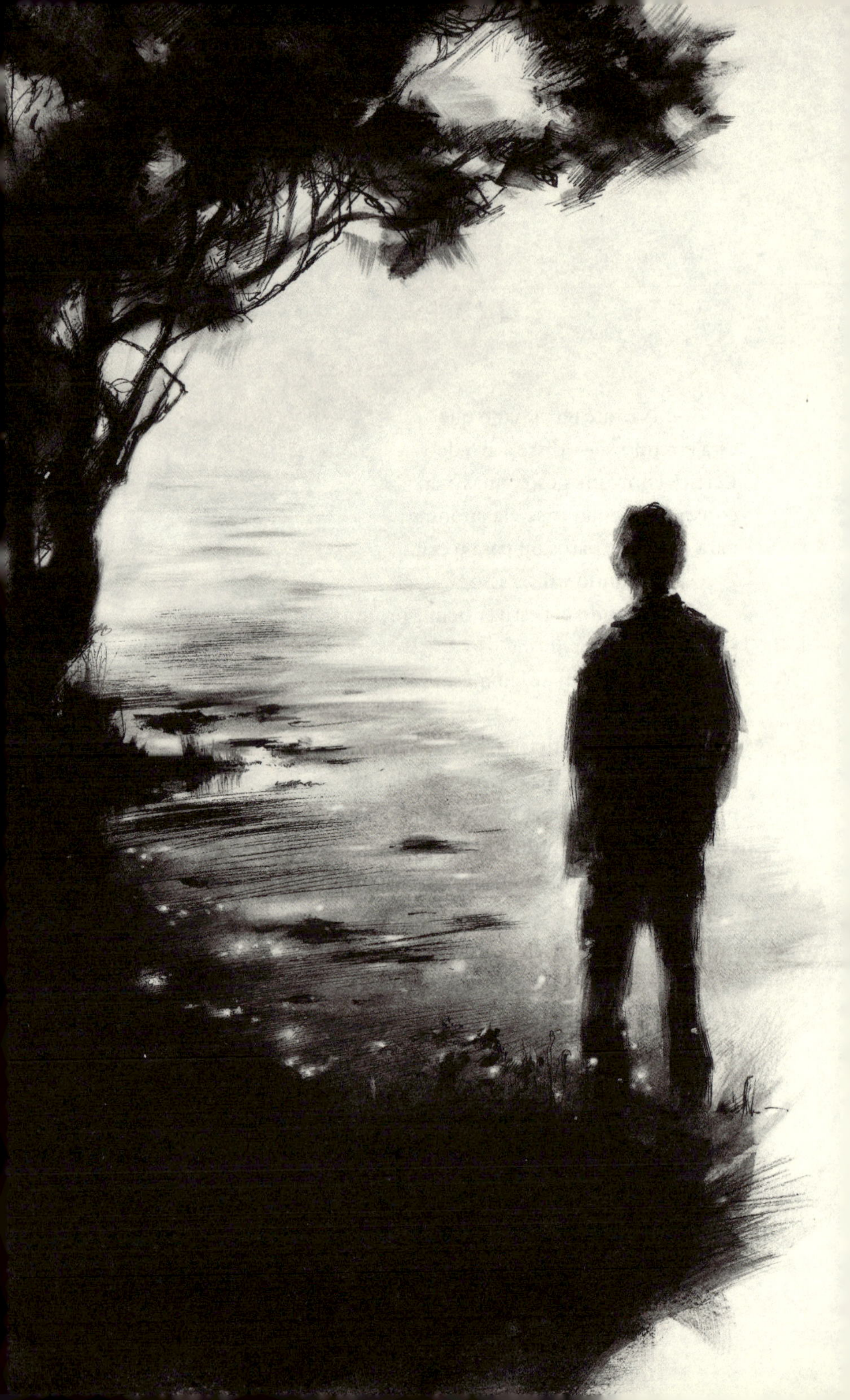

Coloquei a xícara e o prato vazios no chão.

— Acho que você está melhor agora do que estava da última vez que o vimos. Para começar, está cultivando um novo coração — disse Ginnie Hempstock.

Na minha memória, ela era uma montanha, aquela mulher, e eu havia chorado aos soluços e tremido em seu peito. Agora, era mais baixa que eu, e eu não conseguia imaginá-la me consolando, não daquele jeito.

A lua estava cheia no céu acima do lago. Eu não conseguia me lembrar por nada deste mundo qual era a fase da lua da última vez que havia reparado nela. Na verdade, não conseguia me lembrar da última vez que havia feito mais que só relancear a lua.

— Então, o que vai acontecer agora?

— A mesma coisa que acontece sempre que você vem aqui — respondeu a senhora. — Você vai para casa.

— Eu não sei onde é a minha casa, não mais — falei para elas.

— Você sempre diz isso — retrucou Ginnie.

Nas minhas lembranças, Lettie Hempstock ainda era uma cabeça mais alta que eu. Ela tinha onze anos, afinal de contas. Fiquei me perguntando o que eu veria — quem eu veria — se ela se postasse na minha frente agora.

A lua no lago de patos também estava cheia, e eu me peguei instantaneamente pensando nos santos loucos da história, aqueles que foram pescar a lua num lago, com redes, convencidos de que o reflexo na água estava mais próximo e mais ao alcance de suas redes do que o globo que pairava no céu.

E, é claro, está.

Eu me levantei e dei alguns passos até a beira do lago.

— Lettie — falei, tentando ignorar a presença das duas mulheres atrás de mim. — Obrigado por salvar a minha vida.

— Para começo de conversa, ela nunca deveria ter levado você quando foi procurar o início de tudo — desabafou a velha sra. Hempstock. — Nada ia impedir Lettie de resolver tudo sozinha. Não precisava levar você como companhia, aquela tolinha. Bem, isso vai lhe servir de lição para a próxima vez.

Eu me virei e olhei para a velha sra. Hempstock.

— Você se lembra mesmo de quando a lua foi feita? — perguntei.

— Eu me lembro de várias coisas — respondeu ela.

— Eu vou voltar aqui? — perguntei.

— Isso não é para você saber — respondeu a velha senhora.

— Siga seu caminho agora — disse Ginnie Hempstock, delicadamente. — Tem gente se perguntando aonde você foi.

Quando ela falou, eu me dei conta, tomado por uma sensação estranha de pavor, que minha irmã, o marido, os filhos dela e os meus, todos os condolentes, pranteadores e visitantes estariam intrigados tentando imaginar que fim eu havia levado. Ainda assim, se havia um dia em que eles achariam meus sumiços perdoáveis, esse dia era hoje.

Tinha sido um dia longo e difícil. Eu estava feliz por ter terminado.

— Espero que eu não tenha sido um estorvo — falei.

— Não, querido — disse a velha senhora. — Estorvo nenhum.

Ouvi um miado. Um instante depois, ela saiu andando lentamente das sombras para um trecho bastante iluminado pelo luar. Chegou perto de mim, confiante, esfregou a cabeça no meu sapato.

Agachei ao lado dela e cocei sua testa, acariciei suas costas. Era uma gata linda, preta, ou pelo menos foi o que achei, sob o luar que engolia a cor das coisas. Tinha uma mancha branca em uma das orelhas.

— Eu tive uma gata igual a essa. Era linda. Não lembro direito o que aconteceu com ela — comentei.

— Você a trouxe de volta para nós — disse Ginnie Hempstock.

E ela tocou no meu ombro, apertando-o por um segundo, e então foi embora.

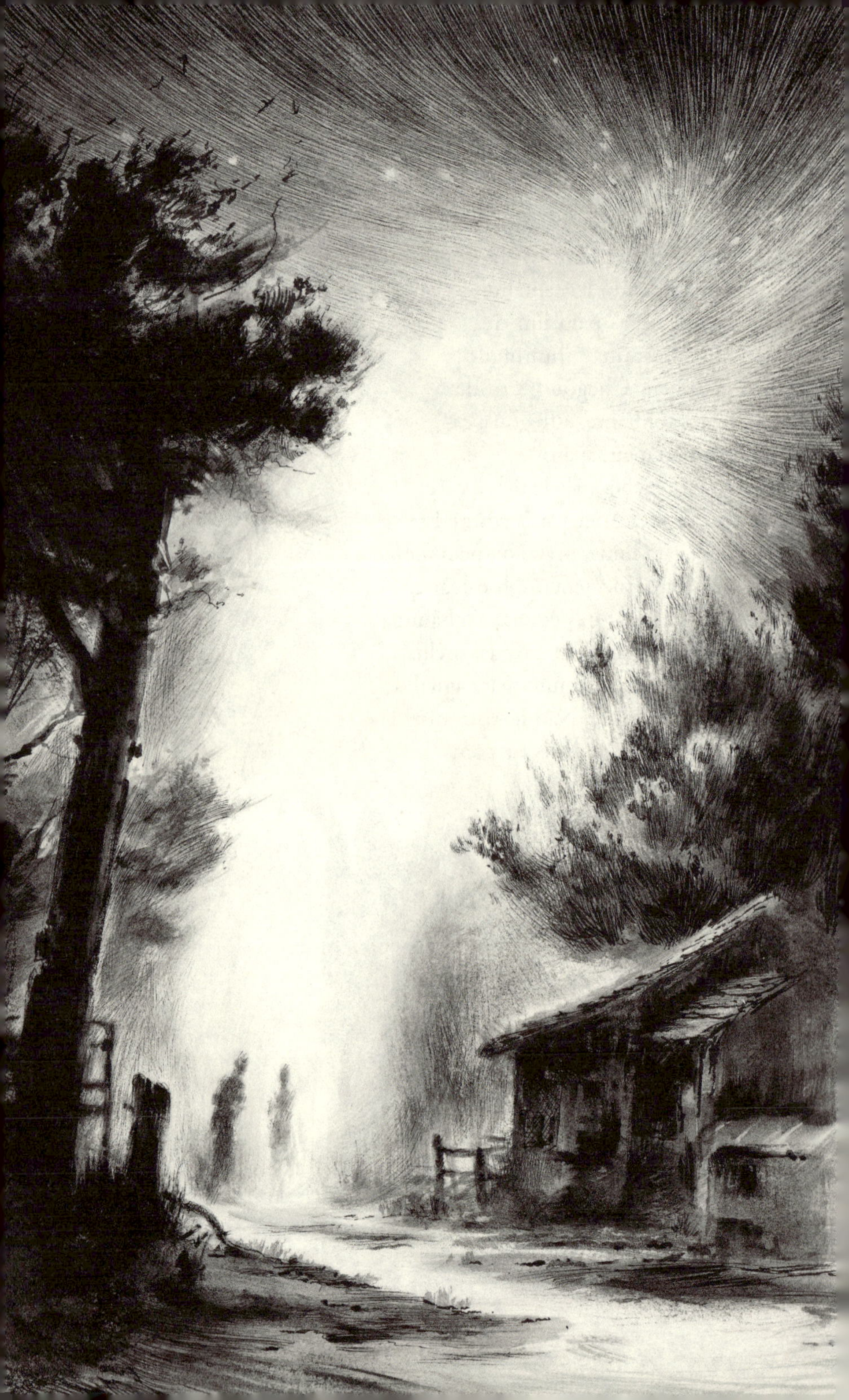

Peguei meu prato e minha xícara, e carreguei-os pela trilha enquanto voltávamos para a casa, a senhora e eu.

— Clara como o dia a lua cintila — falei. — Como diz a música.

— É bom se ter uma lua cheia — concordou ela.

— É engraçado. Por um instante, achei que houvesse duas de você. Isso não é estranho? — perguntei.

— Sou só eu — disse a velha senhora. — Sou sempre só eu.

— Eu sei — falei. — Claro que é.

Eu ia levar o prato e a xícara até a cozinha, mas ela me parou à porta da casa.

— Você deve voltar para a sua família agora — falou. — Eles vão mandar um grupo à sua procura.

— Eles vão me perdoar — falei. Tinha esperança de que me perdoassem. Minha irmã estaria preocupada, e algumas pessoas que eu quase não conhecia ficariam chateadas por não terem me dito o quanto sentiam pela minha perda. — Você foi tão gentil. Deixando que eu me sentasse aqui para pensar. Junto ao lago. Sou muito grato.

— Que bobagem sem tamanho — disse ela. — Não há nada de gentil nisso.

— Da próxima vez que Lettie mandar notícias da Austrália — falei —, diga que mandei lembranças.

— Vou dizer — falou ela. — Ela vai ficar feliz de saber que você se lembra dela.

Entrei no carro e dei a partida. A senhora ficou parada à porta me observando, educadamente, até eu manobrar o carro e seguir caminho pela estrada.

Olhei para a casa de fazenda pelo espelho retrovisor, e uma ilusão de óptica fez parecer que havia duas luas pairando no céu, como um par de olhos me observando do alto: uma lua totalmente cheia e redonda, a outra, sua gêmea do outro lado do céu, pela metade.

Curioso, eu me virei no banco e olhei para trás: uma única meia-lua pairava sobre a casa de fazenda, pacífica, pálida e perfeita.

Fiquei tentando entender de onde teria vindo a ilusão da segunda lua, mas só refleti sobre isso por um instante, e então deixei aquele pensamento de lado. Talvez tenha sido uma imagem vestigial, concluí, ou um fantasma: algo que havia se agitado na minha mente, por um momento, de forma tão poderosa que acreditei ser real, mas que agora havia desaparecido, e se desvanecido no passado como uma memória esquecida, ou como uma sombra ao pôr do sol.

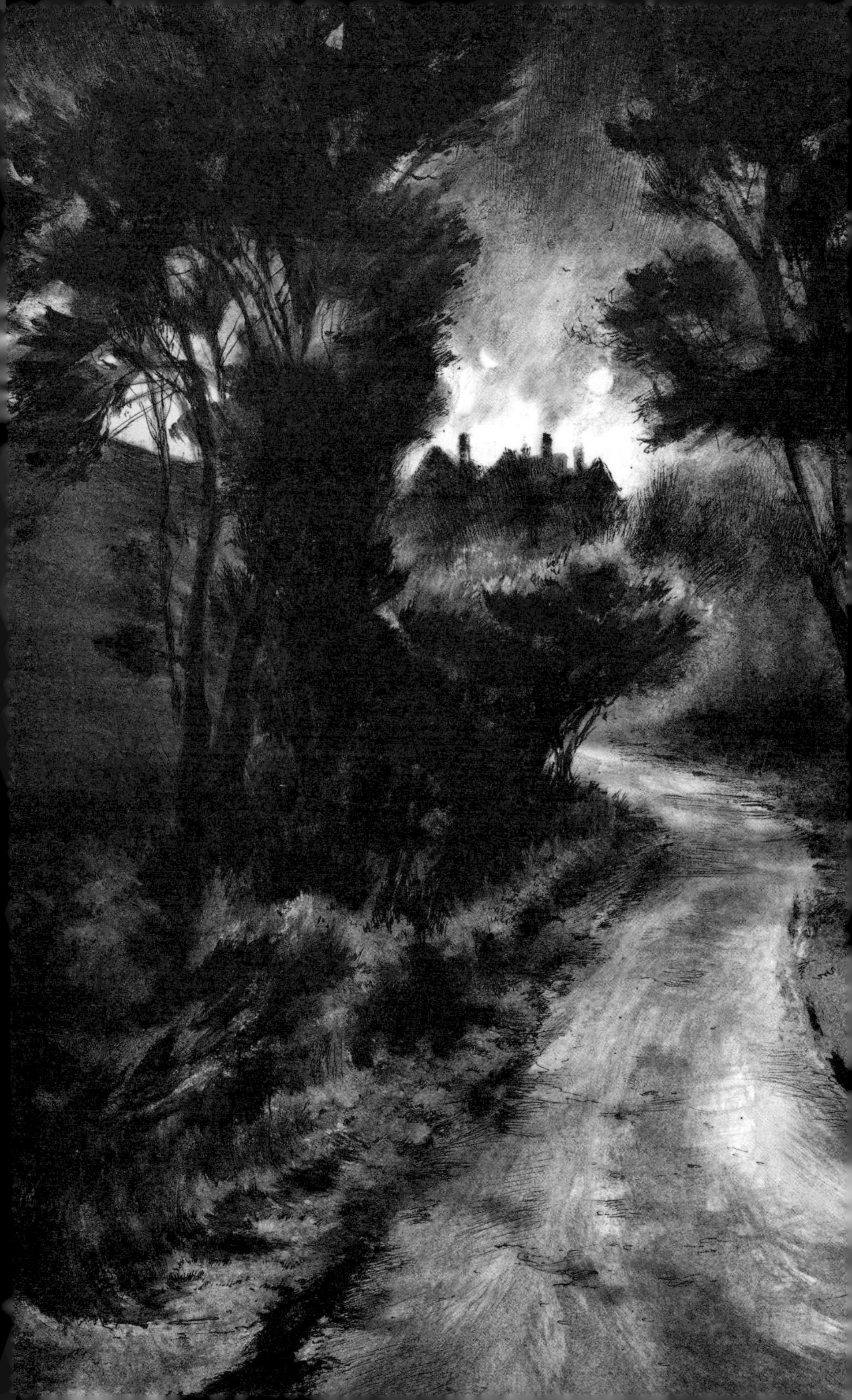

Agradecimentos

Este livro é o que você acabou de ler. Fim. Agora estamos nos agradecimentos. Isto aqui não faz parte do livro, na verdade. Você não precisa ler. Praticamente só tem nomes.

A família neste livro não é a minha, que foi benevolente ao permitir que eu remodelasse a paisagem da minha própria infância e que observou enquanto eu deliberadamente transformava esses lugares em uma história. Sou grato a todos eles, em especial à minha irmã mais nova, Lizzy, por ter me encorajado e me enviado fotografias havia muito esquecidas. (Gostaria de ter me lembrado da antiga estufa a tempo de incluí-la no livro.)

Sou grato a tantas pessoas, as que estavam presentes na minha vida quando precisei, as que me trouxeram chá, as que escreveram os livros que fizeram de mim quem eu sou. Nomeá-las todas é uma tarefa tola, mas aqui vou eu...

Quando terminei de escrever este livro, enviei-o a muitos de meus amigos para que o lessem, e eles o fizeram com olhares sábios e me disseram o que funcionava e o que precisava ser trabalhado. Sou grato a todos eles, mas devo agradecer em especial a Maria Dahvana Headley, Olga Nunes, Alina Simone (a rainha dos títulos), Gary K. Wolfe, Kat Howard, Kelly McCullough, Eric Sussman, Hayley Campbell, Valya Dudycz Lupescu, Melissa Marr, Elyse Marshall, Anthony Martignetti, Peter Straub, Kat Dennings, Gene Wolfe, Gwenda Bond, Anne Bobby, Lee "Budgie" Barnett,

Morris Shamah, Farah Mendelsohn, Henry Selick, Clare Coney, Grace Monk e Cornelia Funke.

    Este livro começou, embora na época eu não soubesse que seria um romance, quando Jonathan Strahan me encomendou um conto. Comecei a escrever sobre o minerador de opalas e a família Hempstock (que tem vivido na fazenda na minha cabeça há muito tempo), e Jonathan me perdoou e foi muito gentil quando finalmente admiti a mim mesmo e a ele que não se tratava de um conto, que em vez disso havia se tornado um romance.

    Em Sarasota, na Flórida, Stephen King me lembrou da alegria de só escrever, todos os dias. As palavras salvam a nossa vida, às vezes. Tori me forneceu um lugar seguro para escrever, e não posso agradecê-la o suficiente por isso.

    Art Spiegelman gentilmente permitiu que eu utilizasse o texto de um balão de seu bate-papo com Maurice Sendak na *New Yorker* como epígrafe.

    Enquanto passava para o computador a primeira versão do manuscrito, eu lia a produção do dia para a minha mulher, Amanda, de noite na cama, e aprendi mais sobre as palavras que eu havia escrito falando-as em voz alta do que jamais aprendera sobre qualquer coisa que escrevi antes. Ela foi a primeira leitora deste livro, e sua perplexidade, suas perguntas e seu encanto me guiaram nas versões seguintes do original. (Escrevi este livro para Amanda, quando ela estava bem longe e a saudade era muito grande. Sem ela, minha vida seria mais cinza e sem graça.)

    Minhas filhas, Holly e Maddy, e meu filho, Michael, foram meus críticos mais sábios e mais gentis.

Tenho editoras maravilhosas dos dois lados do Atlântico: Jennifer Brehl e Jane Morpeth, e Rosemary Brosnan, que leram a primeira versão do manuscrito e fizeram várias sugestões sobre o que eu precisava mudar, consertar e refazer. Jane e Jennifer lidaram extremamente bem com a chegada de um livro pelo qual nenhum de nós estava esperando, nem mesmo eu.

Eu gostaria muito de agradecer ao comitê do Zena Sutherland Lectures, um evento da Biblioteca Pública de Chicago: a palestra que dei no Zena Sutherland Lecture em 2012 foi, pensando retrospectivamente, mais um diálogo comigo mesmo sobre este livro enquanto eu o escrevia, para tentar entender o que eu estava escrevendo, e para quem.

Merrilee Heifetz é minha agente literária há vinte e cinco anos. O apoio que ela me deu neste livro, assim como em tudo o que eu fiz no último quarto de século, foi inestimável. Jon Levin, meu agente responsável pelas adaptações para o cinema e coisas do gênero, é um excelente leitor e faz uma imitação genial do Ringo Starr.

A boa gente do Twitter foi extremamente útil quando eu precisei confirmar o preço das balas na década de 1960. Sem esse pessoal, eu poderia ter escrito meu livro na metade do tempo.

E, por fim, meus agradecimentos à família Hempstock, que, de uma forma ou de outra, sempre esteve à minha disposição quando precisei dela.

Neil Gaiman
Ilha de Skye,
julho de 2012

Sobre os autores

Sem medo de desbravar novos mundos e com um talento único para construir tramas e universos extraordinários, **NEIL GAIMAN** navega por inúmeros gêneros e formatos. Descobriu seu amor pelos livros na infância e devorava as histórias de C.S. Lewis, J.R.R. Tolkien, Ursula K. Le Guin e Edgar Allan Poe, entre outros autores, e hoje é considerado um dos maiores escritores vivos. Tem mais de vinte livros publicados e já foi agraciado com diversos prêmios, incluindo o Hugo, o Bram Stoker, o Locus e a Newbery Medal. Começou a carreira como jornalista, mas logo ingressou no mundo dos quadrinhos, com a aclamada e revolucionária série *Sandman*. Depois, conquistou a ficção adulta — publicando obras memoráveis, como *Deuses americanos* e *Good Omens: Belas maldições*, escrito em parceria com Terry Pratchett — e a literatura infantojuvenil, com *Coraline* e muitos outros. Pela Intrínseca, publicou também *Mitologia nórdica*, *Lugar Nenhum*, *Os filhos de Anansi*, *Coisas frágeis*, *Alerta de risco*, *João & Maria*, *A verdade é uma caverna nas Montanhas Negras*, *Kanela*, *O alfabeto perigoso*, *Cabelo doido*, *Arte importa*, *Faça boa arte*, *Biblioteca Gaiman* e as edições em quadrinhos de *Deuses americanos*.

Elise Hurst é uma renomada ilustradora, artista plástica e autora australiana especializada em livros infantis. Começou sua carreira desenhando e pintando paisagens, naturezas-mortas e modelos vivos, mas logo enveredou pela ilustração, passando a combinar todas as suas habilidades em obras de arte narrativas que têm como ponto de partida uma realidade alternativa vintage. Seu trabalho viaja o mundo em livros, cartões-postais e inúmeras reproduções, e suas obras conquistaram espaço em museus e coleções privadas de Melbourne a Londres. Em um encontro com Neil Gaiman anos atrás, o escritor lhe disse, como se prevendo o futuro, que um dia trabalhariam juntos. Em *O oceano no fim do caminho*, as ilustrações belas, assustadoras e comoventes de Hurst traduzem com perfeição as maravilhas, os perigos e as angústias da infância presentes neste que é um dos livros mais aclamados de Gaiman.

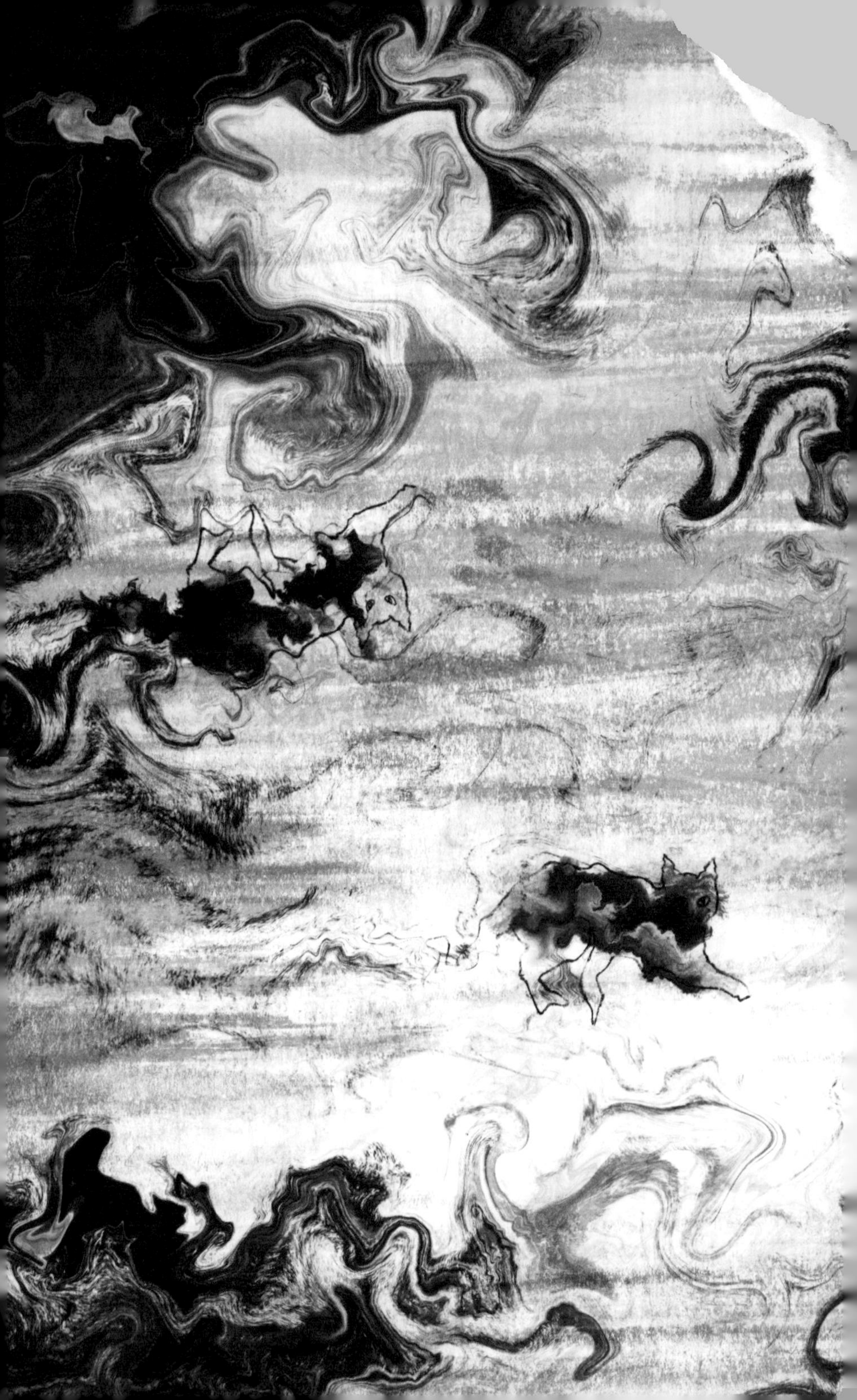